中国古典诗歌创作论

鲍思陶　著 / 倪志云　整理

齊鲁書社
·济南·

图书在版编目（CIP）数据

中国古典诗歌创作论 / 鲍思陶著；倪志云整理. --
济南：齐鲁书社，2023.8
ISBN 978-7-5333-4751-2

Ⅰ. ①中… Ⅱ. ①鲍… ②倪… Ⅲ. ①古典诗歌－诗
歌创作－研究－中国 Ⅳ. ① I207.22

中国国家版本馆 CIP 数据核字（2023）第 131444 号

责任编辑：贺　伟
装帧设计：赵萌萌

中国古典诗歌创作论
鲍思陶　著
倪志云　整理

主管单位　山东出版传媒股份有限公司
出版发行　齊魯書社
社　　址　济南市市中区舜耕路 517 号
邮　　编　250003
网　　址　www.qlss.com.cn
电子邮箱　qilupress@126.com
营销中心　（0531）82098521　82098519　82098517
印　　刷　日照日报印务中心
开　　本　880mm × 1230mm　1/32
印　　张　12
插　　页　3
字　　数　280千
版　　次　2023年8月第1版
印　　次　2023年8月第1次印刷
标准书号　ISBN 978-7-5333-4751-2
定　　价　42.00元

序一　微斯人，吾谁与归

今年春天，正在我紧锣密鼓编校《鲍思陶文集》之时，远在重庆的师兄倪志云教授打电话给我，提出了一个让我十分为难的要求，嘱我为这本《中国古典诗歌创作论》作序。我当时并没有答应，原因很简单：第一，关于中国古代的诗学，我即使鼓足了勇气说，也最多算个小学生；第二，鲍思陶公于我是亦师亦友，在生活中我们是朋友，在学问上他是我的老师，哪里有学生给老师写序的道理？

但师兄一直坚持他的意见，态度很坚决，并讲了许多理由。最后我还是被打动了，索性以读后感的方式写一点文字吧。

我与鲍思陶公相识是28年前的事。那是1995年，齐鲁书社成立影印编辑室，因为我从事编辑工作以后，做了比较多的影印图书，所以社里委托我负责编辑室的管理工作。实话说，我自己心里没底。但让我想不到的是，社里安排从山东大学中文系调来的鲍思陶教授坐镇，完全打消了我的疑虑。从那时起，我跟随思陶教授做了许多项目，自己在学养上也收获颇丰。

思陶公有深厚的家学渊源，而且是殷孟伦先生的得意门生，几乎可以说是章黄学派在20世纪末21世纪初旗帜性的人物。他不但精通小学、经学以及版本目录学等等，而且在诗学方面有极深的学养。对于中国的古典诗学，他既有独到的理论研究，更有极为丰富的创作实践。只可惜我在这方面自知学识浅薄，一直未敢亲炙于门下。

不过，我的师兄倪志云教授却是一个能与思陶公谈诗论道的行家。所以，在诗学方面，二人多有切磋。针对现代社会古典诗歌创作的乱象，二人常常感到忧虑，总觉得需要做点什么，这大约就是这本《中国古典诗歌创作论》的缘起。闲暇之余，思陶公开始着手写作相关内容，多年来有了一些积累。在此期间，也常见他在当时的互联网上与一些网友探讨诗歌创作方面的问题，积攒了很高的人气。

2003 年，鲍思陶公重新回到了山大的教学岗位，或许是忙于教学，书稿一直未能完成。虽然思陶公已经离开了齐鲁书社，但因为我们住在同一宿舍小区，所以晚饭后常常一起散步聊天。记得 2006 年有一天晚上，大约是春天的样子，思陶公说近日总觉腹痛，准备这几天去查查。没想到不久就得到了坏消息，是癌症。当年夏天，思陶公竟然永远离开了我们。说实话，他的离去对于大病初愈的我打击非常大，在遗体告别仪式上我难以控制情绪，几近失态，此后便陷入了深度消沉的精神状态之中，困扰了我好多年。

好在临终前，思陶公把书稿编撰的事，托付给他最信任的倪志云教授，到去年年底，倪师兄终于把完成的书稿交到了出版社。我也有幸成为这本书的责任编辑，内心总算是感到一丝慰藉。

根据思陶公的遗愿，倪师兄把本书整理为五个章节，分别是：诗歌体式、声律论、诗歌意境、用典论、鉴赏论。其中前三章是倪师兄根据遗稿整理而成，后两章则是倪师兄根据思陶公生前所述重新撰写的。

按照我的理解，这就是一本教现代人如何作诗的教材：第一章是告诉我们中国古代诗歌是个什么样子；第二章则是写诗的非常具体的方法，比如有关“孤平”和“拗救”等章节，有点手把手的感觉，极为实用。读了这两章，如果还可以用于创作实践，那么，就算是写诗入门了。后三章的诗歌意境、用典论、鉴赏论则可以视为提高班，如果也能把学到的内容应用到创作实践，就可以写出像样的作品了。

正如思陶公自己总结的那样，古代诗歌一定要体现出“形式美”“声律美”以及“理趣美”，也就是说，一首诗的形式、韵律以及内涵都能呈现出美，这就是好诗。

最为难能可贵的是，书中纠正了此前许多有关诗歌格律著作的不妥或者不准确的说法，比如关于“一三五不论，二四六分明”应该如何理解，比如关于“三仄尾”仍是正格，比如关于“半拗”可以不救的举例讲述等等。读了这本书，学诗者心中的许多疑团都可拨云见日，“欸乃一声山水绿”了。

如今，这本部头不大，但分量足够重的《中国古典诗歌创作论》终于付梓了。这不仅了却了鲍思陶公的遗愿，也为我们这些后死者对思陶公的思念找到了一份寄托。每读到书中的文字，或许能感受到兄长般的温暖仍然在身边。

书在人不死，或许这就是世间的法身吧！

一　苇

花甲之年于击壤斋

序　二

先师桐城鲍思陶先生，山东大学文学院故教授也。弱好辞章，长实吟骨；言准玉谿，赋拟相如。比秋闱重开，国庠优贡孝廉；宿儒著录，青衿绝重文学。拜殷石臞先生门下，易缉韦编，书观谟典。结志区外，人物羲皇以上；摛藻锦中，文名沈谢之间。造妙诗法，上异西河之夏；开阐微言，中非北海之玄。以编蒲之覃思，为垂竹之载述。天不假年，中道殂背；易箦之际，遗篆在念。

倪公志云者，先师山大之旧僚也，因联事以相友，共咏言而契谊。自荷属请，乃志弦胶，历一十五年，续成《中国古典诗歌创作论》。一十五年间，倪公倍尝艰屯，对景长嗟移晷，坐虚牖而听寒柝；在梁一绝窥园，完遗编以告青山。文气赓继，就成省旷；诗心裁采，袭作芊绵。

夫申胥完节，叔牙全义，史有往哲，今存若人。竹林贤众，中散琴音仍绝；关门吏微，老聃之书能传。嗟予后学，愧恧先师，感衷盈襟，无所扬表。勉为是序，用达此情，赞其续志，美其执信。寄命足托百里，念恩无负信陵。睿音永矣，倪公之德。

后学　刘晓艺①

癸卯甲寅甲午　谨序

---

① 刘晓艺，鲍思陶先生弟子，本科毕业于山东大学中文系，硕士及博士皆毕业于美国亚利桑那大学东亚系，现为山东大学文学院比较文学与世界文学所教授、博士生导师。

目　录

第一章　诗歌体式

论诗歌体式问题起源很早。早在魏晋南北朝时期，人们就开始讨论古典诗歌的体式。相传魏文帝就写过《诗格》，即使属实，应也早已佚失。今见于宋陈应行编辑《吟窗杂录》卷一的魏文帝《诗格》，有“六志”“八对”“八病”“杂例”之说，专门辩论律诗，是后人伪托无疑，不足为凭。唐前期，继承齐梁“声病”说之后，讲论近体诗声律和对偶的书应运而生，如上官仪《笔札华梁》、无名氏的《文笔式》、元兢《诗髓脑》等均是。“髓脑”或曰“脑髓”，即脑浆，中医古籍《灵枢经·海论》谓“脑为髓之海”。《史记·扁鹊仓公列传》、刘向《说苑·辨物》等汉代典籍已用“髓脑”或“脑髓”词语。因“髓脑”是人身关键部位，故亦引申指精粹、要旨等义。元兢之前，《隋书·经籍志三》“五行类”录有《周易髓脑》二卷①，即以“髓脑”为书名。元兢《诗髓脑》等书在唐代由日僧空海（弘法大师）携回日本，引录于他所撰《文镜秘府论》中。元兢原书中土久佚，幸赖弘法大师《文镜秘府论》引录保存。中唐时期，又有白居易《金针诗格》《文苑诗格》，贾岛《二南密旨》，王昌龄《诗格》《诗中密旨》

① 《隋书》，中华书局点校本，第4册，第1034页。

诸书，其中有的或系伪托，且所论限于形式、技巧。但皎然《诗式》《诗义》等，颇具理论价值，影响亦大，另当别论。在中唐，近体格律大备，文士苦吟成风。至晚唐五代，“诗格”益繁，这些书都谈到诗歌体式。宋元以下，关于诗格、诗法的著述仍然不断产生。这些著述，许多是为指引初学者而作，也有些是对于诗歌体式和诗法的较深入的研究性著作。

我们参考历来有关诗格诗法的著述，先讲一讲古典诗歌的体式和结构。

第一节　诗歌体式

最初的诗歌是什么样子，我们现在不知道了。现代研究者的说法有诗歌源于劳动、源于巫术、源于狂欢、源于对偶婚的求偶游戏等等。但先秦的诗歌理论都是主张“言志”的。汉代以后，人们知道诗歌还有抒情的作用，所以陆机《文赋》就说“诗缘情以绮靡”。“言志”“缘情”，都要符合“温柔敦厚”的儒家诗教，都要做到“丽则”，即美丽典雅。所以，言志和缘情的诗歌一直是古典诗歌的主流体式。

中国古典诗歌的体式，可以概略分为正体诗歌和杂体诗歌两大类。

一、正体诗歌

（一）言数体

从每句字数角度来定诗体，有二言、三言、四言、五言、六言、七言、杂言等。

二言也许是我国古代诗歌中最古老的一种诗体，如见载于多种古籍传为黄帝时的《弹歌》："断竹，续竹；飞土，逐肉。"①

三言，如《文心雕龙·章句》篇说："三言兴于虞时，《元首》之诗是也。"陆侃如、牟世金注："元首：指舜。歌辞见《尚书·益稷》：'股肱喜哉，元首起哉，百工熙哉。'除语气词'哉'字，都是三字句。"② 清赵翼《陔余丛考》："三言诗，《金玉诗话》谓起于高贵乡公。然汉《安世房中歌》'丰草葽'及'雷震震'二章，《郊祀歌》之'练时日''太乙贶''天马徕'等章，已创其体，则不始于魏末矣。"③ 南朝如鲍照《代春日行》，通篇三言。唐诗中如李贺《苏小小墓》，除两句五言外，其余十二句三言，可说是一首三言诗，以特别的诗体表达独特的情思，也是李贺的名篇。其诗云：

幽兰露，如啼眼。
无物结同心，烟花不堪剪。
草如茵，松如盖。
风为裳，水为佩。
油壁车，夕相待。
冷翠烛，劳光彩。

---

① 逯钦立辑校《先秦汉魏晋南北朝诗》，中华书局 1983 年版，上册，第 1 页。

② 陆侃如、牟世金《文心雕龙译注》，齐鲁书社 1982 年版，下册，第 182 页。

③ ［清］赵翼《陔余丛考》卷二十三，中华书局 1963 年版，中册，第 450 页。

西陵下，风吹雨。①

历代三言诗作品实在太少。但三言句后来在宋词中多有采用，有的词调以三言句为主，就还很近似三言诗的格调。如《六州歌头》，以张孝祥词为例：

长淮望断，关塞莽然平。征尘暗，霜风劲，悄边声。黯销凝。追想当年事，殆天数，非人力，洙泗上，弦歌地，亦膻腥。隔水毡乡，落日牛羊下，区脱纵横。看名王宵猎，骑火一川明。笳鼓悲鸣。遣人惊。

念腰间箭，匣中剑，空埃蠹，竟何成。时易失，心徒壮，岁将零。渺神京。干羽方怀远，静烽燧，且休兵。冠盖使，纷驰骛，若为情。闻道中原遗老，常南望、羽葆霓旌。使行人到此，忠愤气填膺。有泪如倾。②

此调全篇共39句，而多半是三言句，句短气急，音调悲壮。

四言相传上古的歌谣如《击壤歌》："日出而作，日入而息，凿井而饮，耕田而食。帝力于我何有哉。"③ 后来四言盛行于春秋以前，集中地保存在我国最早的一部诗歌总集《诗经》之中。东汉以后，五七言诗兴起，四言体渐趋衰落，唐以后四言诗则少

① 《全唐诗》卷三百九十，中华书局点校本，第12册，第4396页。

② 《全宋词》卷，中华书局1995年版，第3册，第1686页。

③ 逯钦立辑校《先秦汉魏晋南北朝诗》，中华书局1983年版，上册，第1页。

见。当然，四言也在后来兴起的词中有很多运用，比三言的使用率要高许多。

五言、七言，是古典诗歌的主流体式，也是本书以下几章所要讲的主要诗体，此不详述。

六言，今所见最早的六言诗是汉末孔融《六言诗三首》①。唐诗中六言诗作品很少，王维有《田园乐七首》，都是六言绝句，例如其三："采菱渡头风急，策杖林西日斜。杏树坛边渔父，桃花源里人家。"其五："山下孤烟远村，天边独树高原。一瓢颜回陋巷，五柳先生对门。"其六："桃红复含宿雨，柳绿更带朝烟。花落家童未扫，莺啼山客犹眠。"② 南宋洪迈《容斋随笔·三笔》"六言诗难工"条说："予编唐人绝句，得七言七千五百首，五言二千五百首，合为万首。而六言不满四十，信乎其难也。"③ 洪迈举例称赞了皇甫冉三首六言绝句。刘长卿有六言律诗，顾况、卢纶等也有六言诗作。唐宋词有《三台令》，为六言四句。清《御定词谱》卷一说："三台：单调二十四字，四句，两平韵。"举例为王建词："池北池南草绿，殿前殿后花红。天子千秋万岁，未央明月清风。"注云："此亦六言绝句，平仄不拘。"④

在五七言诗盛行的同时，也有杂言诗，即每句字数多少不固

---

① 逯钦立辑校《先秦汉魏晋南北朝诗》，中华书局 1983 年版，上册，第 197 页。

② 《全唐诗》卷一百二十八，中华书局点校本，第 4 册，第 1305～1306 页。

③ ［宋］洪迈《容斋随笔》，上海古籍出版社 1996 年版，第 596 页。

④ 引自《影印文渊阁四库全书》，上海古籍出版社 2003 年版，第 1495 册，第 13 页。

定的古体诗。《诗经》中已有诗句字数不齐的杂言诗篇，汉乐府诗也有杂言，字句多见三、五、六言等。南朝鲍照创以七言为主的杂言歌行，如《拟行路难》多首。唐代如李白，则偏爱拟古乐府和歌行的杂言体，其名篇佳作甚多，此不列举。

（二）骚体

即楚辞体。起于战国时楚国，以屈原《离骚》为代表作，故有“骚体”之称。此类作品突破了四言定格，句式长短参差，形式比较自由，多用“兮”字以助语势，文采绚丽，语言优美，抒情成分较浓，富于浪漫气息。汉魏时期仍有创作，唐诗中也有骚体诗，但已极少。而在李白的歌行中，时或参用骚体数句，都甚精彩，显示出楚骚对于李白诗的积极影响。

（三）乐府

乐府原是音乐官署，汉武帝（刘彻）时始建，掌管朝会游行所用的音乐，兼采民间诗歌和乐曲。后来把汉魏南北朝乐府官署所采集、创作的乐歌，称为乐府诗，简称乐府，或称古乐府。魏晋及其后的诗人模仿乐府古题的作品，虽不入乐，也称为乐府或拟乐府。宋元以后的词、曲，因为是入乐的，有时也称为乐府。

（四）歌行

汉魏南北朝乐府诗，题名为“歌”“行”的颇多。汉代题用“行”者较多，如《陇西行》《妇病行》等。南北朝题用“歌”者较多，如《子夜歌》《琅邪王歌》等。文人拟乐府的作品，诗题也常标以“歌”“行”。“歌”“行”有时在诗题中连用，如汉乐府民歌有《怨歌行》，曹植有拟作的《怨歌行》。“歌”“行”

名称虽不同，但并无严格的区别，当两者连用时，则作为一种诗体名称。歌行体的音节、格律一般比较自由，句式可用五言、七言、杂言等多种。歌行体的诗，题目并不一定都标上“歌行”字样。

（五）古风

即“古体诗”“古诗”。风，即诗歌的意思，是由《诗经》中的《国风》引申出来的。唐代及后世的诗人作古体诗，还有以“古风”作题名的，如李白有《古风五十九首》。古风每首句数不拘，句式有三、四、五、六、七言和杂言等形式，后世使用五言、七言者较多。不讲求对仗、平仄等格律，用韵也比较自由。

（六）永明体

指南朝齐武帝永明（483—493）时期所形成的诗体。当时的诗歌创作，特别注重“声病”和偶对，同汉、魏、两晋的诗歌比较，在形式上有了显著的区别，因而又称之为新体诗。它还没有形成定式的格律，却因讲求避免种种“声病”，而有了接近后来律诗的作品，直接导致格律诗的产生。

（七）近体诗

亦称“今体诗”“格律诗”“律诗”，与古体诗相对而言。起源于南北朝，成熟于初唐。它的句数、字数、平仄和用韵等，都有严格规定，若有变化，则须按一定的规则。常见的形式有五言、七言绝句和律诗。“近体诗”“今体诗”“格律诗”或“律诗”等名目，都是唐人的说法，沿用至今。

律诗每首八句，四韵或五韵。第二、四、六、八句押韵，首句或押韵或不押。一般押平声韵，不许换韵。不押韵的句子句尾必用仄声字。中间第三句与第四句、第五句与第六句，一般必须对仗。每句各字按节奏平仄声都有定式。

绝句即“绝诗”，亦称“截句”“断句”。绝句每首四句，用平韵。形式仿佛是截取律诗的两联组合而成。但绝句实际上是始于南朝齐梁新体诗，早于律诗，如《玉台新咏》即载有“古绝句”。“截取律诗”只是晚出的为了方便解说的一种说法。唐代绝句多为律绝，属于近体诗的一种，以五言、七言绝句为主。当然也仍有非律体的古体绝句的创作。

另外有一种排律，又名“大律诗”“长律”，一般都是五言，是由律诗定格的铺排延长。每首至少十句，多至二百句以上，句数必须是偶数。除首、末两联外，中间联句都须对仗。例如杜甫《秋日夔府咏怀奉寄郑监审李宾客之芳一百韵》，白居易《代书诗一百韵寄微之》等，就都是二百句一千字的长篇。宋代王禹偁更有一百六十韵的《谪居感事》五言排律一首，应是篇幅最长的大律诗了。

唐代还有一种“三韵律”，是把律诗减缩一联而成，每首六句，隔句押韵，共三韵。如李白《送内寻庐山女道士李腾空二首》：

君寻腾空子，应到碧山家。
水舂云母碓，风扫石楠花。
若爱幽居好，相邀弄紫霞。

多君相门女，学道爱神仙。
素手掬青霭，罗衣曳紫烟。

一往屏风叠，乘鸾著玉鞭。①

储光羲《幽人居》，白居易《听弹〈古渌水〉》《小池二首》《枯桑》，韩愈《李员外寄纸笔》，李益《塞上》等，也都是此体。

（八）应制诗

古代臣属奉皇帝之命而作（或和）的诗，称“应制诗”。以歌功颂德、粉饰太平为主要内容，少数作品也会微含对当时政治的期望。初唐应制诗在声律、对偶等形式技巧上的追求，对于促成律诗的成熟有积极的作用。盛唐王维、岑参等应制诗也有颇获好评的作品，如王维《奉和圣制从蓬莱向兴庆阁道中留春雨中春望之作应制》：

渭水自萦秦塞曲，黄山旧绕汉宫斜。
銮舆迥出千门柳，阁道回看上苑花。
云里帝城双凤阙，雨中春树万人家。
为乘阳气行时令，不是宸游玩物华。②

明唐汝询《汇编唐诗十集》说：“应制大都谀词，独此有箴规意。”③ 清沈德潜《唐诗别裁集》中说：“应制诗应以此篇为

① 《全唐诗》卷一百八十四，中华书局点校本，第6册，第1884页。
② 《全唐诗》卷一百二十八，中华书局点校本，第4册，第1295页。
③ 引自孙琴安《唐七律诗精评》，上海社会科学出版社1989年版，第32页。

第一。”①

（九）试帖诗

也称“赋得体”。唐以后科举进士科考试所采用，多为五言六韵或八韵的排律，以古人诗句或成语为题，冠以“赋得”二字，并限定韵脚。以直接或间接歌颂皇帝功德为主要内容，并须切题。试帖诗对于诗人学习锻炼作诗技巧无疑是有作用的，但因题材限制，流传下来的应试诗，一般思想和艺术价值都不高。但钱起的《省试湘灵鼓瑟》诗，当时“称为绝唱”②，在试帖诗中属于佳作，诗云：

善鼓云和瑟，常闻帝子灵。
冯夷空自舞，楚客不堪听。
苦调凄金石，清音入杳冥。
苍梧来怨慕，白芷动芳馨。
流水传潇浦，悲风过洞庭。
曲终人不见，江上数峰青。③

平时文人亦有用“赋得体”写诗，或为预备应试的练习，如白居易《赋得古原草送别》一类；也或为寻常雅集、送别等事赋

① ［清］沈德潜编《唐诗别裁集》卷十三，中华书局1981年影印本，第183页。

② 《旧唐书》卷一百六十八《钱徽传》附徽父起传，中华书局点校本，第13册，第4383页。

③ 《全唐诗》卷二百三十八，中华书局点校本，第8册，第2651页。

诗，如韦应物《赋得暮雨送李胄》一类。

（十）帖子词

宋代立春、端午等节令，命翰林词臣撰词以进，贴在阁中门壁上，以迎吉祥，称帖子词，也作“贴子词”。多为五言、七言绝句，大多是粉饰太平、颂扬帝王后妃的作品。如欧阳修、苏轼、周必大等人的诗文集中都有《帖子词》。明徐师曾《文体明辨序说》论曰：“然此乃时俗鄙事，似不足以烦词臣，而宋人尚之，岂所谓声容过盛之一端欤？”①

二、杂体诗歌

从“诗言志”到“诗缘情”，古典诗歌都是依据这样两条路子走来。所以，唐代以前的人们还是规规矩矩地写作正体诗歌，偶有写《建除诗》和《离合诗》的，也不过是为了炫耀博学。可是到了唐代，诗歌不纯粹是言志言情了，还为了娱乐，成了“游戏人生”的利器，就好像今天的“戏说”。中唐的权德舆，唐宪宗时曾为宰相，诗名并不高，但各种游戏之作他都有，如《杂言赋得风送崔秀才归白田限三五六七言（暄字）》：“响深涧，思啼猿。暗入苹洲暖，轻随柳陌暄。淡荡乍飘云影，芳菲遍满花源。寂寞春江别君处，和烟带雨送征轩。”② 又有《五杂组》《数名诗》《星名诗》《卦名诗》《药名诗》《古人名诗》《州名诗寄道士》《八音诗》《建除诗》《六府诗》《三妇诗》《安语》《危语》

① 《文章辨体序说·文体明辨序说》，人民文学出版社 1998 年版，第 168 页。

② 《全唐诗》卷三百二十四，中华书局点校本，第 10 册，第 3643 页。

《大言》《小言》等。[①] 宋代作杂体诗之风气更加盛行。这主要是因为佛教的渗透，大量的诗僧参与创作，佛教“游戏三昧”的语言艺术深入人心，用禅语“打机锋”成了一种时尚。如六祖惠能偈语“菩提本无树，明镜亦非台。佛性常清净，何处有尘埃”[②]。像这一类的偈语，本身是漂亮的佛理诗。于是，佛家的“打机锋”影响到俗家的诗歌语言，对诗歌语言产生很大影响，这就使得唐代后期以后，杂体诗出现很多花样。

佛教的渗透不仅增加了宋诗的理趣，而且也出现了“游戏三昧”的诗体。苏轼“借禅以为诙”（《闻辩才法师复归上天竺以诗戏问》诗句）[③]，即借用禅宗诙诡反常的思维方式来表达自己戏谑的人生态度。黄庭坚也常常“打诨”通禅，即把杂剧的诨趣与禅语的诙谐结合起来，表达自我完善的人格精神，于“游戏法”中见“真实相”。苏轼诗集中仅诗题有“戏”字者就有 93 首，而黄庭坚诗集中诗题有“戏”字者更高达 114 首。各种俳谐诗也大量涌现，苏轼有回文诗、集字诗、禽言诗、一字诗等等，黄庭坚更有集句诗、药名诗、建除体、八音歌、二十八宿歌等尝试。举一例，苏轼《李思训画长江绝岛图》诗：

山苍苍，水茫茫，大孤小孤江中央。

---

① 《全唐诗》卷三百二十七，中华书局点校本，第 10 册，第 3665～3668 页。

② 郭朋校释《坛经校释》，中华书局 2012 年版，第 18 页。

③ ［宋］苏轼著，［清］冯应榴辑注，黄任轲、朱怀春校点《苏轼诗集合注》，上海古籍出版社 2001 年版，第 2 册，第 802 页。

崖崩路绝猿鸟去，惟有乔木搀天长。
客舟何处来，棹歌中流声抑扬。
沙平风软望不到，孤山久与船低昂。
峨峨两烟鬟，晓镜开新妆。
舟中贾客莫漫狂，小姑前年嫁彭郎。[1]

前半部分和李白的《蜀道难》何其相像，后面四句突然改变风貌，以市井俚语来一回“戏说”，似乎与前面的意境不相称，却使全诗充满谐趣。正如吕本中所说：“东坡长句，波澜浩大，变化不测，如作杂剧，打猛诨入，却打猛诨出也。”[2] 又据何薳《春渚纪闻》卷六《东坡事实》记载：

先生在黄日，每有燕集，醉墨淋漓，不惜与人。至于营妓供侍，扇书带画，亦时有之。有李琪者，小慧而颇知书札，坡亦每顾之喜，终未尝获公之赐。至公移汝郡，将祖行，酒酣奉觞再拜，取领巾乞书。公顾视久之，令琪磨砚，墨浓，取笔大书云：“东坡七岁黄州住，何事无言及李琪？”即掷笔袖手，与客笑谈。坐客相谓：“语似凡易，又不终篇，何也？”至将彻具，琪复拜请。坡大笑曰：“几忘出场。”继书云：“恰似西川杜工部，海棠虽好不留诗。”一座击节，尽

① ［宋］苏轼著，［清］冯应榴辑注，黄任轲、朱怀春校点《苏轼诗集合注》，上海古籍出版社 2001 年版，第 2 册，第 845~846 页。

② ［宋］胡仔纂集，廖德明校点，周本淳重订《苕溪渔隐丛话（前集）》卷四十二，人民文学出版社 1993 年版，第 297 页。

醉而散。①

苏轼所谓“出场”，正如黄庭坚所说“作诗正如作杂剧，初时布置，临了须打诨，方是出场”②。显然，苏轼也将杂剧的“出场”，等同于诗歌的“终篇”。

以下简述一些杂体诗。

（一）离合诗

离合诗是逐字拆合成文，汉魏六朝时即已有之。如后汉孔融《离合诗·郡姓名诗》：“渔父屈节，水潜匿方。与时进止，出行施张。吕公饥（矶）钓，阖口渭旁。九域有圣，无土不王。好是正直，女固予匡。海外有截，隼逝鹰扬。六翮不奋，羽仪未彰。龙蛇之蛰，俾也可忘。玟璇隐曜，美玉韬光。无名无誉，放言深藏。按辔安行，谁谓路长。”③ 全诗离合成“鲁国孔融文举”六字，见《艺文类聚》卷五十六载录。《艺文类聚》此下还录有梁元帝等人的离合诗十多首。

（二）回文诗

“回文诗”一般指可以倒读的诗篇，亦有可反复回旋读之得诗更多的巧构诗篇。有记载说此体始于晋代傅咸、温峤，诗皆亡

① ［宋］何薳撰，张明华点校《春渚纪闻》，中华书局1983年版，第90页。

② 《王直方诗话》卷上，引自郭绍虞辑《宋诗话辑佚》，中华书局1987年版，上册，第14页。

③ ［唐］欧阳询撰，汪绍楹校《艺文类聚》卷五十六，上海古籍出版社1982年版，上册，第1004页。

佚。《晋书》卷九十六《列女·窦滔妻苏氏》曰：

> 窦滔妻苏氏，始平人也，名蕙，字若兰。善属文。滔，苻坚时为秦州刺史，被徙流沙，苏氏思之，织锦为回文旋图诗以赠滔。宛转循环以读之，词甚凄惋，凡八百四十字，文多不载。①

因嫌篇幅长，《晋书》并未记载苏蕙《回文旋图诗》840字原文。《全唐文》录武则天《织锦回文记》，谓“其锦纵横八寸，题诗二百余首，计八百余言。纵横反复，皆成章句”②。

唐代徐夤有《回文诗二首》：一、“飞书一幅锦文回，恨写深情寄雁来。机上月残香阁掩，树梢烟澹绿窗开。霏霏雨罢歌终曲，漠漠云深酒满杯。归日几人行问卜，徽音想望倚高台。”二、“轻帆数点千峰碧，水接云山四望遥。晴日海霞红霭霭，晓天江树绿迢迢。清波石眼泉当槛，小径松门寺对桥。明月钓舟渔浦远，倾山雪浪暗随潮。”③ 第二首被苏轼改了几个字，成了《题金山寺》，见宋魏庆之编《诗人玉屑》卷二。这或许是因为苏轼为金山寺书写了徐夤的回文诗，流传遂以为苏轼所作。苏轼诗集原本不载，清查慎行编《苏诗补注》始从《诗人玉屑》采录。

回文诗综合了句式、词汇、声律等方面的义素，好的回文诗还具备色彩和气韵。例如一首无名氏的回文诗：

---

① 《晋书》，中华书局点校本，第8册，第2523页。
② 《全唐文》卷九十七，上海古籍出版社1990年版，第1册，第440页。
③ 《全唐诗》卷七百八，中华书局点校本，第21册，第8143~8144页。

落雪飞芳树幽红雨淡霞薄月迷香雾流风舞艳花

读者可以试着读读，这 20 个字，不仅从每一个字顺读都构成一首五言绝句，而且从每一个字倒读，也都是一首五言绝句，因而共可读成 40 首五绝诗。由此可一窥汉语言的语用技巧的极其灵活和深奥。

（三）回韵体

有人称作“辘轳体”。律体为八句五韵，作此体者须作五言或七言律诗五首，将第一首起韵的全句或韵脚，分别置于其他四首韵脚位置。第一首首句与第五首末句相同。五首的韵节如辘轳旋转而下，故名。例如：

一

波心一点碧参差，柳叶冲寒细放丝。
饶舌流莺犹涩语，窥帘新月半修眉。
孤怀尽被花痕妒，老胆何妨雪影欺。
欲向西山赊翠色，却疑清气入杯迟。

二

昨夜萍星初着池，波心一点碧参差。
断崖疏笋锥破土，乳燕轻翎剪出诗。
数落苔痕因绿恼，勾留杏蕊为红痴。
幽情看到无人会，草脚迷离老大时。

三

盛年愧读北山移，辜负微风漾酒旗。

竹阵半围青隐约，波心一点碧参差。
卖花人去留遐想，唤妇鸠来启妙思。
且把春衫沽白堕，学他村叟斗残棋。

四

藜杖横挑盛酒鸦，与春前世共襟期。
擘开柳眼寻诗胆，典得榆钱解酒颐。
岚影三分红腼腆，波心一点碧参差。
新来欲写相思色，江畔无人赋楚蓠。

五

浴沂情致最难羁，入耳蛙鸣尽竹枝。
不共林泉盟逸韵，且容花鸟说时宜。
鱼鳞软浪珊瑚画，茸角新蒲豆蔻诗。
道尽灵犀鸥不语，波心一点碧参差。

但此辘轳体容易和押韵的辘轳体相混。宋代黄庭坚、陆游、杨万里都有押韵的辘轳体诗，都是押邻韵的意思，如黄庭坚《谢送宣城笔》："宣城变样蹲鸡距，诸葛名家捋鼠须。一束喜从公处得，千金求买市中无。漫投墨客摹科斗，胜与朱门饱蠹鱼。愧我初非草玄手，不将闲写吏文书。"① 前半"七虞"，后半"六鱼"，此所谓辘轳体也。

（四）一字至七字诗

从一字句到七字句，逐句成韵，或迭两句为一韵。中唐张南史

① ［宋］黄庭坚撰，任渊、史容、史季温注，刘尚荣校点《黄庭坚诗集注》，中华书局2003年版，第4册，第1363~1364页。

有此体六首，分咏雪、月、泉、竹、花、草，其中《雪》诗是：

雪，雪。
花片，玉屑。
结阴风，凝暮节。
高岭虚晶，平原旷洁。
初从云外飘，还向空中噎。
千门万户皆静，兽炭皮裘自热。
此时双舞洛阳人，谁悟郢中歌断绝。①

白居易、元稹、王建等也有一字至七字诗，后来还有增至九字句者。此体因每句或两句字数依次递增，现代横排文字，诗形即如宝塔，故又俗称“宝塔体”。

（五）三五七言诗

一篇之中三、五、七言各两句依次成形的诗体。宋严羽《沧浪诗话·诗体》和明胡震亨《唐音癸签》卷一都说此体起于隋郑世翼诗，其诗云：

秋风清，秋月明。
落叶聚还散，寒鸦栖复惊。
相思相见知何日？此时此夜难为情。②

---

① 《全唐诗》卷二百九十六，中华书局校点本，第9册，第3360页。
② ［宋］严羽著，郭绍虞校释《沧浪诗话校释》，人民文学出版社1983年版，第71页。

但这首诗又见于《李太白集》，郭绍虞先生著《沧浪诗话校释》认为“当是李作”①。后来刘长卿、宋代寇准等也有此体诗作。但此体显然很难灵动活泼，所以作者极少。

（六）八音诗

全诗为五言八韵十六句。从第一句起，每隔一句以“金、石、丝、竹、匏、土、革、木”八字开头。“金”“石”等字代表中国古代八类乐器，称为“八音”。此体为南朝陈代沈炯始作，《艺文类聚》卷五十六陈沈炯《八音诗》曰：

金屋贮阿娇，楼阁起迢迢。
石头足年少，大道跨河桥。
丝桐无缓节，罗绮自飘飘。
竹烟生薄晚，花色乱春朝。
匏瓜讵无匹，神女嫁苏韶。
土地多妍冶，乡里足尘嚣。
革年未相识，声论动风飙。
木桃堪底用，寄以答琼瑶。②

后来唐朝权德舆有《八音诗》，宋朝黄庭坚也有《八音诗》。

---

① ［宋］严羽著，郭绍虞校释《沧浪诗话校释》，人民文学出版社1983年版，第77页。

② ［唐］欧阳询撰，汪绍楹校《艺文类聚》卷五十六，上海古籍出版社1982年版，上册，第1012页。

（七）建除体

《艺文类聚》卷五十六鲍照《建除诗》，共十二联二十四句，每联第一句分别以建、除、满、平、定、执、破、危、成、收、开、闭等字开头。古代占卜迷信者用“建”“除”等十二字与十二地支相配，附会以定日辰的吉凶，称“建除十二辰”，简称“建除”。后人遂称此种诗为建除体。此据《先秦汉魏晋南北朝诗》的校订录鲍照《建除诗》：

建旗出敦煌，西讨属国羌。
除去徒与骑，战车罗万箱。
满山又填谷，投鞍合营墙。
平原亘千里，旗鼓转相望。
定舍后未休，候骑敕前装。
执戈无暂顿，弯弧不解张。
破灭西零国，生虏郅支王。
危乱悉平荡，万里置关梁。
成军入玉门，士女献壶浆。
收功在一时，历世荷余光。
开壤袭朱绂，左右佩金章。
闭帷草太玄，兹事殆愚狂。①

① 逯钦立辑校《先秦汉魏晋南北朝诗》宋诗卷九，中华书局 1983 年版，中册，第 1300 页。

（八）藏头诗

一名藏头格。有三义：一、明梁桥《冰川诗式》卷七："藏头格，首联与中二联六句，皆具言所寓之景与情而不言题意，至结联方说题之意，是谓藏头。"① 梁桥举杜甫两首诗为例，但明显与其定义并不相应，故其"至结联方说题之意，是谓藏头"的说法，与杜甫诗无关。或也如《四库全书总目》所说，实属于梁桥"杜撰"。二、明徐师曾《文体明辨序说》："藏头诗则每句头字皆藏于每句尾字也。"② 三、将所言之事分藏于诗句之首字，如《水浒传》第六十一回吴用口歌卢俊义书写于宅中粉壁上所谓四句卦歌："芦花丛里一扁舟，俊杰俄从此地游。义士若能知此理，反躬逃难可无忧。"即于四句首字中藏"芦（卢）俊义反"四字。现在一般所谓"藏头诗"就都是这种，把要藏的四个字或八个字当每句的开头，凑句成篇。有时机缘巧合，也能凑成比较有趣味的作品，但多数时候是无聊的硬凑。有些人偏爱作这种诗，当然也自有其感兴趣的读者群。

（九）打油诗

"打油诗"又称"张打油体"，指一种词俗意浅的诗。明杨慎《升庵诗话》卷一四《覆窠俳体打油钉铰》条云：

> 《太平广记》有仙人伊用昌，号伊风子，有《题茶陵县

---

① ［明］梁桥《冰川诗式》，《四库全书存目丛书·集部》，齐鲁书社1997年版，第417册，第206页。

② 《文章辨体序说·文体明辨序说》，人民文学出版社1998年版，第162页。

诗》云："茶陵一道好长街，两边栽柳不栽槐。夜后不闻更漏鼓，只听锤芒织草鞋。"时谓之覆窠体。江南呼浅俗之词曰覆窠，犹今云打油也。杜公谓之俳谐体。唐人有张打油作《雪》诗云："江山一笼统，井上黑窟笼。黄狗身上白，白狗身上肿。"《北梦琐言》有胡钉铰诗。①

杨慎记述张打油诗，主要是嫌其浅俗。大抵明清以来诗评家每以"打油诗"讥评意浅词俗的诗，当然也有诗人谦称自己的诗是"打油诗"，有时候则是特指浅白诙谐的诗。近几十年则真正浅俗庸俗的打油诗盛行，众多自以为能诗者不辨平仄不知韵部，方言土语，市井俗话，时兴口号，都写成四句或八句，自以为是绝句、律诗，不仅自我陶醉，还希求赞赏。每见此类，总会想起苏东坡所谓"士俗不可医"的话，令人无语。古典诗歌是雅文化，尚雅忌俗。即使如学习民歌的《竹枝词》《浪淘沙》等，也是学习民歌朴实的气息而能化俗为雅，这是学习古典诗歌应该明了的道理。希望有志于学诗、初入门学诗的年轻人，能记住一定不要以貌似自谦做"打油诗"为借口，实际甘心于做浅俗、低俗的顺口溜，那就学不好诗了。

历来所谓"杂体诗"，名目还很多，此不赘述。杂体诗起初往往表现出人们对于汉语诗歌各种可能形式的探索尝试的兴趣，并非全无意义。但一旦成为纯文字游戏，则也甚无味。南宋严羽

---

① ［明］杨慎著，王仲镛笺证《升庵诗话笺证》，上海古籍出版社1987年版，第416~417页。

《沧浪诗话·诗体》“论杂体”说：“至于建除、字谜、人名、卦名、数名、药名、州名之诗，只成戏谑，不足法也。”① 此言甚是。

初学诗，多了解古代诗歌正体、杂体种种体式，知传统诗歌体式的变化多样，开阔眼界，丰富知识。但学作诗还是要从正体入手，以五七言古今体诗为范围，多读，多学作。言志、缘情，郑重其事。不要好异猎奇，以文字游戏的态度偏嗜杂体，则误入旁门矣。待正体学到有稳定的水平，性情幽默而多才者，偶尔作作杂体以为娱乐，则未尝不可。

第二节　诗歌结构

任何事物发展到极致，都是在追求与艺术的境界结合，即俗话所谓“熟能生巧”。“熟”是追求极致，“巧”是艺术境界。运动似乎是力的问题，但古希腊雕塑《掷铁饼者》所呈现的就不单纯是力而达到了美的境界。竞技体育的体操、跳水、滑冰、武术等，无不追求美的境界。所以，“美”是人类追求的终极目标。写文章也是如此，“真、善、美”是作文的最高准则。“真”指情感，“善”指理趣，“美”指形式。文章的形式要如何才算美呢？结构和语言是非常重要的。其中“语言美”又包括修辞和音律。讲究修辞，增加诗文的表现力和趣味；讲究音律，读起来和谐浏

① ［宋］严羽著，郭绍虞校释《沧浪诗话校释》，人民文学出版社1983年版，第100~101页。

亮，抑扬顿挫，能加深人们的印象。所以文章的结构美是文章形式美的重要内容。

结构，亦称章法。我国古代第一个注意到文章结构美的是南北朝的刘勰，刘勰撰《文心雕龙·章句》篇就讲到文章的结构。钟嵘《诗品》评谢朓诗“善自发诗端，而末篇多踬”①，已着眼于诗的发端和结尾的分析品评。《唐诗纪事》记上官昭容评沈佺期与宋之问应制诗，谓沈诗落句词气已竭，宋结句犹健举。② 也是讲究诗篇章法结尾须有不尽之意的事例。晚唐王叡《诗格》“一篇血脉条贯体”引李德裕《汨罗》诗解析说：“李太尉诗云：‘远谪南荒一病身，停舟暂吊汨罗人。’此诗首一句发语，次一句承上，吊屈原。‘都缘靳尚图专国，岂是怀王厌直臣。’此二句为颔下语，用为吊汨罗之言。‘万里碧潭秋景静，四时愁色野花新。’此腹内二句，取江畔景象。‘不劳渔父重相问，自有招魂拭泪巾。’此二句为断章，虽外取之，不失此章之旨。”③ 其中所谓“发语”“承上”“颔下语”“腹内二句”和“断章”，已是细分一篇章法的诗论。晚唐徐寅撰《雅道机要》“叙句度”道：“凡为诗者，须分句度去着……或破题，或颔联，或腹中，或断句。”其具体论曰：“破题：构物象语带容易，势须紧险。颔联：为一篇之眼目，句须寥廓古淡，势须高举飞动，意须通贯，字须子细

① 吕德申《钟嵘诗品校释》，北京大学出版社 1986 年版，第 143 页。

② 《唐诗纪事》三。引自周勋初主编《唐人事迹汇编》，上海古籍出版社 1995 年版，第 1 册，第 60 页。

③ ［宋］陈应行编《吟窗杂录》卷十五，中华书局 1997 年影印本，上册，第 482 页。

裁剪。腹中：句势须平律细腻，语似抛掷，意不疏脱。断句：势须快速，以一意贯两意，或背断，或正断，须有不尽之意堆积于后，脉脉有意。"①

宋代如严羽《沧浪诗话·诗法》也讲到"发句""发端""结句"和"收拾"等，其言曰："对句好可得，结句好难得，发句好尤难得。"又曰："发端忌作举止，收拾贵在出场。"② 也是讲诗的起结的章法问题。

元明以后论诗文结构者，多以"起承转合"为说。元代杨载《诗法家数》论"律诗要法"即以"起承转合"讲律诗的结构。③《诗法家数》论"律诗要法"说："破题：或对景兴起，或比起，或引事起，或就题起。要突兀高远，如狂风卷浪，势欲滔天。颔联：或写意，或写景，或书事，用事引证。此联要接破题，要如骊龙之珠，抱而不脱。颈联：或写意、写景、书事、用事引证，与前联之意相应相避。要变化，如疾雷破山，观者惊愕。结句：或就题结，或推开一步，或缴前联之意，或用事，必放一句作散场，如剡溪之棹，自去自回，言有尽而意无穷。"④ 杨载还说："大抵诗之作法有八：曰起句要高远，曰结句要不着迹，曰承句

---

① ［宋］陈应行编《吟窗杂录》卷十五，中华书局1997年影印本，上册，第534~535页。

② ［宋］严羽著，郭绍虞校释《沧浪诗话校释》，人民文学出版社1983年版，第112~113页。

③ ［清］何文焕辑《历代诗话》，中华书局校点本1981年版，下册，第729页。

④ ［清］何文焕辑《历代诗话》，中华书局校点本1981年版，下册，第729页。

要稳健，曰下字要有金石声，曰上下相生，曰首尾相应，曰转折要不着力，曰占地步。盖首两句先须阔占地步，然后六句若有本之泉，源源而来矣。地步一狭，譬犹无根之潦，可立而竭也。”① 此后元明人论诗往往说起承转合，大约塾师教学尤便于讲授。

但既成流行说法，就难免引发异议。如王夫之《薑斋诗话》说：“起承转收，一法也。试取初盛唐律验之，谁必株守此法者？法莫要于成章；立此四法，则不成章矣。”② 王夫之的异议，自有其主张不可千篇一律的道理，但事实是王夫之所撰《唐诗评选》也时时分起承转结来评论诗篇。而以“起承转合”讲诗文结构章法引导初学，后来仍多有赞成和沿用者。如清初金圣叹更是认为“诗与文虽是两样体，却是一样法。一样法者，起承转合也。除起承转合，更无文法；除起承转合，亦更无诗法也”③。清王士禛（渔洋）《师友诗传续录》载刘大勤问：“律诗论起承转合之法否？”王渔洋答曰：“勿论古文今文、古今体诗，皆离此四字不可。”④ 文章要达到高度的谨严，必须依赖妥适结构，“起承转合”是一般文学作品常用的结构，它合乎逻辑思考的秩序。

近代刘坡公著《学诗百法》为学诗者指示门径，其述“章法”也以“起承转合”为说，其说简明，这里就照录原文以供

---

① ［清］何文焕辑《历代诗话》，中华书局校点本 1981 年版，下册，第 726 页。

② ［清］王夫之等撰《清诗话》，上海古籍出版社 1978 年版，上册，第 12 页。

③ 《金圣叹选批唐诗六百首》，北京出版社 1989 年版，第 17 页。

④ ［清］王夫之等撰《清诗话》，上海古籍出版社 1978 年版，上册，第 150 页。

参阅：

起笔突兀法

作诗起笔，有明起、暗起、陪起、反起之别。明起者，开口即就题之正意说起，虽明见题字，然不得谓之“骂题”。暗起者，不就题面说，而题意自见。陪起者，先借他物说起，以引申所咏之物。反起者，不说题之正面，而先从题之反面着笔。学者明此诸法，起笔时尤以来势突兀为胜。若一涉平淡，便觉句法不挺矣。兹录唐诗得力在起两句之一首于下，以便学诗者有所取法焉。

《和晋陵陆丞相早春游望》以下五律

杜审言

独有宦游人，偏惊物候新。

云霞出海曙，梅柳渡江春。

淑气催黄鸟，晴光转绿蘋。

忽闻歌古调，归思欲沾巾。

右诗首句拈出“独有”二字，次句便以“惊”字作衬，有登高一呼之概。

承笔衔接法

律诗以第二联为承笔，或写意，或写景，要与上联起笔衔接，不可松泛。起笔一联，仅浑括大概。点醒题意，全在此联。且须留有余不尽之意，以开下文转笔一联。兹录唐诗中第二联最警切之一首，以飨读者，俾知醒题之法也。

《军中闻笛》

张巡

岧峣试一临，虏骑附城阴。

不辨风尘色，安知天地心。

门闲边月近，战苦阵云深。

旦夕更楼上，遥闻横笛声。

右诗第三四句写军中情状，紧接上句看见虏骑之悲感，而全题之用意醒矣。

转笔呼应法

转者，就承笔之意，转捩以言之也。其法有三：一、进一层转；二、推一层转；三、反转。总以能与前后相呼应、活而不板者为佳。唐诗之注重转笔、而上下一气者，当推杜甫《春望》一首，兹特选录于下，非学到功深者，断难揣摩其万一。

《春望》

杜甫

国破山河在，城春草木深。

感时花溅泪，恨别鸟惊心。

烽火连三月，家书抵万金。

白头搔更短，浑欲不胜簪。

右诗第五句言兵祸之久，第六句言乡信之重，是全诗最着力处。而与首句写乱后景象、末句自伤衰老，通体均相应也。

合笔结束法

合者，结束全诗，俾有下落也。或开一步，或放一句，总以言有尽而意无穷者为佳构。唐诗中合笔之足以惊人、而传诵一时者，首推刘禹锡之《蜀先主庙》诗。兹亦照录于后，以为学者之模范。

《蜀先主庙》

刘禹锡

天地英雄气，千秋尚凛然。

势分三足鼎，业复五铢钱。

得相能开国，生儿不象贤。

凄凉蜀故妓，来舞魏宫前。

右诗结句言蜀妓凄凉，不言蜀灭，而蜀灭之意自在其中。以此结束全题，真觉余韵悠然，有缥缈欲仙之致。①

刘坡公《学诗百法》一书，20 世纪 80 年代初上海书店据世界书局 1928 年版复印再版。后来讲诗法的书，有发挥刘坡公此书“起承转合”之说者，如谓“起”有明起、暗起、陪起、反起，再各加阐述并举例参证，终究还是刘坡公此书说法的延展而已。

要了解学习律诗的起承转合，清代浦起龙著《读杜心解》其实是很好的参考书。清编《四库全书》将浦起龙《读杜心解》列

① 刘坡公《学诗百法》，上海书店据世界书局 1928 年版复印，1981 年版，第 38~41 页。

于存目，其《提要》主要是批评此书“于分体之中又各自编年，殊为繁碎”。也批评它“又诠释之中，每参以评语，近于点论时文”，意思是说类似点评八股文。但近代杜诗研究者洪业评价《读杜心解》说：“书中注解评论，与钱、朱、卢、仇立异处甚多，虽未必处处的确可依，要是熟于考证者心得之作，未可嫌其编次体例之怪，而遽轻其书也。”① 浦起龙此书有中华书局点校本，点校本1977年作的《重印说明》说此书“在章节字句的分析上也有形式主义的倾向”②。所谓“形式主义”，正是指章法结构方面，浦起龙关于杜甫诗的结构的较多解析，虽然难免受到讲论八股文形式章法的影响而有塾师气，但具体诗篇的讲解，讲得独到而精彩的也很多，还是可以启发学诗者的。例如杜甫五律的第一篇《登兖州城楼》：

东郡趋庭日，南楼纵目初。
浮云连海岱，平野入青徐。
孤嶂秦碑在，荒城鲁殿余。
从来多古意，临眺独踌躇。

浦起龙的讲解说：“首、二，点事。三、四，横说，紧承‘纵目’。五、六，竖说，转出‘古意’。末句仍缴还‘登’字，

① 洪业等编纂《杜诗引得》洪业《序》，上海古籍出版社1983年版，上册，第73~74页。

② ［清］浦起龙《读杜心解》，中华书局点校本1981年版，第1页。

与‘纵目’应。局势开拓，结构谨严。”①

再如我们都很熟悉的名篇《春夜喜雨》：

好雨知时节，当春乃发生。
随风潜入夜，润物细无声。
野径云俱黑，江船火独明。
晓看红湿处，花重锦官城。

浦起龙讲解说：“起有悟境，从次联得来。于‘随风’‘润物’悟出‘发生’，于‘发生’悟出‘知时’也。五、六拓开，自是定法。结语亦从悟得，乃是意其然也。通身下字，个个咀含而出。‘喜’意都从罅缝里迸透。”②

再看一首七律，《闻官军收河南河北》：

剑外忽传收蓟北，初闻涕泪满衣裳。
却看妻子愁何在？漫卷诗书喜欲狂。
白日放歌须纵酒，青春作伴好还乡。
即从巴峡穿巫峡，便下襄阳向洛阳。

浦起龙说：“八句诗，其疾如飞。题事只一句，余俱写情。得力全在次句，于神理妙在逼真，于文势妙在反振。三、四，以

① ［清］浦起龙《读杜心解》，中华书局点校本1981年版，第333页。
② ［清］浦起龙《读杜心解》，中华书局点校本1981年版，第414页。

转作承。第五，仍能缓受。第六，上下引脉。七、八，紧申‘还乡’。生平第一首快诗也。”①

如此解析讲论，对于了解杜甫诗，对于学习作诗，应该还是很有帮助的。

① ［清］浦起龙《读杜心解》，中华书局点校本 1981 年版，第 628 页。

第二章　声律论

我国古代五、七言诗，兴起于汉魏，发展于两晋南北朝，历时约五百年间，诗人咏歌选字造句，全凭自然语感，除了押韵外，于字音声调未有有意的安排。因此，即如读陶渊明诗，时而有五字皆平声或皆仄声的句子，是后来讲究四声平仄的近体诗所不再有的。南朝齐武帝永明年间（483—493），受翻译佛经研揣语音的启发，学者们才清晰辨识汉字有平上去入四声之别，诗人沈约、谢朓、王融等，便在诗文遣字造句时讲究回忌声病，调谐四声，有意造成高低抑扬的声韵节奏，沈约等人探索的这种具有显著新特征的诗被称为“永明体”。

从沈约等人的“永明体”，到初唐人探索四声在诗歌中的利用，有“四声八病”之说。“八病”即八种要避免的四声安排上不理想的搭配，很烦琐，提倡者自己也不能全都避免。但在尝试的实践中，诗人们渐渐将不可以这样、不可以那样的消极游戏规则，改变为应该这样或亦可如此等积极的规则，四声被进一步简括为两类，即平声和仄声（上去入三声并为仄声）。“仄声”的“仄”，起初也用“侧”字，读同“仄”，即不平的意思。诗律按照平仄（侧）声来约定，既简明，也就容易遵循。诗人们越来越多地写出符合理想律调的诗篇，使得完善的律诗在唐朝武则天和中宗、睿宗时期终于定型。

武则天和中宗、睿宗时期（公元7世纪末至8世纪初），诗人沈佺期、宋之问、杜审言、陈子昂等，创作出完善的律诗，此时成型的律诗还都是五言律诗。到唐玄宗开元、天宝时期（713—755），进入唐诗的黄金时代，文学史所谓“盛唐”时期，大诗人李白、杜甫、王维、孟浩然、王昌龄、李颀、高适、岑参等，都主要活动在这个时期。这时期诗人们已普遍精熟五律，王维、李颀、杜甫等则进一步完善了七言律诗。七言绝句也在这个时期达到成熟和兴盛。盛唐之后，五、七言律诗和绝句成为我国古典诗歌中最流行也最重要的体式。即使经历一千多年，即使遭遇20世纪白话新文学提倡者的激烈批判，五、七言律诗和绝句却至今仍为众多人所喜爱。

律诗兴起于齐梁，定型于初唐，唐朝人就称之为“律诗”，又称“近体诗”，或“今体诗”。这几种名目，从唐朝一直沿用至今。只是20世纪初提倡“新文学”者称尝试写作的白话诗为“新诗”，于是将古来相承的无论是古体诗还是律诗都称为“旧诗”。但坚持喜爱古典诗歌的人们，却很不情愿采用“旧诗”这个明显带有排斥性的概念。因此，人们还是更愿意使用“古诗”及“律诗”（或“近体诗”“今体诗”）这些固有的名称，或概称“古典诗歌”“古典诗词”“中华诗词”等。

近体诗即律诗，也就是在形式上具有严格的律法规定的诗。近体诗的律法，除了句式（句数规定）外，主要的是声律规则，涉及用韵、平仄格律和对仗的讲究几个方面。这一章主要讲近体诗的律法这几个方面。古体诗原本是全凭自然语感造句而不拘声调平仄的，是古代的自由诗，当然押韵自有当时的音韵标准。近体诗形成后，古体诗存在参用律句和有意避用律句的两种倾向。了解了近体诗的声律，自然知道不合近体律格的诗，就都是古体诗。

第一节　句　式

五、七言古体诗没有句数和句式的限定，而近体诗则是有定型的，这是近体诗与古体诗的不同。近体诗包括五言、七言的律诗和绝句，具体说来是 4 种诗体，即：五言律诗（简称“五律”）、七言律诗（简称“七律”）、五言绝句（简称“五绝”）、七言绝句（简称“七绝”）。

五言、七言律诗，每首以八句为定式，即“五律”为五字一句，全篇八句；“七律”为七字一句，全篇八句。

五言律诗，如唐张九龄《望月怀远》：

海上生明月，天涯共此时。
情人怨遥夜，竟夕起相思。
灭烛怜光满，披衣觉露滋。
不堪盈手赠，还寝梦佳期。①

七言律诗，如杜甫《蜀相》：

① 《全唐诗》卷四十八，中华书局点校本，第 2 册，第 591 页。

丞相祠堂何处寻，锦官城外柏森森。
映阶碧草自春色，隔叶黄鹂空好音。
三顾频烦天下计，两朝开济老臣心。
出师未捷身先死，长使英雄泪满襟。①

五、七言律诗八句，每两句为一个单位，叫一“联”，共四联。从第一至第四联，除了依次称第一、第二、第三、第四联外，各联又有或简约或形象的代称，第一联称首联，或起联，或起句；第二联称颔联，或次联；第三联称颈联，或腹联；第四联称尾联，或结联，或结句等。

五言律诗也有全篇十句以上，可以多至数十句，以至百句、二百句。这种长篇的五言律诗，唐朝诗人没有给它定名，十韵（20句）以上的诗，诗人有时在诗题后标明多少“韵”（两句一韵），以使读者预先知其为长篇。如杜甫诗题有：《敬赠郑谏议十韵》《寄李十二白二十韵》，也有三十韵、三十六韵、四十韵，最长的一篇是《秋日夔府咏怀奉寄郑监审李宾客之芳一百韵》。后来白居易和元稹学习杜甫，也作有十韵、数十韵，以至一百韵的长篇律诗。元稹曾称这种长篇五律为“大律诗”，他在《酬乐天东南行诗一百韵》自序中说“此卷唯五言大律诗二首而已”②。宋初王禹偁甚至有一百六十韵的长篇。③ 这种十句以上、每篇句

① 《全唐诗》卷二百二十六，中华书局点校本，第7册，第2431页。
② 《全唐诗》，卷四百七，中华书局点校本，第12册，第4530页。
③ ［宋］王禹偁《谪居感事》，北京大学古文献研究所编《全宋诗》卷六四，北京大学出版社1991年版，第2册，第709~712页。

数无定的律诗，元明以后称之为“排律”，或“长律”。

五言排律，如杜甫《寄李十二白二十韵》：

昔年有狂客，号尔谪仙人。
笔落惊风雨，诗成泣鬼神。
声名从此大，汩没一朝伸。
文彩承殊渥，流传必绝伦。
龙舟移棹晚，兽锦夺袍新。
白日来深殿，青云满后尘。
乞归优诏许，遇我宿心亲。
未负幽栖志，兼全宠辱身。
剧谈怜野逸，嗜酒见天真。
醉舞梁园夜，行歌泗水春。
才高心不展，道屈善无邻。
处士祢衡俊，诸生原宪贫。
稻粱求未足，薏苡谤何频。
五岭炎蒸地，三危放逐臣。
几年遭鵩鸟，独泣向麒麟。
苏武先还汉，黄公岂事秦。
楚筵辞醴日，梁狱上书辰。
已用当时法，谁将此义陈。
老吟秋月下，病起暮江滨。

莫怪恩波隔，乘槎与问津。①

七言律诗也有长篇，后来即称“七言排律”“七排”。清人浦起龙著《读杜心解》卷五之末为“七排”，只有八首，其中最长的为三十二句。但七言律诗拉长了，不仅难写，而且即使写出来也难以生动，缺乏美感，不耐读。因此，在杜甫尝试之后，继续写作者和作品都很少，就不举例了。

五言、七言绝句，都是四句的诗。

五言绝句在南朝已很多见，均为古体。唐代以下，五言绝句仍以古体的为多，合律的五绝相对较少。古体的名篇如孟浩然《春晓》：

春眠不觉晓，处处闻啼鸟。
夜来风雨声，花落知多少。②

柳宗元《江雪》：

千山鸟飞绝，万径人踪灭。
孤舟蓑笠翁，独钓寒江雪。③

合律的五言绝句，广为人知的如王维《相思》：

① 《全唐诗》卷二百二十五，中华书局点校本，第 7 册，第 2430 页。
② 《全唐诗》卷一百六十，中华书局点校本，第 5 册，第 1667 页。
③ 《全唐诗》卷三百五十二，中华书局点校本，第 11 册，第 3948 页。

红豆生南国，秋来发故枝。
愿君多采撷，此物最相思。①

王之涣《登鹳雀楼》：

白日依山尽，黄河入海流。
欲穷千里目，更上一层楼。②

七言绝句，唐朝之前也已产生，但却是到了初唐才兴盛起来。七绝兴盛之时也是律诗成熟之际，因此早期七绝就较多趋向于律化。至盛唐时，七绝更是以律体为主，而且是盛唐诗最出色最具吸引力的体式之一，当时很多七绝佳作成为乐府歌词广为传唱。唐代以后，七绝也是最长久显示生命力的古典诗歌体式之一。盛唐七绝名篇如王昌龄《出塞二首》其一：

秦时明月汉时关，万里长征人未还。
但使龙城飞将在，不教胡马度阴山。③

李白《早发白帝城》：

① 《全唐诗》卷一百二十八，中华书局点校本，第 4 册，第 1305 页。

② 《全唐诗》卷二百五十三，中华书局点校本，第 8 册，第 2849 页。按：《全唐诗》此首题下注“一作朱斌诗”。

③ 《全唐诗》卷一百四十三，中华书局点校本，第 4 册，第 1444 页。

朝辞白帝彩云间，千里江陵一日还。
两岸猿声啼不尽，轻舟已过万重山。①

宋代七绝如王安石《泊船瓜洲》：

京口瓜洲一水间，钟山只隔数重山。
春风自绿江南岸，明月何时照我还。②

苏轼《饮湖上初晴后雨二首》其二：

水光潋滟晴方好，山色空濛雨亦奇。
欲把西湖比西子，淡妆浓抹总相宜。③

第二节　押　韵

诗赋为使声韵抑扬，节奏鲜明，有规律地在某些句末用同韵的字，历来称为押韵。刘勰《文心雕龙·声律》篇说“同声相应谓之韵”④。从《诗经》《楚辞》到汉魏古诗，押韵是诗的一个必

---

① 《全唐诗》卷一百八十一，中华书局点校本，第6册，第1844页。

② 刘乃易、高洪奎《王安石诗文编年选释》，山东教育出版社1992年版，第127页。

③ ［宋］苏轼著，［清］冯应榴辑注，黄任轲、朱怀春校点《苏轼诗集合著》，上海古籍出版社2001年版，第1册，第404页。

④ 陆侃如、牟世金《文心雕龙译注》，齐鲁书社1982年版，下册，第168页。

具的特点。五、七言古体诗用韵较宽，近体诗用韵基本上要严格遵守“平水韵”划分的韵部，而且只押平声韵。现代诗词爱好者有一种意见主张押韵不再按照“平水韵”，而根据现代汉语普通话的声调，凡韵母相同的字即可押韵，称之为“新韵”。我是坚决不赞成这种主张的。因为按照现代汉语普通话的声调，很多古入声字变成了平声，而按照押平声韵的规则，这些变成平声的古入声字就有可能被用来押韵，这样写出的作品，与自唐宋至明清一千多年遵循“平水韵”产生的无数诗篇，与我们所熟读的名篇佳作，在声调上就会时时有非常违拗的感觉。如果你真的“熟读唐诗三百首”，养成了品味古典诗歌声律韵调的感知力，对于变成平声的古入声字如：国、学、黑、白、得、失等，在押“新韵”的诗中都作平声字用，甚至用来押韵，那种非常违拗的感觉是令人十分难受的。也就是说用古四声写作古典诗词，已是一个我们所熟悉的声韵系统，而现代普通话的声调已逸出古四声系统，硬用普通话声调来作律诗，对于古典诗词声韵系统只能是一种扰乱，肯定也作不出令人爱读的作品。所以我坚持认为，学习创作传统的近体诗，还是要熟悉古四声，押韵还是应该遵用“平水韵”。

一、平水韵

所谓“平水韵”，先是隋陆法言撰《切韵》以四声分 193 韵。唐代孙愐撰《唐韵》同。宋陈彭年撰《广韵》、丁度《集韵》都同广韵系统，四声分 206 韵。都是汇总南北语音的，并非当时语音实际。南宋理宗淳祐（1241—1252）间，江北平水人刘渊用“同韵”和“通韵”的办法修《礼部韵略》，四声分 107 韵。金人王文郁把“拯”和“迥”二韵合起来，成106部，称为《新刊平水礼部韵略》。因106部的划分符合唐宋诗歌用韵的事实，遂成为后世近体诗标准韵书，习称“平水韵”。

“平水韵”平声30韵，上声29韵，去声30韵，入声17韵。

平声30韵韵目如下：

上平声十五部

一东	二冬	三江	四支	五微
六鱼	七虞	八齐	九佳	十灰
十一真	十二文	十三元	十四寒	十五删

下平声十五部

一先	二萧	三肴	四豪	五歌
八麻	七阳	八庚	九青	十蒸
十一尤	十二侵	十三覃	十四盐	十五咸

现代较常容易查阅的按平水韵分部并罗列辞藻的韵书，如清康熙时官修的《佩文韵府》，有上海古籍出版社1983年影印本，此书篇幅过巨，不便于日常参考。另有清周兆基辑《佩文诗韵释要》，由博返约，便于寻绎，有上海古籍出版社1982年影印本。民国十二年（1922）广益书局校勘刊印的《诗韵合璧》，很方便查找韵字及辞藻，上海书店出版社1982年以后多次印行。

二、押平声韵

古体诗押韵不拘平声仄声，而且一首诗中可以平仄换韵。近体诗押平声韵，不得转韵，古人认为“转韵即无力”①，这是近体诗在形成过程中为诗人们所选择并定型的一个规则。用律句成篇但押仄声韵者，有人称之为仄韵律诗，例如柳宗元《江雪》绝句：“千山鸟飞绝，万径人踪灭。孤舟蓑笠翁，独钓寒江雪。”岑参七绝《武威送刘判官赴碛西行军》：“火山五月行人少，看君马去疾如鸟。都护行营太白西，角声一动胡天晓。”② 虽用律句，但押仄声韵，不可视为近体诗，仍应归属于古体诗，都是古体绝句。

三、韵脚

诗句押韵处叫韵脚。近体诗一般句尾隔句押韵，即绝句第二、四句，律诗第二、四、六、八句，句尾为韵脚。第一句押韵或不押韵都可以，押韵的叫“首句入韵”，也叫“引韵”。五言以首句不入韵的为多，七言以首句引韵的为多。

（一）五言首句不入韵者，五律例如常建《题破山寺后禅院》：

清晨入古寺，初日照高林。
竹径通幽处，禅房花木深。
山光悦鸟性，潭影空人心。
万籁此都寂，但余钟磬音。③

---

① 【日】弘法大师原撰、王利器校注《文镜秘府论校注》，中国社会科学出版社 1983 年版，第 307 页。

② 《全唐诗》卷二百一，中华书局点校本，第 6 册，第 2104 页。

③ 《全唐诗》卷一百四十四，中华书局点校本，第 4 册，第 1461 页。

五绝例如白居易《问刘十九》：

绿蚁新醅酒，红泥小火炉。
晚来天欲雪，能饮一杯无？①

（二）五言也有首句入韵的，相对较少。五律例如王维《使至塞上》：

单车欲问边，属国过居延。
征蓬出汉塞，归雁入胡天。
大漠孤烟直，长河落日圆。
萧关逢候吏，都护在燕然。②

近体五绝首句入韵者极少，《唐诗三百首》所录仅一首，西鄙人《哥舒歌》：

北斗七星高，哥舒夜带刀。
至今窥牧马，不敢过临洮。③

（三）七言首句入韵，七律例如韩愈《左迁至蓝关示侄

① 《全唐诗》卷四百四十，中华书局点校本，第13册，第4900页。
② 《全唐诗》卷一百二十六，中华书局点校本，第4册，第1279页。
③ ［清］蘅塘退士编，陈婉俊补注《唐诗三百首》，中华书局1999年版，卷七，第9页。

孙湘》：

一封朝奏九重天，夕贬潮州路八千。
欲为圣朝除弊事，肯将衰朽惜残年！
云横秦岭家何在？雪拥蓝关马不前。
知汝远来应有意，好收吾骨瘴江边。①

七绝例如王昌龄《春宫曲》：

昨夜风开露井桃，未央前殿月轮高。
平阳歌舞新承宠，帘外春寒赐锦袍。②

（四）七言首句不入韵，七律例如刘禹锡《酬乐天扬州初逢席上见赠》：

巴山楚水凄凉地，二十三年弃置身。
怀旧空吟闻笛赋，到乡翻似烂柯人。
沉舟侧畔千帆过，病树前头万木春。
今日听君歌一曲，暂凭杯酒长精神。③

七绝例如王维《九月九日忆山东兄弟》：

---

① 《全唐诗》卷三百四十四，中华书局点校本，第10册，第3860页。
② 《全唐诗》卷一百四十三，中华书局点校本，第4册，第1445页。
③ 《全唐诗》卷三百六十，中华书局点校本，第11册，第4061页。

独在异乡为异客，每逢佳节倍思亲。

遥知兄弟登高处，遍插茱萸少一人。①

四、借邻韵

律诗如果首句入韵，可以借相邻的韵字。例如杜甫五律《秋野五首》其一：

秋野日疏芜（七虞），寒江动碧虚（六鱼）。

系舟蛮井络，卜宅楚村墟（六鱼）。

枣熟从人打，葵荒欲自锄（六鱼）。

盘餐老夫食，分减及溪鱼（六鱼）。②

七律例如白居易《故衫》：

暗淡绯衫称老身（十一真），半披半曳出朱门（十三元）。

袖中吴郡新诗本，襟上杭州旧酒痕（十三元）。

残色过梅看向尽，故香因洗嗅犹存（十三元）。

曾经烂熳三年著，欲弃空箱似少恩（十三元）。③

七绝例如王建《宫词一百首》其十七：

---

① 《全唐诗》卷一百二十八，中华书局点校本，第4册，第1306页。

② 《全唐诗》卷二百二十九，中华书局点校本，第7册，第2499页。

③ 《全唐诗》卷四百四十七，中华书局点校本，第13册，第5022页。

罗衫叶叶绣重重（二冬），金凤银鹅各一丛（一东）。
每遍舞时分两向，太平万岁字当中（一东）。①

又如苏轼《六月二十七日望湖楼醉书五绝》：

黑云翻墨未遮山（十五删），白雨跳珠乱入船（一先）。
卷地风来忽吹散，望湖楼下水如天（一先）。②

因为首句本是可以不用韵的，且即使用韵也不算在韵数里，所以首句入韵用邻韵的宽松方式，宋以后诗人很乐意采用，也成为一种格式。

五、重韵、限韵、和韵、步韵和叠韵

（一）重韵，也叫复韵，是指同一首诗中出现两个词义相同的韵脚字。古诗中有不避重韵的先例，如《诗经·邶风·终风》次章云："终风且霾，惠然肯来。莫往莫来，悠悠我思。"以霾、来、来、思为韵，"来"字两见。因而唐人作古体诗也不避重韵。近体诗则要避重韵。有人举杜甫多首排律诗中重韵的例子，认为律诗也不避重韵。但所举的几例是三十韵、五十韵以至一百韵的长篇排律诗，其在作者，或许是参照古诗不避重韵，也或许是因为韵数甚多而有疏忽。而一般八句律诗，杜诗中没有重韵的。手边有本20世纪90年代初出版的某次诗词大赛选集，其中某作者

---

① 《全唐诗》卷三百二，中华书局点校本，第10册，第3440页。

② ［宋］苏轼著，［清］冯应榴辑注，黄任轲、朱怀春校点《苏轼诗集合注》，上海古籍出版社2001年版，第1册，第318页。

《游镜泊湖》绝句："鬼斧神工堰塞湖，水光山色比明珠。为游八景寻幽境，不去漓江到此湖。"三个韵脚两次用"湖"字，如此同字重韵，实应避免。同字而在句中用义不同的，例如"耳"字两用，一用其耳朵义，一用其虚词义，则不算犯重韵。当然这种情况也是如能避免更好，不必有意为之如做文字游戏。不同字而词义却相同的，如同在"六麻"韵部的花、葩，同在"七阳"韵部的香、芳，以及同在"十四寒"的观、看等字，如果用在一首律诗中押韵，则也是犯重韵，也应避免。①

（二）限韵，指限定用某一韵部的字作诗。古代科举考试作诗一般要限用韵。平常几个人一起做诗，有时也限韵。限韵又分两种：一种是限韵不限字；又一种是限韵兼限字，即共同选定一个韵字，每个人的诗中都必须包含这个字。凡诗题有"得某字"的作品，都是这种限韵诗。例如杜甫《严公厅宴同咏蜀道画图得空字》：

日临公馆静，画满地图雄。
剑阁星桥北，松州雪岭东。

---

① 例如20世纪90年代初正式出版的某次诗词大赛选集，其中有某作者《春日》绝句："云轻日暖昼初长，缓步春郊觅远芳。留恋风光归去晚，衣襟犹带野花香。"芳、香重韵。又一作者《梨花》七律中二联云："婷婷月下难寻偶，脉脉枝头懒着香。为掩风流甘独老，不将冶艳斗群芳。"香、芳重韵。又一作者《梨花》七律首句是"天生丽质露凝香"，末句是"移来处处馈芬芳"，香、芳重韵。又一作者七律第六句是"春秋一部等闲看"，第八句是"敢望孙阳青眼观"，看、观重韵。又一作者七律第六句是"案烛欢心绽若花"，第八句是"港台爆竹缀新葩"，花、葩重韵。此书中犯重韵的还有多例，可见现代人学诗多有不知避重韵者，是一个应加提醒的问题。

华夷山不断，吴蜀水相通。

兴与烟霞会，清樽幸不空。①

又如朱熹《九日登天湖以“菊花须插满头归”分韵赋诗得归字》：

去岁潇湘重九时，满城风雨客思归。

故山此日还佳节，黄菊清尊更晚晖。

短发无多休落帽，长风不断且吹衣。

相看下视人寰小，只合从今老翠微。②

朱熹这首诗的题目，标示分韵赋诗有时是用古人诗文成句来分韵字。

最严格的限韵是限定每个韵脚用字，《红楼梦》第三十七回写“秋爽斋偶结海棠社”，限定用“门盆魂痕昏”为韵作七律。虽是小说，恰好生动地描写了旧时文人雅集限韵赋诗的情形。

（三）用别人诗歌的韵作诗来回和别人，叫“和韵”。在和韵诗中，如果韵字和次序都和原诗一样，叫“次韵”，也叫“步韵”。

南宋严羽《沧浪诗话·诗评》说：“和韵最害人诗。古人酬唱不次韵，此风始盛于元白、皮陆。本朝诸贤，乃以此而斗工，

① 《全唐诗》卷二百二十七，中华书局点校本，第7册，第2456页。

② ［元］方回选评，李庆甲集评校点《瀛奎律髓汇评》卷十六，上海古籍出版社1986年版，中册，第638页。

遂至往复有八九和者。"① 严羽指出和韵、次韵作诗的风气，始盛于唐朝元稹与白居易、皮日休和陆龟蒙之间的唱和，而宋朝诗人十分爱作和韵、次韵诗。严羽认为"和韵"实在是有害于诗的。严羽持论是从纯粹的"诗"的概念出发，彻底否定和韵诗写作的价值。元明以后，也不断有评论家与严羽一样激烈批评否定和韵诗。但事实是自宋以来，无论是出于爱好，还是由于应付风气，历代诗人又普遍在作和韵诗。客观地说，若既无情意也无才思，和韵作诗确实只是应酬文字，虚与委蛇，徒具诗的形式而已。若才情俱到，和韵为诗，又并不妨碍产生好诗。例如苏轼有诸多和韵诗词，都被评论家公认胜过原唱。这是由于有些韵字用来造句，其实并不难再造出佳句来，诗人们"以此斗工"，因难见巧，也是往来唱和的一种乐趣。当然，次韵和诗也不是总要胜过原唱，能用原唱韵字再作出诗篇，诗句自然而非趁韵就好，和诗讲究的是与原唱者的同声相应，诗人的互相尊重更是主旋律。事实证明，严羽的"和韵最害人诗"之说，实属理论家的一偏之见。

（四）用自己先前的诗的韵字重新作诗，叫"叠韵"。换句话说，叠韵是和自己的诗韵再作诗。例如苏轼在黄州，于元丰四年（1081）初作《正月二十日，往岐亭，郡人潘、古、郭三人送余于女王城东禅庄院》七律一首，用"门、村、痕、温、魂"五字押韵。元丰五年（1082）作《正月二十日，与潘、郭二生出郊寻春，忽记去年是日同至女王城作诗，乃和前韵》；同日作《是日，

---

① ［宋］严羽著，郭绍虞校释《沧浪诗话校释》，人民文学出版社1983年版，第193~194页。

偶至野人汪氏之居……复作一篇，仍用前韵》。元丰六年（1083）又有《六年正月二十日，复出东门，仍用前韵》一首。此外苏轼还有《红梅三首》，是一次性完成的叠韵七律。

现代名人叠韵作诗的例子，如陈寅恪 1940 年有《庚辰暮春重庆夜宴归作》七律一首：

自笑平生畏蜀游，无端乘兴到渝州。
千年故垒英雄尽，万里长江日夜流。
食蛤那知天下事，看花愁近最高楼。
行都灯火春寒夕，一梦迷离更白头。①

1941 年，陈寅恪有《辛巳春由港飞渝用前韵》七律一首②，即叠用上一首诗韵又作一诗。

第三节　平仄格律

古典诗歌中，近体诗的字句要遵循固定的平仄声格式，四句或八句整篇，句与句、联与联之间也要遵循固定的平仄声格式，这是近体诗的一个重要特征，也是重要的律法。

所谓“平仄”，是将汉字古四声平上去入简括为“平”（即

---

① 陈美延、陈流求编《陈寅恪诗集》，清华大学出版社 1993 年版，第 27 页。

② 陈美延、陈流求编《陈寅恪诗集》，清华大学出版社 1993 年版，第 28 页。

平声）和“仄”（上去入三声）两种声调，以方便在诗歌造句选字时更容易同时选择字的声调。

我们现代人要了解近体诗的平仄格律，首先要了解现代汉语普通话的四声与古四声之间发生了怎样的变化，从而清楚地认识掌握古四声。

普通话的第一声（阴平声）和第二声（阳平声）大都是古四声的平声。普通话的第三声（上声）和第四声（去声），与古上声、去声不完全对应，有些古上声字今读去声，有些古去声字如今却读上声，但好在上声和去声同是“仄声”，因而即使没有确知每个字在古四声中是上声还是去声，只要确认它属于仄声也就大致无误。普通话四声与古四声最大的分别是，普通话中已没有入声，古代入声字分派到普通话的阴平、阳平、上声和去声里去了。古入声字今读上声和去声的，因仍然在“仄声”范围内，对于阅读和学做近体诗妨碍尚不严重。古入声字今读平声的也不少，例如黑、白、得、失、国、学、德、哲等等，如果不能敏锐地确认这些今读平声的古入声字，则对于阅读欣赏和学习写作近体诗就都是严重障碍。所以，要更好地阅读欣赏、进而要学习写作近体诗，首先就要学会辨认古入声字。

一、如何辨认古入声字

南朝齐梁时期学者区分了汉语字音有四声，人们对于新认识的四声非常有兴趣，能分辨者很得意，不能分辨四声者难免见笑于人。例如梁武帝萧衍不明白“四声”，曾问大臣朱异：“何者名为四声？”朱异回答说：“天子万福，即是四声。”萧衍说：“天子寿考，岂不是四声也？”[1] 古代当然也有教人辨别四声特征的描述讲论。例如宋代修订重刊《大广益会玉篇》末附《五音声论》中有曰：“平声者哀而安，上声者厉而举，去声者清而远，入声者直而促。”[2] 清编《康熙字典》卷首《分四声法》引流传的歌诀云：“平声平道莫低昂，上声高呼猛烈强，去声分明哀远道，入声短促急收藏。”

现代人以普通话为标准，要学会区分古四声，凡古今声调一直是平上去三声的字，就按普通话读，这是语音声调稳定延续的一面。古入声字在普通话中分派到平上去三声里了，因此，辨认古入声字成为掌握古四声的关键和难点。方言有入声的读者还好辨认，以同音而声调不同的一组字为例：

诗——时——史——是——石

阴平　阳平　上声　去声　入声

“石”字古为入声，普通话派入阳平声，方言有入声的同学用方言读，则能读出“直而促”“短促急收藏”的入声声调。因此，方言有入声的读者要学会掌握古入声，不妨时时回想这些字的方言读音，利用方言保存了入声的优势。

但是现在毕竟很多地方方言没有了入声，尤其是教育普及，

① ［日］弘法大师原撰、王利器校注《文镜秘府论校注》，中国社会科学出版社 1983 年版，第 100 页。

② ［梁］顾野王著，北宋修订重刊《大广益会玉篇》，中华书局 1987 年影印本，第 137 页。

各地从小学到中学都以普通话为教学语言，即使方言有入声的地方，从小上学的年轻人对于方言声调也越来越疏离。那么以普通话为基础的同学要学会辨认古入声字，当然只有勤看入声字表，将入声字表中今读平声的字变读成去声而短促些即近似入声。“平水韵”入声字17部的韵目是：

一屋	二沃	三觉	四质	五物
六月	七曷	八黠	九屑	十药
十一陌	十二锡	十三职	十四缉	十五合
十六葉	十七洽			

按：本表用简化字，但“十六葉”韵目不用简化字“叶”，是因为“叶”在繁体字系统中也存在，本读“协”，也即“协”字的古文，入声，在“十六葉”部，但与“葉”本非一字。

也有一些方法能有助于辨认入声字，诸如：

（一）拼音排除法

凡带n、ng韵尾的字，都不是入声。

（二）拼音确定法

1. 普通话第一声声母是b、d、g、j、z、zh的字许多都是入声。如：白、达、得、狄、蝶、跌、铎、夺、隔、国、绩、吉、击、极、激、质、直、哲、杂、辙、泽、扎、浊、卒等。

2. 普通话f声母和a、o拼的字都是入声，如：发、法、乏、伐、佛等。

3. 普通话声母b、p、d、t、n、m和ie拼的字都是入声，如：别、瘪、灭、蔑、铁、跌、孽等。

4. 普通话声母 k、zh、ch、sh、r 和 uo 拼的字都是入声，如：括、阔、浊、拙、灼、戳、说、烁、若等。

5. 普通话 d、t、l、z、c、s 声母和 e 拼的字都是入声，如：德、特、乐、则、啧、侧、厕、色、塞等。

6. 普通话韵母是 ue 的字，除“瘸”字外，都是入声，如月、约、越、乐、绝、觉、却、虐等。

（三）声符类推法

根据形声字声符可以类推，多数是准确的，但要注意也有少数不准确。如以“白”为声符的字：伯、泊、迫、魄、粕、帛、熠、伯、舶、柏等都是入声。以“失”为声符的字如：秩、跌、迭、瓞、佚、轶等都是入声。

（四）按简化字笔画数排列部分常见今已变为平声的入声字

一画	一
二画	七八十
三画	兀孑勺习夕
四画	仆曰什及
五画	扑出发札失石节白汁匝
六画	竹伏伐达杂夹杀夺舌诀决约芍则合宅执吃汐
七画	秃足卒局角驳别折灼伯狄即吸劫匣
八画	叔竺卓帛国学实直责诘佛屈拔刮拉侠狎押胁杰迭择拍迪析极刷
九画	觉（觉悟）急罚屋

（续表）

十画	逐读哭烛席敌疾积脊捉剥哲捏铁酌格核贼鸭
十一画	族渎孰斛淑啄脱掇郭鸽舶职笛袭悉接谍捷辄掐掘
十二画	菊犊赎幅粥琢厥揭渤割葛筏跋滑猾跌凿博晰棘植殖集逼湿黑答插颊
十三画	福牍辐督雹厥歇搏窟锡颐楫睫隔滴叠塌
十四画	漆竭截牒碣摘察辖嫡蜥
十五画	熟蝠膝瘠骼德蝶瞎额
十六画	橘辙薛薄缴激
十七画	擢蟋蟀檄
十九画	蹶
二十画	籍黩嚼

二、诗的节奏

汉语节奏非常重要，清桐城派古文名家刘大櫆《论文偶记》说："盖音节者，神气之迹也；字句者，音节之矩也。神气不可见，于音节见之；音节无可准，以字句准之。"① 20 世纪美学家朱光潜《诗论》第九章说："中国诗的节奏不易在四声上见出，全平全仄的诗句仍有节奏，它大半靠着'顿'。它又叫做'逗'或'节'。它的重要从前人似很少注意过。"② 刘大櫆所说"音

① 刘大櫆、吴德旋、林纾著，范先渊校点《论文偶记　初月楼古文绪论　春觉斋论文》，人民文学出版社 1962 年版，第 6 页。

② 朱光潜《诗论》，生活·读书·新知三联书店 1984 年版，第 210 页。

节”，即朱光潜先生讲“节奏”所强调的“顿”或“节”，这是讲古典诗文声律必须要注意的汉语现象。

古典诗歌基本上每两个音节（两个字）一个节奏，每个节奏一个重音。当然，诗以五言或七言句为主，每句自然有一个字的单音节，这个单音节使诗句节奏有伸缩参差的变化，使诗句的旋律更为动听。这也是古典诗歌固定以五七言为基本句式的根本原因。试读五律、七律各一首，注意感受诗句的节奏。

王湾《次北固山下》：

客路/青山/外，行舟/绿水/前。
潮平/两岸/阔，风正/一帆/悬。
海日/生/残夜，江春/入/旧年。
乡书/何处/达？归雁/洛阳/边。①

杜甫《登高》：

风急/天高/猿啸/哀，渚清/沙白/鸟飞/回。
无边/落木/萧萧/下，不尽/长江/滚滚/来。
万里/悲秋/常/作客，百年/多病/独/登台。
艰难/苦恨/繁霜/鬓，潦倒/新停/浊酒/杯。②

---

① 《全唐诗》卷一百十五，中华书局点校本，第4册，第1170页。

② 《全唐诗》卷二百二十七，中华书局点校本，第7册，第2467～2468页。

三、诗句的平仄相间

汉语是有声调的语言，声调产生抑扬顿挫的音乐美。和节奏重音结合起来，就是平仄相间的规律。

刘勰《文心雕龙·声律》："凡声有飞沈……沈则响发而断，飞则声飏不还。并辘轳交往，逆鳞相比。"① 沈约《宋书·谢灵运传论》："夫五色相宣，八音协畅，由乎玄黄律吕，各适物宜。欲使宫羽相变，低昂互节，若前有浮声，则后须切响。一简之内，音韵尽殊；两句之中，轻重悉异。妙达此旨，始可言文。"②

沈约本人正是"永明体"新诗的创始者之一。后来成熟完善的近体诗，在诗句声调上即形成稳定的平仄相间的格式。具体以五言为例来说，诗句的平仄格式基本的为4种，即：

a 仄仄平平仄，

b 平平仄仄平。

c 平平平仄仄，

d 仄仄仄平平。

七言诗句的平仄，是在每种五言平仄格式前边加两个音节，仄仄前加平平，平平前加仄仄，这样就也是4种基本的平仄格式：

---

① 陆侃如、牟世金《文心雕龙译注》，齐鲁书社1982年版，下册，第168页。

② 《宋书》卷六十七，中华书局点校本，第6册，第1779页。

A 平平仄仄平平仄，

B 仄仄平平仄仄平。

C 仄仄平平平仄仄，

D 平平仄仄仄平平。

近体律绝就都是由这几种平仄格式的诗句组成的，详见下文。

四、“对”和“粘”的规则

以上讲了五言、七言律诗，其实各自是由四种基本的平仄格式的诗句组成的。由句组成联，再由联组成篇（绝句，律诗），句与句、联与联之间的组合，有“对”与“粘”（nián）的规则，这是近体诗声律要求：每联的两句平仄要相对，“对”是平仄声相反的意思。因此，每联的两句，上句又叫“出句”，下句就叫“对句”。而两联之间平仄声要相粘，“粘”的具体要求是，下一联出句的第二字（第一个音节重音）要与上一联对句第二字平仄声相同。

按照这里讲的“对”和“粘”的规则，结合前面讲到的双数句句尾为平声韵脚、首句可以入韵也可以不入韵的规则，先以一首五言绝句为例，只要有了第一句的平仄谱，就可以推定以下每句的平仄格式。以李端绝句《听筝》为例，其首句是：

鸣筝金粟柱

其声谱是：平平平仄仄（c）

第二句头两字要与上句平仄声相对（相反），即确定为“仄仄”。双数句句尾是韵脚，押平声韵，所以一定为“平”。中间两字不好确定，要看第二字和第五字平仄是否一样，如不一样，中间二字平仄定不一致。这句就是这样，肯定是一平一仄，或一仄一平。到底是平在前，还是仄在前，要“向前看”（或曰“往前靠”），看前面第二字平仄确定。此句第二字是仄，即在中间两字空处填上“仄平”，即此句谱是：

仄仄仄平平（d）

原句正是：素手玉房前

第三句要求与第二句平仄相粘，“粘”是头二字（关键是第二字）平仄相同，第二句声谱已知，即确定为“仄仄”。第三句不押韵，尾字肯定是“仄”。中间二字不好定，看第二字和第五字平仄相同，可以断定中间二字平仄声一定相同，向前看（往前靠）是“仄”，前面讲到每两个字一个“节奏”，相邻的“节奏”平仄声相间，所以不可能连续四个仄或四个平声，因此这句中间二字声谱就该填上“平平”，即：

仄仄平平仄（a）

原句亦是：欲得周郎顾

第四句头两字要与上句平仄声相对（相反），即确定为“平平”。句尾押韵，亦确定为“平”。中间二字，看第二字和第五字都是平声，即可确定为“仄仄”。则句谱是：

平平仄仄平（b）

原句亦是：时时误拂弦

按照上述“对”和“粘”的规则，如果也能掌握上述“向前看”（往前靠）的推定方法，是不难熟悉和运用律诗的平仄格律的。

五言和七言可以各组成 4 种平仄格式。

五言绝句平仄格式：

（1）

a 仄仄平平仄，b 平平仄仄平。
c 平平平仄仄，d 仄仄仄平平。

按：近体绝句和律诗的平仄格式，以第一句的格式来表述，第一句第二字为“起”，尾字为“收”，这种第一句第二字仄声、尾字仄声不入韵，就叫“仄起仄收不入韵”式。作品例如王之涣《登鹳雀楼》：

白日依山尽，黄河入海流。
欲穷千里目，更上一层楼。

（2）

c 平平平仄仄，d 仄仄仄平平。
a 仄仄平平仄，b 平平仄仄平。

这种第一句第二字平声、尾字不入韵，为“平起仄收不入韵”式。这一式的作品还以前面讲到的李端《听筝》为例：

鸣筝金粟柱，素手玉房前。
欲得周郎顾，时时误拂弦。①

（3）

b 平平仄仄平，d 仄仄仄平平。
a 仄仄平平仄，b 平平仄仄平。

这种是“平起平收入韵”式。作品例如苏颋《汾上惊秋》：

北风吹白云，万里渡河汾。
心绪逢摇落，秋声不可闻。②

（4）

d 仄仄仄平平，b 平平仄仄平。
c 平平平仄仄，d 仄仄仄平平。

这种是“仄起平收入韵”式。作品例如卢纶《和张仆射塞下曲》其三：

① 《全唐诗》卷二百八十六，中华书局点校本，第 9 册，第 3280 页。
② 《全唐诗》卷七十四，中华书局点校本，第 3 册，第 814 页。

月黑雁飞高，单于夜遁逃。
欲将轻骑逐，大雪满弓刀。①

五言句短，四句才二十字，因而在第二、四句押韵，读起来舒展和谐。第一句用韵的话，显得押韵太急，抑扬起伏的旋律也不够舒展，因此五绝首句用韵的很少，“平起平收入韵”式的尤其少。

五言律诗平仄格式：

上述前两种首句仄收不入韵的五绝平仄格式，将四句格式重复一遍，第三联与第二联正符合“粘”的规则，这样就成为一首五律的平仄格式。

(1) 仄起仄收不入韵式

a 仄仄平平仄，b 平平仄仄平，
c 平平平仄仄，d 仄仄仄平平。
a 仄仄平平仄，b 平平仄仄平，
c 平平平仄仄，d 仄仄仄平平。

作品例如杜甫《春望》：

国破山河在，城春草木深。
感时花溅泪，恨别鸟惊心。

---

① 《全唐诗》卷二百七十八，中华书局点校本，第9册，第3153页。

烽火连三月，家书抵万金。
白头搔更短，浑欲不胜簪。①

（2）平起仄收不入韵式

c 平平平仄仄，d 仄仄仄平平。
a 仄仄平平仄，b 平平仄仄平。
c 平平平仄仄，d 仄仄仄平平。
a 仄仄平平仄，b 平平仄仄平。

作品例如王维《山居秋暝》：

空山新雨后，天气晚来秋。
明月松间照，清泉石上流。
竹喧归浣女，莲动下渔舟。
随意春芳歇，王孙自可留。②

五绝首句入韵的（三）（四）两式不能直接重复一遍构成五律格式，因为第一句平声结尾、首句入韵，若重复来作律诗的第五句，而第五句不可以用韵，也就不能用此格式。所以，两种首句入韵的五绝格式扩展为五律时，第五句要换用仄声结尾句式，

① 《全唐诗》卷二百二十四，中华书局点校本，第 7 册，第 2404 页。
② 《全唐诗》卷一百二十六，中华书局点校本，第 4 册，第 1276 页。

其他三句仍是重复前边的。其式如下：

（3）平起平收入韵式

b 平平仄仄平，d 仄仄仄平平。
a 仄仄平平仄，b 平平仄仄平。
c 平平平仄仄，d 仄仄仄平平。
a 仄仄平平仄，b 平平仄仄平。

作品例如李商隐《风雨》：

凄凉《宝剑》篇，羁泊欲穷年。
黄叶仍风雨，青楼自管弦。
新知遭薄俗，旧好隔良缘。
心断新丰酒，销愁斗几千？①

（4）仄起平收入韵式

d 仄仄仄平平，b 平平仄仄平。
c 平平平仄仄，d 仄仄仄平平。
a 仄仄平平仄，b 平平仄仄平，
c 平平平仄仄，d 仄仄仄平平。

① 《全唐诗》卷五百三十九，中华书局点校本，第 16 册，第 6155 页。

作品例如杜甫《月夜忆舍弟》：

戍鼓断人行，秋边一雁声。
露从今夜白，月是故乡明。
有弟皆分散，无家问死生。
寄书长不达，况乃未休兵。①

以上说五言因为句子短，所以五言近体律绝首句以仄尾不用韵的作品为多。以下讲七言律绝的平仄格式，因为七言句子较长，如果到第二句句尾才安排第一个韵脚，会显得韵脚出现嫌晚。因而七言近体律绝以首句平收入韵的为正格，而首句仄尾不用韵的则相对少得多。

七言绝句平仄格式：

（1）仄起平收入韵式

B 仄仄平平仄仄平，D 平平仄仄仄平平。
A 平平仄仄平平仄，B 仄仄平平仄仄平。

作品例如柳中庸《征人怨》：

岁岁金河复玉关，朝朝马策与刀环。

---

① 《全唐诗》卷二百二十五，中华书局点校本，第 7 册，第 2419 页。

三春白雪归青冢，万里黄河绕黑山。①

（2）平起平收入韵式

D 平平仄仄仄平平，B 仄仄平平仄仄平。
C 仄仄平平平仄仄，D 平平仄仄仄平平。

作品例如王翰《凉州词二首》其一：

葡萄美酒夜光杯，欲饮琵琶马上催。
醉卧沙场君莫笑，古来征战几人回！②

（3）平起仄收不入韵式

A 平平仄仄平平仄，B 仄仄平平仄仄平。
C 仄仄平平平仄仄，D 平平仄仄仄平平。

作品例如韦应物《答郑骑曹青橘绝句》：

怜君卧病思新橘，试摘犹酸亦未黄。

① 《全唐诗》卷二百五十七，中华书局点校本，第 8 册，第 2876 页。
② 《全唐诗》卷一百五十六，中华书局点校本，第 5 册，第 1605 页。

书后欲题三百颗，洞庭须待满林霜。①

（4）仄起仄收不入韵式

C 仄仄平平平仄仄，D 平平仄仄仄平平。
A 平平仄仄平平仄，B 仄仄平平仄仄平。

作品例如王维《九月九日忆山东兄弟》：

独在异乡为异客，每逢佳节倍思亲。
遥知兄弟登高处，遍插茱萸少一人。②

七言律诗平仄格式：
（1）仄起平收入韵式

B 仄仄平平仄仄平，D 平平仄仄仄平平。
A 平平仄仄平平仄，B 仄仄平平仄仄平。
C 仄仄平平平仄仄，D 平平仄仄仄平平。
A 平平仄仄平平仄，B 仄仄平平仄仄平。

这是将七绝第一种格式与第四种格式连起来，就成为七律的

---

① 《全唐诗》卷一百九十，中华书局点校本，第 6 册，第 1953 页。
② 《全唐诗》卷一百二十八，中华书局点校本，第 4 册，第 1306 页。

第一种格式。作品例如杜甫《登楼》：

花近高楼伤客心，万方多难此登临。
锦江春色来天地，玉垒浮云变古今。
北极朝廷终不改，西山寇盗莫相侵。
可怜后主还祠庙，日暮聊为梁甫吟。①

（2）平起平收入韵式

D 平平仄仄仄平平，B 仄仄平平仄仄平。
C 仄仄平平平仄仄，D 平平仄仄仄平平。
A 平平仄仄平平仄，B 仄仄平平仄仄平。
C 仄仄平平平仄仄，D 平平仄仄仄平平。

将七绝第二种格式与第三种格式连起来，就成为七律的第二种格式。作品例如李商隐《隋宫》：

紫泉宫殿锁烟霞，欲取芜城作帝家。
玉玺不缘归日角，锦帆应是到天涯。
于今腐草无萤火，终古垂杨有暮鸦。
地下若逢陈后主，岂宜重问《后庭花》。②

① 《全唐诗》卷二百二十八，中华书局点校本，第 7 册，第 2479 页。
② 《全唐诗》卷五百三十九，中华书局点校本，第 16 册，第 6161 页。

（3）平起仄收不入韵式

A 平平仄仄平平仄，B 仄仄平平仄仄平。
C 仄仄平平平仄仄，D 平平仄仄仄平平。
A 平平仄仄平平仄，B 仄仄平平仄仄平。
C 仄仄平平平仄仄，D 平平仄仄仄平平。

将七绝第三种格式本身重复一次，就成为七律的第三种格式。作品例如杜甫《野望》：

西山白雪三城戍，南浦清江万里桥。
海内风尘诸弟隔，天涯涕泪一身遥。
唯将迟暮供多病，未有涓埃答圣朝。
跨马出郊时极目，不堪人事日萧条。①

（4）仄起仄收不入韵式

C 仄仄平平平仄仄，D 平平仄仄仄平平。
A 平平仄仄平平仄，B 仄仄平平仄仄平。
C 仄仄平平平仄仄，D 平平仄仄仄平平。
A 平平仄仄平平仄，B 仄仄平平仄仄平。

① 《全唐诗》卷二百二十七，中华书局点校本，第 7 册，第 2454 页。

将七绝第四种格式本身重复一次，就成为七律的第四种格式。作品例如杜甫《闻官军收河南河北》：

剑外忽传收蓟北，初闻涕泪满衣裳。
却看妻子愁何在？漫卷诗书喜欲狂。
白日放歌须纵酒，青春作伴好还乡。
即从巴峡穿巫峡，便下襄阳向洛阳。①

五、一三五不论，二四六分明

“一三五不论，二四六分明”，是古时相传关于诗句平仄的一个口诀，现在能够找到的较早的记载，见于明人费经虞撰《雅伦》卷十“近体入门法”所引。在接下来的“五言律格法”讲述中，费氏说：“一三五不论者，谓七言律诗第一字第三字第五字，如当用平声者可用仄，当用仄声者可用平；又可平对平、仄对仄也。二四六分明者，谓第二字第四字第六字，当用平者一定用平，当用仄者一定用仄，必不可挪移也。若五言律则‘一三不论，二四分明’矣。此法要知其间格律不同者，不过别调不在此例。”② 费氏其实已经指出，这个口诀是就律句的大体而论，不是一概而论的。实际的诗句还存在“别调”，而“别调不在此例”。这样表述既能帮助初学诗者掌握诗句平仄格式，又告诉初学者“此法”之外还有“别调”，大体上也就说清楚了律句平仄构成的

① 《全唐诗》卷二百二十七，中华书局点校本，第7册，第2460页。
② ［明］费经虞《雅伦》，《四库全书存目丛书》，齐鲁书社1997年版，第420册，第182页。

规律。

清初王士禛撰《律诗定体》，详细讲求律诗句法，其所论集中在这段话：

> 五律，凡双句二四应平仄者，第一字必用平，断不可杂以仄声，以平平止有二字相连，不可令单也。其二四应仄平者，第一字平仄皆可用，以仄仄仄三字相连，换以平韵无妨也。大约仄可换平，平断不可换仄，第三字同此。若单句第一字，可勿论。①

所谓“双句二四应平仄者”，是我们前述五言4种平仄格式中的b式，即“平平仄仄平”。所谓“其二四应仄平者”，是d式，即“仄仄仄平平”。而所谓“若单句第一字，可勿论”，则包括了a、c两种句式。则王士禛所论也只是b句式第一字不可不论而已。王士禛进而说：“凡七言第一字俱不论。第三字与五言第一字同例。”七言第一字俱不论，即与“一三五不论”口诀完全相合。第三字与五言同例，也就是只有一种句式不能不论。这样说来，王士禛所论与旧传的口诀实际上并没有多少不同。但在何世璂记述的《然灯记闻》中，却记王士禛说：“律句只要辨一三五。俗云‘一三五不论’，怪诞之极，决其终身必无通理。”② 这

① ［清］王夫之等撰《清诗话》，上海古籍出版社1978年版，上册，第113页。

② ［清］王夫之等撰《清诗话》，上海古籍出版社1978年版，上册，第120页。

话与《律诗定体》中的具体所论其实已是自相矛盾。但这种对于“一三五不论”口诀几乎是完全否定的说法，对于现代研究和讲述诗律者很有影响。

王力《汉语诗律学》第一章第七节《关于“一三五不论”》说：“这两句口诀不知是谁造出来的（《切韵指南》后面载有这个口诀）。其实这只是很肤浅的观察，和事实颇不相符。事实上，一三五不一定可以不论，二四六不一定要分明。因此，这口诀在表面上虽给予人们一种简单明快的感觉，实际上却极容易引起初学作诗的人的误解。现在我们把‘不论’和‘分明’的规律详加叙述，使大家明了近体诗的平仄并不是那样简单的。”① 其下用了很大篇幅，列举了很多例句，所讲的还是王士禛讲过的只是五言“平平仄仄平”句式的第一字、七言“仄仄平平仄仄平”句式的第三字，是不能不论的而已。这两个句式五言第一字、七言第三字的平声如果随便换成了仄声字，则整句犯所谓“孤平”。王士禛的论说是“不可令单也”，还没用“孤平”这个词语。“孤平”一词应是20世纪讲论诗律者依据王士禛的“不可令单也”的论断而造用的新词（关于“孤平”，后面还有具体讲述）。王力总结说：“现在一般人很少知道避孤平；这样重要的规律（几乎可说是铁律）也被忽略了，我们不能不归罪于‘一三五不论’的口诀。”②

① 王力《汉语诗律学》，上海教育出版社1979年版，第83页。按：王力先生说“《切韵指南》后面载有这个口诀”，查《四库全书》只有《经史正音切韵指南》，而此书未见此口诀，未详王力先生所据何书。

② 王力《汉语诗律学》，上海教育出版社1979年版，第88页。

其实，正如我们以上说到的，“一三五不论，二四六分明”这个口诀本来是大致符合律句平仄格式的，而古人在传述此口诀时也附带说明有“别调”不在此例。可知无论王士禛还是王力，都因为强调要注意避“孤平”这样一个问题，就要否定这个口诀的简明合理，不仅是不公允的，而且用严重的口气把本来不复杂的律句规则说得很复杂似的，反而不免误导后来的研究者，也易使初学律诗者疑惑不解或望而却步。

六、“孤平”的两种说法

晚近讲诗律者关于“孤平”有两种说法：

一种说法是句调中两仄夹一平，即凡句调成“仄平仄”式，如崔颢诗“晴川历历汉阳树”句，“阳”字“孤平”。又如王维诗“劝君更尽一杯酒”句，“杯”字“孤平”。现今如启功先生著《诗文声律论稿》，在《律句中各节的宽严》一节中就还把这种两仄夹一平都说是“孤平”①。但这种说法并不通行。

另一种说法，就是前面讲到五言“平平仄仄平”句式的第一字、七言“仄仄平平仄仄平”句式的第三字，如果平声换成了仄声字，则犯“孤平”。王力《汉语诗律学》说“我们曾在一部《全唐诗》里寻觅犯孤平的诗句，结果只找到了两个例子”，一是高适《淇上送韦司仓》诗句“醉多适不愁”，一是李颀《野老曝背》诗句“百岁老翁不种田”②。其实唐诗中所谓“犯孤平”的这类诗句并不止此两例，王力先生也说了搜寻例句

---

① 启功《诗文声律论稿》，中华书局2000年版，第25~28页。

② 王力《汉语诗律学》，上海教育出版社1979年版，第99~100页。

难免有遗漏。比如即使是杜甫也偶有“犯孤平”的诗句，其《玩月呈汉中王》五律首句“夜深露气清”，又《暮春题瀼西新赁草屋五首》其二末句“二年实饱闻”。再如戴叔伦五律《送友人东归》：

万里杨柳色，出关送故人。(仄平仄仄平)
轻烟拂流水，落日照行尘。
积梦江湖阔，忆家兄弟贫。
裴回灞亭上，不语自伤春。①

此诗第二句也是“犯孤平”一例。但总的说来，唐诗中犯孤平的诗句确实很少，可以认为诗人们在这一格式里是讲究尽可能避免犯孤平的。

但在实际造句时，五言“平平仄仄平”句式的第一字或许不得不是个仄声字，七言“仄仄平平仄仄平”句式的第三字可能也会如此，这种按规定应是平声却又不得不用仄声的情况叫“拗”；同理，句调应是仄声却不得不用平声也是“拗”。句调中有些“拗”是不算违律的，古口诀所谓“一三五不论”即含有此意。而如上所述这种犯“孤平”的“拗”，若不补救，则为“失调”，即违律。但看古人诗句可以知道，凡是遇到这种情况，是有补救办法的，对于拗句加以补救叫“拗救”。关于“拗救”，尤其是“孤平拗救”，后面再具体讲。

---

① 《全唐诗》卷二百七十三，中华书局点校本，第9册，第3074页。

七、“三平调”和“三仄尾”

前述五言律句 d 式“仄仄仄平平”的第三字，七言 D 式“平平仄仄仄平平”的第五字，按律应是仄声，如果换成平声，则句尾连续三个平声，就是“三平调”。古风结尾常用三连平，是古体的一个显著特征。王维、高适、岑参以及杜甫律诗中时而有句子用“三平调”，王力《汉语诗律学》认为这是由于“杜甫和高适喜欢用古诗的平仄来做律诗”，算是变例。他说刘长卿的律诗可认为标准律诗，他的律句就绝对没有这种变例。① 按严格的标准，律诗是不可以用“三平调”的句子。

再说“三仄尾”。五言 c 式句“平平平仄仄”，第三字如果变为仄声，成“平平仄仄仄”；七言 C 式句“仄仄平平平仄仄”第五字，如果用了仄声字，成“仄仄平平仄仄仄”，就成为“三仄尾”。王士禛《律诗定体》在五言 c 式句“平平平仄仄”第三字和七言 C 式句“仄仄平平平仄仄”第五字旁，都用双圈符号标示此平声“必不可易”仄声，其实只是他的假定。

王力《汉语诗律学》列举许多例句，得出的认识是五、七言律句中“三仄尾”这两种“变例颇多”。② 王力列举的例句出自王维、孟浩然、杜甫、常建、刘长卿、李嘉祐等人的诗。我们这里就举杜甫律诗为例：

---

① 王力《汉语诗律学》，上海教育出版社 1979 年版，第 90 页。

② 王力《汉语诗律学》，上海教育出版社 1979 年版，第 88~90 页。

《春宿左省》

花隐掖垣暮，啾啾栖鸟过。

星临万户动，月傍九霄多。（三仄尾）

不寝听金钥，因风想玉珂。

明朝有封事，数问夜如何。①

《初月》

光细弦岂上，影斜轮未安。

微升古塞外，已隐暮云端。（三仄尾）

河汉不改色，关山空自寒。

庭前有白露，暗满菊花团。②（三仄尾）

《咏怀古迹五首》其二

摇落深知宋玉悲，风流儒雅亦吾师。

怅望千秋一洒泪，萧条异代不同时。（三仄尾）

江山故宅空文藻，云雨荒台岂梦思。

最是楚宫俱泯灭，舟人指点到今疑。③

《公安送韦二少府匡赞》

逍遥公后世多贤，送尔维舟惜此筵。

念我能书数字至，将诗不必万人传。（三仄尾）

---

① 《全唐诗》卷二百二十五，中华书局点校本，第7册，第2411页。

② 《全唐诗》卷二百二十五，中华书局点校本，第7册，第2421页。

③ 《全唐诗》卷二百三十，中华书局点校本，第7册，第2511页。

时危兵甲黄尘里，日短江湖白发前。
古往今来皆涕泪，断肠分手各风烟。①

五律、七律就各举两首吧。事实是杜甫律诗，尤其是五律中“三仄尾”的诗句颇多，说他是用古诗的平仄来做律诗未必妥当，或许应该说在杜甫的“诗律”意识中，“三仄尾”本就是一种律句。而这种情况也正是按“一三五不论”口诀可以理解其成因的。

如果以杜甫诗句为例不能取得认同，那就再以王力先生所称可认为标准律诗的刘长卿的诗句为例来看，王力先生书中只举了刘长卿《余干旅社》诗“孤城向水闭”一句，我们补充举例如下：

《使还至菱陂驿渡浉水作》
清川已再涉，疲马共西还。(三仄尾)
何事行人倦？终年流水闲。
孤烟飞广泽，一鸟向空山。
愁入云峰里，苍苍闭古关。②

《湘妃庙》
荒祠古木暗，寂寂此江濆。(三仄尾)
未作湘南雨，知为何处云？

---

① 《全唐诗》卷二百三十二，中华书局点校本，第7册，第2564页。
② 《全唐诗》卷一百四十七，中华书局点校本，第5册，第1503页。

苔痕断珠履，草色带罗裙。
莫唱迎仙曲，空山不可闻。①

《赤沙湖》
茫茫葭菼外，一望一沾衣。
秋水连天阔，涔阳何处归？
沙鸥积暮雪，川日动寒晖。（三仄尾）
楚客来相问，孤舟泊钓矶。②

刘长卿律诗中“三仄尾”的诗句此外还有多例，可以认为在堪称“标准律诗”的刘长卿律诗中，“三仄尾”句式也应是“标准”的律句吧。

事实是早在清初，赵执信《声调谱》即已指出：“平平仄仄仄，下句仄仄仄平平，律诗常用。”③ 乾隆时期，《四库全书》的总纂官纪昀（1724—1805），在方回选评的《瀛奎律髓》“拗字类”的评语中，也已经对方回把“三仄”认为是“拗字”提出反对意见。方回在所录黄庭坚《次韵杨明叔》一首的评语中，就第三句“身随腐草化”评曰“‘腐草’之‘腐’，不容不拗，缘一定字不可易”，纪昀批评说：“‘腐草化’得用三仄，乃正格。

① 《全唐诗》卷一百四十八，中华书局点校本，第5册，第1519页。
② 《全唐诗》卷一百四十八，中华书局点校本，第5册，第1520页。
③ ［清］王夫之等撰《清诗话》，上海古籍出版社1978年版，上册，第328页。

以为拗字，谬甚。”① 纪昀也已认为“平平平仄仄”句式第三字用了仄声，作“平平仄仄仄”句式仍是“正格”，不应认为是“拗字”。其实这个字可平可仄，正是五律确有“一三不论”的规则的实证。如此说来，王力先生称之为“变例”，未免还是受了王士禛之说的拘束，而似未注意到赵执信和纪昀的更符合事实的意见。

八、拗救四种

（一）出句单拗

《瀛奎律髓》“拗字类”录杜甫五律《上兜率寺》次联是“江山有巴蜀，栋宇自齐梁”，纪昀评语谓：“此单拗法。单拗者，本句三、四平仄互换也，惟用于出句，不用于对句。”② 如果用纪昀的说法，这种句法不妨称之为“出句单拗”。

王士禛《律诗定体》在“五言仄起不入韵”体式所举“好风天上至”句下注云：“如‘上’字拗用平，则第三字必用仄救之。”此篇末尾也注说这是“单拗”之法。③

赵执信《声调谱》在杜牧五律诗“行人碧溪渡”句下注：“拗句。第四字拗平，第三字断断用仄，今人不论者非。”④

---

① ［元］方回选评，李庆甲集评校点《瀛奎律髓汇评》，上海古籍出版社 1986 年版，中册，第 1112 页。

② ［元］方回选评，李庆甲集评校点《瀛奎律髓汇评》，上海古籍出版社 1986 年版，中册，第 1110 页。

③ ［清］王夫之等撰《清诗话》，上海古籍出版社 1978 年版，上册，第 113 页。

④ ［清］王夫之等撰《清诗话》，上海古籍出版社 1978 年版，上册，第 327 页。

王力先生在《汉语诗律学》一书中，把这种“本句三、四平仄互换”句式列为“平仄的特殊形式”之一“子类特殊形式”，王先生说：

> 子类特殊形式是把那本该用“平平平仄仄”的五言句子改为“平平仄平仄”，又把“仄仄平平平仄仄”的七言句子改为“仄仄平平仄平仄”。换句话说，就是腹节的两个平仄互换；本是“平仄”，现在改为“仄平”。①

王力先生说“这种特殊形式多数用于尾联的出句”。王先生列举了很多例句，用于首联、颔联、颈联和尾联的都有。因为这种句子实在很常见，王先生说“实在不应该认为变例”，而“如果要叫做‘拗’的话，我们建议叫做‘特拗’”②。王力先生建议叫作“特拗”，本意是“特殊的拗救”，但也可能被误解为“特别的拗”，因此，这个“特拗”的概念并不可取。事实上，王力先生的观点还是认为这个句式“不应该认为变例”的。他在其书1979年版所加附注中更进而说这是“常用的律句”，其“附注十四”说：

> 仇兆鳌曰：“七律中，有平仄未谐，而句中自调者。贾幼邻诗：‘剑佩声随玉墀步’，‘玉墀’二字仄平互调。杜少

① 王力《汉语诗律学》，上海教育出版社1979年版，第100页。
② 王力《汉语诗律学》，上海教育出版社1979年版，第108页。

陵诗：'西望瑶池降王母'，'降王'二字亦仄平互调。此偶用变通之法耳。"力按：不止七律，五律也一样。不是平仄未谐，而是另一平仄格式。不是偶用变通之法，而是常用的律句。①

在1977年出版的《诗词格律》一书中，王力先生称之为"特定的一种平仄格式"②，这样指称一种诗句平仄格式名目太长。称之为"特拗"又容易误解，所以我们认为不妨称之为"出句单拗"，简明恰当。我们也要记住它虽被称为"出句单拗"，其实又是一种常用的律句。

正如王力先生在《汉语诗律学》中所列举的诸多例句那样，这种句子在首联、颔联、颈联和尾联中都可用，而以用于尾联出句者为尤多。为了证明此句式多用于尾联的出句，王力先生在1979年版加"附注十五"，就《唐诗三百首》的总共五十首仄起五律（因为仄起五律的尾联出句才能用平平仄平仄）作统计说：

总计起来，在五十首当中，尾联的平仄是：
平平仄平仄　二十四首（占百分之四十八）
仄平平仄仄　　十首（占百分之二十）
平平仄仄仄　　八首（占百分之十六）
平平平仄仄　　七首（占百分之十四）

---

① 王力《汉语诗律学》，上海教育出版社1979年版，第956~957页。
② 王力《诗词格律》，中华书局1977年版，第28页。

仄平仄平仄　　一首（占百分之二）[1]

这个统计确实具有说服力，证明“平平仄平仄”，实在是律诗尾联出句最常用的一种句式。

（二）孤平自救

五言孤平句式是“仄平仄仄平”，补救的办法是将第三字变为平声，则句式是“仄平平仄平”（一拗三救）。最先指出这一规则的不是王力先生，实是方回在《瀛奎律髓》“拗字类”卷中最先说到的。《瀛奎律髓》卷二十五“拗字类”选录贾岛五律《早春题湖上友人新居》二首之二颈联是“开箧收诗卷，扫床移卧衣”，方回评曰：

后篇“收诗”前句不拗。只“扫床移卧衣”拗一字，“扫”字既仄，即“移”字处合平，亦诗家通例也。[2]

方回指出的这个“诗家通例”，王士禛却并未认识到，而他说的“五律，凡双句二四应平仄者，第一字必用平，断不可杂以仄声，以平平止有二字相连，不可令单也”，是强调“平平仄仄平”句式的第一字必用平声，以保证第二字不至于成为单一平声（即后来所谓“孤平”）。他应是没有注意到方回已经举例指出这

① 王力《汉语诗律学》，上海教育出版社 1979 年版，第 958 页。

② ［元］方回选评，李庆甲集评校点《瀛奎律髓汇评》，上海古籍出版社 1986 年版，中册，第 1111 页。

个句式如果第一字用了仄声，则将第三字仄声换用平声以为补救，乃是“诗家通例”。

但王士禛甥婿赵执信（1662—1744）《声调谱》在杜牧五律诗“茧蚕初引丝”句下注云“第一字仄，第三字必平”①；又论之曰：“律诗平平仄仄平，第二句正格也。若仄平平仄平，变而仍律者也（即是拗句）。”② 其说显然与上述方回说这是“诗家通例”相符合。

在方回《瀛奎律髓》“扫床移卧衣”句的评说后，纪昀有评语说“此亦单拗法”③。纪昀也是认为这种本句补救了的“单拗”，在律诗中是合律而非“失调”的。

王力《汉语诗律学》专列“拗救”一节，其中说对于“犯孤平”的补救方法是本句自救。其所列举此种拗救独用的几句：

乱山为四邻。（储嗣宗《赠隐者》）
宠深还若惊。（王禹偁《五更睡》）
举头闲望赊。（陈与义《金潭道中》）
数花摇翠藤。（赵师秀《岩居叟》）

七言孤平句式是“仄仄仄平仄仄平”，自救方法是将第五字

① ［清］王夫之等撰《清诗话》，上海古籍出版社1978年版，上册，第327页。

② ［清］王夫之等撰《清诗话》，上海古籍出版社1978年版，上册，第328页。

③ ［元］方回选评，李庆甲集评校点《瀛奎律髓汇评》，上海古籍出版社1986年版，中册，第1111页。

变为平声，使句式成“仄仄仄平平仄平”（三拗五救）。所列举此种拗救独用的例如：

君向白田何日归？（李嘉祐《送皇甫冉还安宜》）

半夜对吹惊贼围。（章孝标《闻角》）

水上禹书寒磬清。（梅尧臣《送乐职方知泗州》）

如王力先生所指出的，这种孤平拗救独用的例子较少，甚至在王先生列举的例子中，也有其实并非独用的，或因先生撰稿时未能一一核实而致误列于独用。

（三）对句救

所谓“对句救”，是指出句“仄仄平平仄”句式的三四拗，在对句“平平仄仄平”句式中改第三字为平声以作补救的方式。这种拗救格式，方回《瀛奎律髓》“拗字类”也已先指出，“拗字类”录杜甫五律《暮雨题瀼西新赁草屋》，其颔联“不息豺虎斗，空惭鸳鹭行”，方回评曰：“‘豺虎’、‘鸳鹭’又是一样拗体。”纪昀评曰：“上句二四不谐，下句第三字必用平声以救之，亦是定格。”①

这种出句拗、对句救的格式，又细分为三种情况。赵执信《声调谱》录杜牧五律《句溪夏日送卢霈秀才归王屋山将欲赴举》诗，颈联是“苒苒迹始去，悠悠心所期”，赵执信在出句下注曰：“五字俱仄。中有入声字，妙。”在对句第三字“心”字下注

① ［元］方回选评，李庆甲集评校点《瀛奎律髓汇评》，上海古籍出版社1986年版，中册，第1109页。

“此字必平，救上句”。二句下总论曰：“此必不可不救，因上句第三第四字皆当平而反仄，必以此第三字平声救之，否则落调矣。上句仄仄平仄仄亦同。”① 赵执信这里指出了两种情况，即当出句“仄仄平平仄”句式中第三第四字当平却都用了仄声成五字俱仄的拗句、或第四字平声用了仄声成“仄仄平仄仄”拗句时，在对句中将第三字仄声换用平声以救之，这是定格。不如此则“落调”，即不合律调了。赵执信又专论道：

> 起句仄仄仄平仄或平仄仄平仄，唐人亦有此调，但下句必须用三平或四平，如仄平平仄平、平平平仄平是也。
>
> 上句第三字平，下句第三字可仄；若上句第三字仄，下句第三字断宜平。此在首联，唐人亦有不拘者；若二联，则必不容不严矣。②

赵执信和王士禛在试图揭示唐律诗声调规律时，都有所得，也都有说得太绝对而未必符合事实之论。王力先生在普及性的《诗词格律》小书中讲“拗救”比较常见的三种情况，就讲得既简明又更符合唐诗的事实。其中第一种（a）所讲是孤平句的本句自救，上节已讲了。第二、第三种所讲也就是我们这里所说到的对句救，原文如下：

---

① ［清］王夫之等撰《清诗话》，上海古籍出版社 1978 年版，上册，第 327 页。

② ［清］王夫之等撰《清诗话》，上海古籍出版社 1978 年版，上册，第 328 页。

(b) 在该用“仄仄平平仄”的地方，第四字用了仄声（或三四两字都用了仄声），就在对句的第三字改用平声来补偿。这样就成为“(仄)仄(平)仄仄，(平)平平仄平”。七言则成为“(平)平(仄)仄(平)仄仄，(仄)仄(平)平平仄平”。这是对句相救。

(c) 在该用“仄仄平平仄”的地方，第四字没有用仄声，只是第三字用了仄声。七言则是第五字用了仄声。这是半拗，可救可不救，和 (a) (b) 的严格性稍有不同。①

按：王力先生在平仄句式中加圈的“平、仄”字是表示可平可仄，正是“一三五不论”所提示的情况。在下面的举例中，这种情况也须要能辨识。因此，极力鄙薄否定“一三五不论”这个口诀，是并不在理的。王力先生这里说的“半拗可救可不救”的规则，符合唐诗实际，修正了赵执信“若上句第三字仄，下句第三字断宜平”的误说。王力先生书中举的都是救的例子，我们这里且举杜甫五律诗“半拗”可不救的几例，例如：

《范二员外邈吴十侍御郁特枉驾阙展待聊寄此作》

暂往比邻去，空闻二妙归。（“比”半拗，“二”仄不救）

幽栖诚简略，衰白已光辉。

野外贫家远，村中好客稀。

---

① 王力《诗词格律》，中华书局 1977 年版，第 31 页。

论文或不愧，肯重款柴扉。①

《自瀼西荆扉且移居东屯茅屋四首》其一

白盐危峤北，赤甲古城东。

平地一川稳，高山四面同。（“一”半拗，“四”仄不救）

烟霜凄野日，粳稻熟天风。

人事伤蓬转，吾将守桂丛。②

《台上得凉字》

改席台能迥，留门月复光。

云霄遗暑湿，山谷进风凉。

老去一杯足，谁怜屡舞长。（“一”半拗，“屡”仄不救）

何须把官烛，似恼鬓毛苍。③

《送灵州李判官》

犬戎腥四海，回首一茫茫。

血战乾坤赤，氛迷日月黄。

将军专策略，幕府盛材良。

---

① 《全唐诗》卷二百二十六，中华书局点校本，第7册，第2445页。

② 《全唐诗》卷二百二十九，中华书局点校本，第7册，第2501页。

③ 《全唐诗》卷二百二十七，中华书局点校本，第7册，第2464页。

近贺中兴主，神兵动朔方。（“中兴”的“中”，杜甫律诗中读去声，半拗；“动”仄不救）①

如果出句“仄仄平平仄”用了“仄仄平仄仄”（第四字拗）、或“仄仄仄仄仄”（第三第四字皆拗）的拗句，对句就必须以第四字用平声来相救。前述方回《瀛奎律髓》“拗字类”录杜甫五律《暮雨题瀼西新赁草屋》的颔联“不息豺虎斗，空惭鸳鹭行”，赵执信《声调谱》录杜牧五律《句溪夏日送卢霈秀才归王屋山将欲赴举》诗颈联“苒苒迹始去，悠悠心所期”，就是例子。这里再举几例来看，如：

杜甫《奉济驿重送严公四韵》

远送从此别，青山空复情。（“此”字拗，“空”字平救）

几时杯重把？昨夜月同行。

列郡讴歌惜，三朝出入荣。

江村独归处，寂寞养残生。②

白居易《赋得古原草送别》

离离原上草，一岁一枯荣。

野火烧不尽，春风吹又生。（“不”字仄拗，“吹”

① 《全唐诗》卷二百三十四，中华书局点校本，第7册，第2584页。

② 《全唐诗》卷二百二十七，中华书局点校本，第7册，第2457页。

字平救）

远芳侵古道，晴翠接荒城。

又送王孙去，萋萋满别情。①

杜甫《蒹葭》

摧折不自守，秋风吹若何。（“不自”两字拗，“吹”字平救）

暂时花戴雪，几处叶沉波。

体弱春风早，丛长夜露多。

江湖后摇落，亦恐岁蹉跎。②

出句因为三四字当平却都用了仄声而变成五字全仄、对句第三字换用平声相救的例子，也时时可见，例如：

杜甫《铜瓶》

乱后碧井废，时清瑶殿深。（起句“碧井”两仄拗，五连仄；“瑶”字平救）

铜瓶未失水，百丈有哀音。

侧想美人意，应非寒甃沉。

蛟龙半缺落，犹得折黄金。③

---

① 《全唐诗》卷四百三十六，中华书局点校本，第13册，第4836页。
② 《全唐诗》卷二百二十五，中华书局点校本，第7册，第2422页。
③ 《全唐诗》卷二百二十五，中华书局点校本，第7册，第2425页。

赵执信《声调谱》录杜牧五律《句溪夏日送卢霈秀才归王屋山将欲赴举》诗，此种拗救用在颈联：

杜牧《句溪夏日送卢霈秀才归王屋山将欲赴举》
野店正分泊，茧蚕初引丝。
行人碧溪渡，系马绿杨枝。
苒苒迹始去，悠悠心所期。（出句五仄，“心”字平救）
秋山念君别，惆怅桂花时。①

（四）一字双救

“孤平”的本句自救“仄平平仄平”句式很少独用，往往与前节王力先生所说（b）（c）两种句式对句相救并用，这样“孤平”的本句自救同时也补救了上句“拗”的问题，一字双救。前引《瀛奎律髓》“拗字类”贾岛“扫床移卧衣”诗句后纪昀评语说“此亦单拗法”，其下接着还说“又有一字双救者，如‘高阁客竟去，小园花乱飞’是也”②。就已经指出了这种“一字双救”规则。这种“一字双救”法，诗人们很爱用，例子很多。例如：

郧国稻苗秀，楚人菰米肥。（王维《送人南归》）
木落雁南渡，北风江上寒。（孟浩然《早寒江上有怀》）
时有落花至，远随流水香。（刘昚虚《阙题》）

---

① 《全唐诗》卷五百二十二，中华书局点校本，第16册，第5965页。
② ［元］方回选评，李庆甲集评校点《瀛奎律髓汇评》，上海古籍出版社1986年版，中册，第1111页。

独见海中月，照君池上楼。(储光羲《题陆山人楼》)
芳草日堪把，白云心所亲。(李颀《寄镜湖朱处士》)
我宿五松下，寂寥无所欢。(李白《宿五松山下荀媪家》)
白玉一杯酒，绿杨三月时。(李白《赠钱徵君少阳》)
行在仅闻信，此生随所遭。(杜甫《避地》)
莫守邺城下，斩鲸辽海波。(杜甫《观兵》)
已近苦寒月，况经长别心。(杜甫《捣衣》)
春色岂相访，众雏还识机。(杜甫《归燕》)
……

以上都是出句“半拗”、对句第一字拗而第三字用平双救的例子。五律中这种双救既多，七律亦然。七言“A平平仄仄平平仄”句式的拗句“平平仄仄仄平仄”，下句用“仄仄仄平平仄平”句式，也是一字双救。元方回选评《瀛奎律髓》卷二十五“拗字类”，记“江湖”派诗人很喜爱晚唐许浑诗“水声东去市朝变，山势北来宫殿高”“湘潭云尽暮山出，巴蜀雪消春水来”，称为“丁卯句法”（许浑居家京口丁卯涧，其诗集名《丁卯集》，后人因称“许丁卯”）。方回说：“殊不知始于老杜，如‘负盐出井此溪女，打鼓发船何郡郎’、‘宠光蕙叶与多碧，点注桃花舒小红’之类是也。如赵嘏‘残星几点雁横塞，长笛一声人倚楼’，亦是也。”[①] 所谓“丁卯句法”，正是这里所讲的七律一字双救句

① ［元］方回选评，李庆甲集评校点《瀛奎律髓汇评》，上海古籍出版社1986年版，中册，第1107页。

法。许浑名篇如《咸阳城东楼》：

一上高城万里愁，蒹葭杨柳似汀州。
溪云初起日沉阁，山雨欲来风满楼。（丁卯句法）
鸟下绿芜秦苑夕，蝉鸣黄叶汉宫秋。
行人莫问当年事，故国东来渭水流。①

王力《诗词格律》中在列举许浑此首诗下说明道："第三句'日'字拗，第四句'欲'字拗，'风'字既救本句'欲'字，又救出句'日'字。这是（a）（c）两类相结合。"② 许浑这种一字双救句很多，诸如：

山斋留客扫红叶，野艇送僧披绿莎。（《赠茅山高拾遗》）
光阴难驻迹如客，寒暑不惊心是僧。（《南庭夜坐贻开元禅定精舍二道者》）
一声溪鸟暗云散，万片野花流水香。（《沧浪峡》）
孤舟移棹一江月，高阁卷帘千树风。（《夜归驿楼》）
碧云千里暮愁合，白雪一声春思长。（《和友人送僧归桂州灵岩寺》）
中秋云尽出沧海，半夜露寒当碧天。（《鹤林寺中秋夜玩月》）

① 《全唐诗》卷五百三十三，中华书局点校本，第16册，第6085页。
② 王力《诗词格律》，中华书局1977年版，第33页。

猿啼巫峡晓云薄，雁宿洞庭秋月多。（《卢山人自巴蜀由湘潭归茅山因赠》）

……

这种七律一字双救之所以被称为“丁卯句法”，是因为许浑一生不作古诗，专攻今体律绝，其七律中常用这种一字双救法的对句，因而给人印象深刻，成为许浑诗的一个突出特征。

前述纪昀引到的“高阁客竟去，小园花乱飞”是李商隐五律《落花》诗的首联，是出句第三第四字当平皆仄、对句第一字也拗，而第三字用平双救的例子。李商隐此诗颈联也用了这种“一字双救”法。这里录其全篇来看：

李商隐《落花》

高阁客竟去，小园花乱飞。（“客竟”仄拗，“小”仄拗，“花”平双救）

参差连曲陌，迢递送斜晖。

肠断未忍扫，眼穿仍欲归。（“未忍”仄拗，“眼”仄拗，“仍”平双救）

芳心向春尽，所得是沾衣。①

因为出句第一字是可平可仄的，因此出句第三第四字皆拗时，就会出现出句五字皆仄声的情况，例如：

---

① 《全唐诗》卷五百三十九，中华书局点校本，第16册，第6165页。

杜甫《蕃剑》

致此自僻远，又非珠玉装。（起句五仄，对句“又”字亦拗，“珠”字双救）

如何有奇怪，每夜吐光芒。

虎气必腾趠，龙身宁久藏。

风尘苦未息，持汝奉明王。①

五字全仄句往往用于起句，起调拗峭，以造声势。但也有用于诗的中段的，例如赵执信《声调后谱》所举杜甫《送远》就用于颈联：

杜甫《送远》

带甲满天地，胡为君远行？

亲朋尽一哭，鞍马去孤城。

草木岁月晚，关河霜雪清。（出句五仄，对句“霜”字救）

别离已昨日，因见古人情。②

赵执信《声调后谱》在“草木岁月晚”句下注曰：“五仄字。‘木’‘月’二字入声，妙。五仄无一入声字在内，依然无调也。”③

---

① 《全唐诗》卷二百二十五，中华书局点校本，第7册，第2425页。

② 《全唐诗》卷二百二十五，中华书局点校本，第7册，第2423页。

③ ［清］王夫之等撰《清诗话》，上海古籍出版社1978年版，上册，第341页。

这是他的细心观察和有意义的揭示。

《唐诗三百首》所录崔涂五律《除夜有作》也用于颈联出句：

孟浩然《岁除夜有怀》

迢递三巴路，羁危万里身。

乱山残雪夜，孤烛异乡人。

渐与骨肉远，转于奴仆亲。（出句五仄，对句“转”字亦拗，“奴”字双救）

那堪正飘泊，来日岁华新。[①]

这种情况沿用到七律里的也有，例如：

陆游《夜泊水村》

腰间羽箭久凋零，太息燕然未勒铭。

老子犹堪绝大漠，诸君何至泣新亭。

一身报国有万死，双鬓向人无再青。（出句“有万”两字拗，“报国有万死”五仄；对句“向”字仄拗，“无”字平声双救）

记取江湖泊船处，卧闻新雁落寒汀。[②]

上述几种律诗“拗救”的情况，各记住一两首诗例，既能熟

① 喻守真编注《唐诗三百首详析》，中华书局1980年版，第203页。

② 朱东润选注《陆游选集》，上海古籍出版社1999年版，第84页。

悉其原理，在阅读前人诗作时，敏锐感知各种“拗救”的巧妙，欣赏诗歌声律的变奏之美。如果自己作诗，必要时也可以采用“拗救”法，以便于灵活选字造句，放宽了运用声律的自由度。

第四节　对　仗

一、什么是对仗

对仗就是对偶，古人单言曰“对”，复言则称“偶对”“属对”“对属”“队仗”及“对仗”等，近代通俗又称“对对子”，指诗文造句使上下两句的句法、音节、字（词）面和语义都互相对照，是汉语充分发挥音节语言优势，有意形成抑扬顿挫的音乐美和整齐对称的建筑美，是汉语独有的一种修辞手法。

对仗是汉语很容易形成的一种语言形态。刘勰《文心雕龙·丽辞》篇已专论诗文中的对偶问题，将古来对偶归纳为四种类型，即“言对、事对、反对、正对”，并论其难易、优劣。① 日僧弘法大师撰《文镜秘府论》南卷《论文意》引梁湘东王（萧绎）《诗评》云：“作诗不对，本是吼文，不名为诗。”② 又颜之推《颜氏家训》之《文章》篇云：“今世音律谐靡，章句偶对，讳避精详，贤于往昔多矣。”③ 可知南北朝时诗文必须注重对偶的时

① 陆侃如、牟世金《文心雕龙译注》，齐鲁书社 1982 年版，下册，第 188~198 页。

② ［日］弘法大师原撰、王利器校注《文镜秘府论校注》，中国社会科学出版社 1983 年版，第 308 页。

③ 王利器撰《颜氏家训集解》，中华书局 1993 年版，第 268 页。

风。齐梁至唐代近体诗的形成，对偶的讲究是与平仄声律的讲究同时推进的。对仗，就成为律诗的一个必要成分。

古人把字（词）分为两大类：实字和虚字。清刘淇著《助字辨略》在序言开头说："构文之道，不过实字虚字两端，实字其体骨，而虚字其性情也。"① "实字"今称实词，"虚字"今称虚词。实词包括名词、动词、形容词、数词；其他介词、助词等是虚词。对仗是以词的分类为基础的。对仗的基本原则是词性相对，名词对名词，动词对动词，形容词对形容词（形容词与动词也可以对），数词对数词，颜色词对颜色词，方位词对方位词，副词对副词，代词对代词，助词对助词等。

《新唐书·宋之问传》说：

> 魏建安后讫江左，诗律屡变，至沈约、庾信，以音韵相婉附，属对精密。及之问、沈佺期，又加靡丽，回忌声病，约句准篇，如锦绣成文。学者宗之，号为"沈宋"。②

可知声律和属对是律诗的基本条件。古时近体诗的学习，应该都是从辨识四声和学对对子开始的。《唐诗纪事》卷七记骆宾王七岁咏鹅云："鹅鹅，曲项向天歌。白毛浮渌水，红掌

---

① ［清］刘淇著，章锡琛校注《助字辨略·自序》，中华书局 1983 年版，第 1 页。

② 《新唐书》卷二百二，中华书局点校本，第 18 册，第 5751 页。

拨清波。”[①] 正反映出古人童年学诗明四声知属对的入门状态。杜甫《壮游》诗也说自己“七龄思即壮，开口咏凤凰”[②]，只是因为杜甫早年的诗都没有留存，我们已无从知晓他最初咏凤凰的诗是什么样子。但推想也应与骆宾王咏鹅相似，必有很好的对仗。

《文镜秘府论》东卷《论对》列举有“二十九种对”，是依据南朝沈约、陆厥，以及唐上官仪、王昌龄、元兢、皎然等诗格一类的书汇集罗列的，名目繁多，有些是名异而实同。但将对偶的样式分析出二十多种，还是可以显示南朝至唐代讲求诗歌对偶的兴盛情形。[③]

对仗是律诗的一个重要特征。严羽《沧浪诗话·诗体》说：

有律诗彻首尾对者（少陵多此体，不可概举），有律诗彻首尾不对者（盛唐诸公有此体，如孟浩然诗：“挂席东南望，青山水国遥。舳舻争利涉，来往接风潮。问我将何适？天台访石桥。坐看霞色晚，疑是赤城标。”又“水国无边际”之篇，又太白“牛渚西江夜”之篇。皆文从字顺，音韵铿锵，八句皆无对偶。）[④]

---

① 引自周勋初主编《唐人事迹汇编》，上海古籍出版社 1995 年版，第 1 册，第 350 页。

② 《全唐诗》卷二百二十二，中华书局点校本，第 7 册，第 2358 页。

③ ［日］弘法大师原撰、王利器校注《文镜秘府论校注》，中国社会科学出版社 1983 年版，第 222~270 页。另参看张伯伟撰《全唐五代诗格汇考》，凤凰出版社 2002 年版。

④ ［宋］严羽著，郭绍虞校释《沧浪诗话校释》，人民文学出版社 1983 年版，第 73~74 页。

盛唐孟浩然和李白都有八句皆不对偶的律诗，在律诗的发展史上属于探索性的创作，后来就很少有了。这是因为汉语整齐的句子很容易对仗，写律诗却要八句彻首尾不对仗，倒不免要刻意为之，反而不自然。而在每联上下句平仄声相对的情形上，刻意使字面句意不对偶，使得诗句的对称美明显不充分，让诗人和读者也都感觉不称意。这应该是在孟浩然、李白等偶尔尝试之后，彻首尾不对仗的律诗并未成为不断有人创作的一种诗型的原因。

律诗形成的对仗通则是中间两联即颔联和颈联要求对仗；更宽松些，至少有一联对仗。首、尾两联以散行为常，但也可以对仗。以常规的律诗来说，首、尾二联散行，中间两联对仗。而对仗的两联还要避免句法雷同，雷同则显得单调。唐诗有中间两联句法雷同的例子，如司空曙五律《贼平后送人北归》：

世乱同南去，时清独北还。
他乡生白发，旧国见青山。
晓月过残垒，繁星宿故关。
寒禽与衰草，处处伴愁颜。

喻守真《唐诗三百首详析》说："律诗中句法，最宜讲究，八句要不尽同。尤其在两联中，句法不能一样。如本诗中两联，就犯此病。因为四句中，动词都用在第三字，都是以一个动词贯串上下两个名词。并且四个名词，又各带着一个形容词。因此'晓月过残垒'，可对'旧国见青山'。造成四句相同的句法。明王世懋《艺圃撷余》也指摘唐人诗中很多这种毛病，谓为‘在彼正自不觉，今人用之，能无受人揶揄？’他称这种病为‘四言一法’，学者不可不知避免。”① 首、尾二联散行，中间两联对仗而句法不要雷同，这样四联八句诗，在语句结构上就呈现出多层次和多样化的相反相成的形式美，这也是律诗所特有的形式之美，律诗正因此而具有特别诱人的魅力。排律是律诗的拉长，规则还是一样，即除了首、尾两联可以不用对仗，中间不论加了多少联，都必须是对偶句，而相邻两联的对仗也要避免句法雷同。以下列举律诗对仗的几种诗型。

（1）颔联和颈联对仗，例如：

杜甫《咏怀古迹五首》其三

群山万壑赴荆门，生长明妃尚有村。

一去紫台连朔漠，独留青冢向黄昏。（对仗）

画图省识春风面，环佩空归月夜魂。（对仗）

千载琵琶作胡语，分明怨恨曲中论。②

律诗以颔联和颈联对仗为常例，为正格，此类作品最多。

（2）有时中间两联，颔联也不对仗，只有颈联一联对仗。例如：

---

① 喻守真编注《唐诗三百首详析》，中华书局1980年版，第188～189页。

② 《全唐诗》卷二百三十，中华书局点校本，第7册，第2511页。

王维《送岐州源长史归》
握手一相送，心悲安可论。
秋风自萧索，客散孟尝门。
故驿通槐里，长亭下槿原。（对仗）
征西旧旌节，从此向河源。[1]

唐五律诗中，这种单联对仗的不乏其例。七律颔联不用对仗的则不多见，王力《汉语诗律学》说："杜甫有时候还喜欢在颔联用一种似对非对的句子"，例如：

杜甫《咏怀古迹五首》其二
摇落深知宋玉悲，风流儒雅亦吾师。
怅望千秋一洒泪，萧条异代不同时。（似对非对）
江山故宅空文藻，云雨荒台岂梦思。（对仗）
最是楚宫俱泯灭，舟人指点到今疑。[2]

王力先生说："这种颔联，至多只能说是极宽极勉强的对偶，和颈联相比，其工整的程度就差得多了。"[3] 而五律不乏只有颈联对仗的例子，使杜甫七律这种颔联看上去对仗不工整的情形令人易于理解，也使得律诗在对仗规则上放宽了自由度。

（3）首、颔、颈三联对仗，例如：

---

① 《全唐诗》卷一百二十六，中华书局点校本，第 4 册，第 1269 页。
② 《全唐诗》卷二百三十，中华书局点校本，第 7 册，第 2511 页。
③ 王力《汉语诗律学》，上海教育出版社 1979 年版，第 148 页。

杜甫《咏怀古迹五首》其一

支离东北风尘际，漂泊西南天地间。（对仗）

三峡楼台淹日月，五溪衣服共云山。（对仗）

羯胡事主终无赖，词客哀时且未还。（对仗）

庾信平生最萧瑟，暮年诗赋动江关。[①]

（4）颔、颈、尾三联对仗，例如：

杜甫《闻官军收河南河北》

剑外忽传收蓟北，初闻涕泪满衣裳。

却看妻子愁何在，漫卷诗书喜欲狂。（对仗）

白日放歌须纵酒，青春作伴好还乡。（对仗）

即从巴峡穿巫峡，便下襄阳向洛阳。[②]（对仗）

（5）首、颔、颈、尾四联对仗，例如：

杜甫《登高》

风急天高猿啸哀，渚清沙白鸟飞回。（对仗）

无边落木萧萧下，不尽长江滚滚来。（对仗）

万里悲秋常作客，百年多病独登台。（对仗）

---

① 《全唐诗》卷二百三十，中华书局点校本，第7册，第2510~2511页。

② 《全唐诗》卷二百二十七，中华书局点校本，第7册，第2460页。

艰难苦恨繁霜鬓，潦倒新停浊酒杯。[①]（对仗）

四联全都对仗，如果造句不是十分自然，就会显得很刻板，不生动。杜甫五律、七律多有全篇对仗的作品，而对起、对结，每使人不觉，自是圣手。

绝句没有形成必用对仗的规则，因此绝句用不用对仗是随诗人的意愿的。绝句通常多是四句散行不用对仗，如果用对仗，就只有三种情况：

（1）上一联对仗，下联不对仗。例如：

白居易五绝《问刘十九》
绿蚁新醅酒，红泥小火炉。（对仗）
晚来天欲雪，能饮一杯无？[②]

杜甫七绝《江南逢李龟年》
岐王宅里寻常见，崔九堂前几度闻。（对仗）
正是江南好风景，落花时节又逢君。[③]

（2）上一联不对仗，下联对仗。例如：

---

① 《全唐诗》卷二百二十七，中华书局点校本，第 7 册，第 2467～2468 页。

② 《全唐诗》卷四百四十，中华书局点校本，第 13 册，第 4900 页。

③ 《全唐诗》卷二百三十二，中华书局点校本，第 7 册，第 2562 页。

孟浩然五绝《宿建德江》

移舟泊烟渚，日暮客愁新。

野旷天低树，江清月近人。[①]（对仗）

王维七绝《寒食汜上作》

广武城边逢暮春，汶阳归客泪沾巾。

落花寂寂啼山鸟，杨柳青青渡水人。[②]（对仗）

（3）上下两联都对仗。例如：

王之涣五绝《登鹳雀楼》

白日依山尽，黄河入海流。（对仗）

欲穷千里目，更上一层楼。[③]（对仗）

杜甫七绝《存殁口号二首》其二

郑公粉绘随长夜，曹霸丹青已白头。（对仗）

天下何曾有山水，人间不解重骅骝。[④]（对仗）

绝句用对仗的三种情况比较，以上一联用对仗的为多，对起散结，较易谋篇。下一联用对仗的很少，上下两联都对仗的更

① 《全唐诗》卷一百六十，中华书局点校本，第 5 册，第 1668 页。

② 《全唐诗》卷一百二十八，中华书局点校本，第 4 册，第 1307 页。

③ 《全唐诗》卷二百五十三，中华书局点校本，第 8 册，第 2849 页。

④ 《全唐诗》卷二百三十一，中华书局点校本，第 7 册，第 2549 页。

少，这当然是由于绝句仅四句，用对仗来作结束句仍要自然生动，难度很高。

二、对仗的讲究

用现代的词类概念说，对仗要求名词对名词、动词对动词等，是大致如此的说法。科举时代从对仗的讲究上将词语细分为37门，见《诗韵合璧》所附载《词林典腋》，其门类目录为：

> 天文、时令、地理、帝后、职官、政治、礼仪、音乐、人伦、人事、闺阁、形体、文事、武备、技艺、外教、珍宝、宫室、器用、服饰、饮食、菽粟、布帛、草木、百花、果品、飞鸟、走兽、鳞介、昆虫、抬头、颜色、数目、卦名、干支、姓名人物、虚字。

这里细致划分的除了“虚字”外，其实几乎都是名词。古人对于动词、副词、代词等，都没有分类，形容词中只有颜色和数目（颜色和数目有时候属于形容词，有时也是名词和代词）自成种类，其余也没有划分。这个划分有助于我们了解古人关于词类的观念，也使我们了解古代诗人们在对仗上的讲究，主要是名词门类的划分。王力《汉语诗律学》依据上述的词语门类划分略加分并，分为十一大类28小类，以便于对律诗对仗宽严的理解，可以参看。①

古代蒙学开始对字，如清初车万育撰《声律启蒙》，以及李渔编《笠翁对韵》，按韵分编对字，从一字对、双字对、三字对，

① 参见王力《汉语诗律学》，上海教育出版社1979年版，第153~166页。

到五字、七字句对，还有十一字（四字顿加七字句）联对，字义与平仄声皆对，声韵朗朗上口，易于记诵，使学童获得词汇、声韵和修辞等多方面知识，是学诗的基础训练。现今若是教青少年或爱好者学诗，仍然建议不妨读读这类书，也还有益于字句声调和对仗修辞的训练。

用属于同一门类的名词来相对，比如天文对天文，时令对时令，地理对地理，人事对人事，器用对器用，草木对草木，昆虫对昆虫，颜色对颜色，数目对数目，等等，叫“的（dí）对”，即贴切的对偶；也叫“工对”，即工稳的对偶。不拘门类而只要是名词对名词，则是宽对。

例如杜甫《旅夜书怀》颔联：

星垂平野阔，月涌大江流。①

“星”对“月”，是天文对；“野”对“江”，是地理对。“垂”对“涌”，“平”对“大”，都是在词义上属于相同类型的动词、形容词的相对。而“阔”对“流”，是形容词和动词可以对仗的一例。

前面说到颜色和数目词在对仗分类中自成种类。颜色和数目有时候属于形容词，有时也是名词和代词，诗中用数字对数字、颜色对颜色，古人对这两类对仗特别看重。例如杜甫《绝句四首》其三：

① 《全唐诗》卷二百二十九，中华书局点校本，第7册，第2489页。

两个黄鹂鸣翠柳，一行白鹭上青天。
窗含西岭千秋雪，门泊东吴万里船。①

两个、一行，千秋、万里，四句之中皆含数字对，数字在诗句中点醒对比，创造意境，不可或缺。因此并没有堆积数字的感觉。

王安石《南浦》绝句后两句：

含风鸭绿粼粼起，弄日鹅黄袅袅垂。②

以“鸭绿”写水色，“鹅黄”指嫩柳芽。宋叶梦得《石林诗话》称赞此联“读之初不觉有对偶”③。对仗讲究工整精切，但也要求自然稳顺。“读之初不觉有对偶”，即是说对得很自然。

对仗讲究工整贴切，但要注意避忌“合掌”。王力《汉语诗律学》讲到“合掌”的一节说：

在对仗上有一种避忌，叫做“合掌”。合掌是诗文对偶意义相同的现象，事实上就是同义词相对。整个对联都用同义词的情形是罕见的。我们也很难找出完全合掌的例子。但

① 《全唐诗》卷二百二十八，中华书局点校本，第7册，第2487页。
② 刘乃昌《王安石诗文编年选释》，山东教育出版社1992年版，第178页。
③ ［清］何文焕辑《历代诗话》，中华书局标点本1981年版，上册，第406页。

是，近似合掌的例子则是有的，那就是《文心雕龙》所谓“正对”。《文心雕龙》说：“反对者，理殊趣合者也；正对者，事异义同者也。”所谓“事异义同”，就是说典故虽然不同，但是意义相同。作者举张载《七哀诗》为例：“汉祖想枌榆，光武思白水。”《七哀诗》虽不是律诗，但是这两句话颠倒过来有点像律诗的句子，可以借此说明问题。诗句的对仗正是应该避免这类的情形。《文心雕龙》说：“反对为优，正对为劣。”正对既然被否定，合掌更应该被否定了。①

律诗对仗的上下两句字面不同、词义相同或相近，两句说的意思也就雷同或相近了，就叫作“合掌”。《文心雕龙·丽辞》篇所举《七哀诗》的“汉祖想枌榆，光武思白水”两句，颠倒来看（平声字结尾的上句移作下句），就如律诗对仗犯合掌之忌。但《文心雕龙》所谓“正对”并不就等于“合掌”。“正对”也未必皆“劣”，后来律诗中的正对也有被称赞为“的对”的佳作。但正对若不经心，就有可能犯合掌。明胡应麟《诗薮》说：“作诗最忌合掌，近体尤忌。而齐梁人往往犯之，如以朝对曙，将远属遥之类。初唐诸子，尚袭此风。推原厉阶，实由康乐。沈、宋二君，始加洗削，至于盛唐尽矣。”② 例如骆宾王《灵隐寺》诗，明胡震亨《唐音癸签》就说“此诗属对合掌，体拗涩”③，即使

① 王力《汉语诗律学》，上海教育出版社 1979 年版，第 180~181 页。

② ［明］胡应麟撰《诗薮》卷四，中华书局 1958 年版，第 61 页。

③ ［明］胡震亨《唐音癸签》卷二十九，引自《影印文渊阁四库全书》，上海古籍出版社 2003 年版，第 1482 册，第 696 页。

其中对句不都算合掌，至少“桂子月中落，天香云外飘。扪萝登塔远，刳木取泉遥。霜薄花更发，冰轻叶未凋”这三联，都不免为合掌。明王世懋《艺圃撷余》则举郎士元诗起句“暮蝉不可听，落叶岂堪闻”，谓为“合掌可笑”①，是指上下句“不可听”与“岂堪闻”后三字完全合掌了。对仗合掌，在造句上显得腹笥贫虚，不免见笑。而且写诗作对仗，在有限的字句内应尽量多表达讯息。合掌则浪费了字句，所以要注意避免合掌。

三、几种变通的对仗

对仗自以工整贴切为准则。但若一味都工整，即使做得到，恐也不免会显得死板不灵动。而有时须要对仗处，用变通的对仗，既方便意思的表达，又不违离形式律法，而且还使形式更增加变化的灵动感。因此，对于变通的对仗技巧，应了解其规则。这既有助于欣赏近体诗，如果学诗，也有助于创作。这里就讲一讲流水对、借对、错综对、扇面对和当句对几种对仗的规则。

（一）流水对

一联对仗上下句的意思是顺承下来不间断，两句才表达了完整语意的，叫流水对。《诗经·小雅·伐木》“出自幽谷，迁于乔木”，就已是流水对。唐诗例如：

杜甫七律《闻官军收河南河北》尾联：

即从巴峡穿巫峡，便下襄阳向洛阳。②

---

① ［明］王世懋《艺圃撷余》，引自［清］何文焕辑《历代诗话》，中华书局1981年版，下册，第780页。

② 《全唐诗》卷二百二十七，中华书局点校本，第7册，第2460页。

杜甫七律《秋兴八首》其二尾联：

请看石上藤萝月，已映洲前芦荻花。①

杜甫五律《放船》颔联：

直愁骑马滑，故作泛舟回。②

刘长卿五绝《听弹琴》后二句：

古调虽自爱，今人多不弹。③

（二）借对

字面上不对仗，实际上借用同音或多义字来对仗，叫借对。借对有的借用同音字为对，有的借用一字多义为对。例如：

1. 借音

孟浩然《裴司士员司户见寻》：

厨人具鸡黍，稚子摘杨梅。④ （借“杨”字音羊，对“鸡”。）

李白《送内寻庐山女道士李腾空二首》其一：

---

① 《全唐诗》卷二百三十，中华书局点校本，第7册，第2510页。

② 《全唐诗》卷二百二十八，中华书局点校本，第7册，第2472页。

③ 《全唐诗》卷一百四十七，中华书局点校本，第5册，第1481页。

④ 《全唐诗》卷一百六十，中华书局点校本，第5册，第1651页。

水春云母碓，风扫石楠花。[①]（借“楠”字音男，对“母”。）

杜甫《哭李常侍峄二首》其二：

次第寻书扎，呼儿检赠诗。[②]（借“第”字音弟，对“儿”。）

杜甫《野望》：

西山白雪三城戍，南浦清江万里桥。[③]（借“清”字音青，对“白”。）

白居易《西湖留别》：

翠黛不须留五马，皇恩只许住三年。[④]（借“皇”字音黄，对“翠”。）

2. 借义

王维《济上四贤咏·崔录事》：

少年曾任侠，晚节更为儒。[⑤]（借节操之“节”另有时

---

① 《全唐诗》卷一百八十四，中华书局点校本，第6册，第1884页。
② 《全唐诗》卷二百三十三，中华书局点校本，第7册，第2573页。
③ 《全唐诗》卷二百二十七，中华书局点校本，第7册，第2454页。
④ 《全唐诗》卷四百四十六，中华书局点校本，第13册，第5007页。
⑤ 《全唐诗》卷一百二十五，中华书局点校本，第4册，第1252页。

节义，对“年”。）

杜甫《曲江二首》：

酒债寻常行处有，人生七十古来稀。①（借“寻常”另有长度义，对“七十”。）

刘禹锡《西塞山怀古》：

千寻铁锁沉江底，一片降幡出石头。②（借石头词尾的“头”另有顶端义，对“底”。）

温庭筠《苏武庙》：

回日楼台非甲帐，去时冠剑是丁年。③（借兵甲之“甲”另为甲乙丙丁干支字，对“丁”。）

（三）错综对

又叫交络对、蹉对，由于声律或字义安排的需要，把上下句中对应的词颠倒位置。如：

李群玉《同郑相并歌姬小饮戏赠》：

裙拖六幅湘江水，鬓耸巫山一段云。④（下句三四字“巫

① 《全唐诗》卷二百二十五，中华书局点校本，第7册，第2410页。
② 《全唐诗》卷三百五十九，中华书局点校本，第11册，第4058页。
③ 《全唐诗》卷五百八十二，中华书局点校本，第17册，第6749页。
④ 《全唐诗》卷五百六十九，中华书局点校本，第17册，第6602页。

山”对上句五六字“湘江”；下句五六字“一段”对上句三四字“六幅”。）

王安石《晚春》：

春残叶密花枝少，睡起茶多酒盏疏。① （下句第四字“多”对上句第七字“少”，下句第七字“疏”对上句第四字“密”。）

（四）扇面对

又叫隔句对，是第一句与第三句对、第二句与第四句对的对仗方式。例如：

杜甫《哭台州郑司户苏少监》：

得罪台州去，时危弃硕儒。

移官蓬阁后，谷贵殁潜夫。②

白居易《夜闻筝中弹〈潇湘送神曲〉感旧》：

缥缈巫山女，归来七八年。

殷勤湘水曲，留在十三弦。③

---

① 刘乃昌《王安石诗文编年选释》，山东教育出版社1992年版，第180页。

② 《全唐诗》卷二百三十四，中华书局点校本，第7册，第2588页。

③ 《全唐诗》卷四百五十八，中华书局点校本，第14册，第5200页。

苏轼《用前韵再和许朝奉》：

邂逅陪车马，寻芳谢朓洲。

凄凉望乡国，得句仲宣楼。[①]

（五）当句对

又称为句对或就句对，是一句之中自成工对，如此则上下句即使是宽对，也算是工对。例如：

杜甫七律《涪城县香积寺官阁》颈联：

小院回廊春寂寂，浴凫飞鹭晚悠悠。[②]（“小院”与“回廊”工对，“浴凫”与“飞鹭”工对。）

又杜甫七律《滕王亭子》颈联：

清江锦石伤心丽，嫩蕊浓花满目班。[③]

晚唐李商隐有一首七律题目即《当句有对》，诗云：

密迩平阳接上兰，秦楼鸳瓦汉宫盘。

池光不定花光乱，日气初涵露气干。

但觉游蜂饶舞蝶，岂知孤凤忆离鸾。

① ［宋］苏轼著，［清］冯应榴辑注，黄任轲、朱怀春校点《苏轼诗集合著》，上海古籍出版社 2001 年版，第 5 册，第 2281 页。

② 《全唐诗》卷二百二十七，中华书局点校本，第 7 册，第 2463 页。

③ 《全唐诗》卷二百二十八，中华书局点校本，第 7 册，第 2476 页。

三星自转三山远，紫府程遥碧落宽。①

李商隐其他诗篇中用当句对甚多，是对于此种对仗特有兴趣者。

王力《汉语诗律学》讲到一种句中自对，是特别注意到用于首联的单句句中自对，而另一句不再相对。② 王力先生所举例，如：

李嘉祐《送王牧往吉州》：

细草绿汀洲，王孙耐薄游。（“细草”与“绿汀洲”为对。）

刘长卿《双峰下哭故人李宥》：

怜君孤垄寄双峰，埋骨穷泉复几重。（“孤垄”与“双峰”为对。）

白居易《登郢州白雪楼》：

白雪楼中一望乡，青山簇簇水茫茫。（“青山簇簇”与“水茫茫”为对。）

白居易《送萧处士游黔南》：

---

① 《全唐诗》卷五百四十，中华书局点校本，第16册，第6206页。

② 王力《汉语诗律学》，上海教育出版社1979年版，第179~180页。

能文好饮老萧郎，身似浮云鬓似霜。（“能文”与“好饮”为对，“身似浮云”与“鬓似霜”为对。注意：句中自对不避同字。）

王力先生说这种首联单用句中自对的形式是诗人们最爱用的。记住这一项，对于学习写诗也很有意义。

四、附论对联声律问题

对联，也叫“楹联”“楹帖”“联语”“联句”“对子”等，是从律诗的对偶句演化出来的。对联起源的追溯，一般以五代后蜀主孟昶命学士为词题寝门桃符版为最初的对联写作缘起，而孟昶以学士所撰词非工，自命笔题写“新年纳余庆，嘉节号长春”①，是见于记载的最早的春联。宋代以后，对联不仅用于新桃换旧符贴春联，而且不断扩展其用场于祝寿、吊挽、园林胜迹等；至明清两代，对联的用场更加广泛，内容与形式也更加丰富多样。形式上在采用五七言律句之外，进而更采用骈文律赋、词句、八股文对句等入联，上、下联字数短长不拘，长联字数可以上百字，例如著名的云南昆明大观楼所悬孙髯翁撰长联为 180 字，即上下联各为 90 字。尤其是清代以来，对联几乎存在于日常生活的各种场合，营造文化氛围，抒发情思，表现智慧，实已成为诗词曲赋之外的一种讲究声律而又广受喜好的新文体。清代梁章钜编撰的《楹联丛话》《楹联续话》和《楹联三话》，开创

① 《宋史》卷四百七十九《西蜀世家》，中华书局点校本，第 40 册，第 13881 页。

“联话”撰述，所录楹联蔚然大观。[1] 20世纪80年代以来，也有新编各种对联汇编、选编、鉴赏等书籍，现实生活中也在很多场合、很多时候会看到对联，电视等媒体往往有节庆日征联评奖活动，1984年成立中国楹联学会，各省、地方也成立诸多楹联社团，可见当代国人对于对联的兴趣仍是有增无减。

清代以来，由于对联应用日广，对联的类别也愈多。清人梁章钜《楹联丛话》分楹联为十大类：故事、应制、庙祀、廨宇、胜迹、格言、佳话、挽词、集句、杂缀，大体以内容和用途来分类，能够囊括当时存在的各种对联。

民国年间上海九州书局印行《分类楹联集成》上中下三册，分楹联为二十编，即二十类：庆贺、哀挽、廨宇、学校、商业、会馆、祠庙、寺院、剧场、第宅、园墅、岁时、名胜、投赠、香艳、集字、集句、滑稽、白话、杂俎。这既有传统类别的延续，也有民国时期新生活、新文化的内容门类。

当代则有顾平旦、常江、曾保泉主编《中国对联大词典》（中国友谊出版社1991年版）分对联为九类：名胜、题赠（格言）、喜庆、哀挽、谐讽（巧妙）、文学艺术、行业、集句、海外。另有谷向阳主编《中国对联大典》（学苑出版社2000年版）将对联分为25大类，此不引录其类目。总之，对联在当代社会生活和文化艺术中广泛存在，是我们所熟见的事实。

对联的形式即上下联两边对称。两边可以是单句，也可以是

---

① ［清］梁章钜《楹联丛话》，有商务印书馆1935年“国学基本丛书”本；中华书局1987年白化文、李鼎霞点校本。

两句、三句，以至更多句的组合，但两边总是要对称。对称是同时要求字词（词性）、声调节奏、句式和内容都要相对。

传统的对联，总是采取诗、词、文、赋的句式组成，在声调节奏上也自然参照了诗、词、文、赋的句式韵律。民国新文化运动以来，受白话文学的影响，对联有时也有特意做成白话的。白话对联，高手仍然讲究句脚韵律，也有的不再讲究平仄声调对称规则。而即使是非白话的、仍仿照传统对联语句所作的对联，也往往有忽视对联的声律规则的问题。而当代的看似空前繁盛的“对联热”，实际上是许多作者在并不具有辨识四声平仄的基本能力的情况下，简单化地热衷做对子，所作对联只能是貌似对偶却不能做声律技巧等艺术性的品评的。这种已无艺术性讲究的“对联”不断大量产生，结果很可能造成人们对于对联的厌弃，也就将断送传承千年的对联艺术，断送传统对联文化。

当然，人们对于对联的广泛的喜爱还是应予以鼓励的，需要的是引导人们了解对联的相关基础知识。本书不是专论对联。这一章因为讲诗歌声律，讲诗歌的对仗，顺延来讲讲对联的声律等问题，而声律正是当代对联所应特别重视的基本问题。

（一）对联最好也合诗文声律

我们在前面已论述了律诗的声律是以双音节为节奏、平仄声交替构成诗句，对仗的两句则是相对位置上的字声平仄相反。对联的平仄声也应该大致遵循律诗对仗的这个规则。早期的对联，除了选取律诗中的对仗句或集句成联外，直接创作的对联两句，一般也都是按照律诗对仗来造句的。例如被认为最先创作对联的蜀主孟昶所撰春联“新年纳余庆；嘉节号长春”，就如一联五律的对仗，上联还用的是所谓“出句单拗”即“平平仄平仄”句式。

梁章钜《楹联丛话》卷一“故事”编所录宋元人所作对联，如《墨庄漫录》所载苏轼在黄州戏书王文甫家桃符云：“门大要容千骑入；堂深不觉百男欢。”《困学纪闻》所载楼钥书桃符云：“门前莫约频来客；坐上同观未见书。”《坚瓠集》载赵孟頫为扬州迎月楼作春联：“春风阆苑三千客；明月扬州第一楼。”都是合乎诗歌声律的对句。梁章钜《楹联丛话》卷八“格言”编所记其伯父书联“欲知世味须尝胆；不识人情只看花”，其父所书“非关因果方为善；不计科名始读书”，也都是合律的对句。

对联在起初采取五七言律诗对仗句式之后，扩展到采用骈文、律赋、词，以至散文的句式，使得对联的句式极其多样，而且对联不仅上下联是单句的只有两句，就是上下联各为多句构成的，也还是只分两边，通常两边的尾字平仄声是不同的，自然也不宜押韵，因此看起来对联创作的自由度甚高。但是读起来感觉耐品味的对子除了内容好外，一定是在声调上有讲究的。

启功先生著《诗文声律论稿》，其“绪论”开篇说：“本文所要探索的是古典诗、词、曲、骈文、散文等文体的声调特别是律调的法则。所采取的方法，是摊开这些文学形式，分析前代人的成说，从具体的现象中归纳出目前所能得出的一些规律。”① 又在第四章“律诗的句式和篇式”中说：

① 启功《诗文声律论稿》，中华书局2000年版，第1页。

> 我们知道，五、七言律诗以及一些词、曲、文章，句中的平仄大部是双叠的，因此试将平仄自相重叠，排列一行如下：
>
> 1　2　3　4　5　6　7　8　9　10　11　12　13　14……
>
> 平　平　仄　仄　平　平　仄　仄　平　平　仄　仄　平　平……
>
> 这好比一根长杆，可按句子的尺寸来截取它。①

启功先生在这根长杆上截取五、七言律句各四种。启功先生又在第五章“两字‘节’”中论说两平、两仄的一“顿”或一“逗”，也可称为“节”，两平为“平节”，两仄为“仄节”。“它又譬如一个盒子，有盖有底。但有时每节并不一定是两仄或两平，因为一节之中的上字声调有时可以活动，也就是盒盖可以更换；下一字声调关系重要，也就是盒底需要稳定。所以应用仄仄的有时可以用平仄，应用平平的有时可以用仄平。于是仄仄平平有时可以变成平仄仄平；平平仄仄有时可以变成仄平平仄。”② 以下还谈到“在词、曲、骈文、韵文、散文句中的节，是除去句中领、衬、尾字来算的”③。启功先生的这些论述，因为综合考虑了诗词、韵文、散文等文体，因而也是可以延伸来理解广泛采取诗文句式的对联的声律问题的。

（二）对联合律以节奏为主，允许有衬字

正如本章前面引述到的朱光潜先生和启功先生都论说了的诗

---

① 启功《诗文声律论稿》，中华书局2000年版，第11页。
② 启功《诗文声律论稿》，中华书局2000年版，第19页。
③ 启功《诗文声律论稿》，中华书局2000年版，第21页。

文声律是以双音节的“顿”或“逗”，或称之为“节”的节奏为讲究平仄交替的关键的，对联的声律也是如此。梁章钜《楹联丛话》“胜迹”类记杭州西湖花神庙有一旧联云：

翠翠红红，处处莺莺燕燕；
风风雨雨，年年暮暮朝朝。

这副全是叠字的对子，最清晰地显示联句双音节平仄交替的形式。当然这样的句式只是特别的例子，通常还是以节奏点（也就是启功先生所谓的“盒底”）的平仄声来考究的。例如济南大明湖中清人铁保书刘凤诰所撰的一副名联：

四面荷花三面柳；
一城山色半城湖。

上联“四面荷花”是仄仄平平；下联“一城山色”，则如启功先生所说，变平平仄仄为仄平平仄。这种变通，是诗文声律通用的法则。

现代常见一些对联，完全不知音节平仄交替的规则，例如一本《对联欣赏》（顾平旦、曾保泉编著，文化艺术出版社 1982 年版）书中选辑的对联：

尽管既老且病；
还得勤学苦干。（第 177 页）

这副对子上下联节奏点上全是仄声字；又：

振作精神抓工作；
下定决心当模范。(第208页)

全心全意建设社会主义；
互敬互爱创造幸福生活。(第213页)

这两副对子上下联节奏点上平仄声不是相对，而是雷同。这样在声调上已不“对”的两句话，怎么还可以称之为“对联”?

启功先生说：“在词、曲、骈文、韵文、散文句中的节，是除去句中领、衬、尾字来算的。”他举的例子是《离骚》开头的两句：

仄	平平	(平)	平仄	(平)
帝	高阳	之	苗裔	兮，
仄	平仄	(仄)	仄平	
朕	皇考	曰	伯庸。	

启功先生说：

其中“帝”、“朕”是领字，“之”、“曰”是衬字，“兮”是尾字。所剩“高阳”、“苗裔”、“皇考”、“伯庸”，恰是抑扬相间的四个节。[1]

对联合律以节奏为主，也允许有衬字。例如清龚藹仁撰济南历下亭楹联：

李北海亦豪哉！杯酒相邀，顿教历下古亭，千古入诗人歌咏；

杜少陵已往矣！湖山如昨，试问济南过客，有谁继名士风流。

上下两边各四句中，“李”“杜”姓氏且当作领字，“亦”“已”和“入”“继”都是衬字。忽略领字、衬字，则这副对联的平仄声谱是：

仄仄平平，仄仄平平，平平仄仄平平，仄仄平平仄仄；

平平仄仄，平平仄仄，仄仄平平仄仄，平平仄仄平平。

对联的平仄声要注意在节奏点上的本句交替和对句相反，这个规则有时在非句脚（每边由两句及多句合成时，每句句脚）的位置的字声可以不拘，这既放宽了造句的自由度，也使得联句的声律多了一些灵活的气息。例如《楹联丛话》卷三“庙祀上”录济南大明湖铁公祠联：“大节凛东藩，四百载至今如昨；崇祠留

① 启功《诗文声律论稿》，中华书局2000年版，第21页。

北渚，万千劫虽死犹生。”以“万千劫”对“四百载”，“劫”与“载”都是仄声，但因为不在句脚，是允许变通的。

鲁迅书清人何瓦琴集句联：“人生得一知己足矣；斯世当以同怀视之。”① “一”与“以”相对位置的字同仄声，但因为在句子中“得一知己”“当以同怀”均四字连读，“一”与“以”不在关键的节奏点上，所以也是对联声律所允许的。

有的谈楹联的书说楹联各句内部的平仄要交替，平声字和仄声字连用三个要交换一次，也不能一字一换。这个说法，如果按照启功先生的平仄长杆截取法和“盒盖”可以松动说，是相符的。但从对联的实际来看，有时联句中采用或化用并不安排平仄交替的经史古文句，则不符合平仄长杆截取法的二四同声或连用四个平仄同声字的情况也是存在的。

例如前举鲁迅书清人集句联中“得一知己”四字即二四同仄，不合平仄长杆截取法，但在对联中是不妨如此变通的。

《楹联丛话》卷三“庙祀上”录邯郸吕仙祠黄粱梦亭联云：“睡至二三更时，凡功名都成幻境；想到一百年后，无少长俱是古人。”上联前句四六同平声，下联前句二四六皆仄声，“想到一百”连用四个仄声，而且“到”与上联的“至”同仄声，这些都不能符合长杆截取法，但这两句句脚“时”与“后”平仄相对，即为合律，这是讲究对联声律时所应包容的。再看《楹联丛话》同卷所录泰山东岳庙一联：“云行雨施，不崇朝而遍

① 鲁迅研究室、鲁迅博物馆编《鲁迅年谱》，人民文学出版社 1984 年版，第三卷，第 397 页。

天下；理大物博，祖阳气之发东方。”“云行雨施”二四同平，但它是《周易》原文，当然可用；与二四同平的“云行雨施”作对，“理大物博”就要二四同仄，而且这句是连用四个仄声，对此梁章钜如何评说？他说这副对联“熔铸经传之文，亦自名贵”。

（三）对联以上联收仄尾、下联收平尾为常格

显然是因为对联源出于律诗对句，所以不论两边是单句，还是两句、三句，以及更多句，一般总是上联收仄尾，下联收平尾。

清代是楹联极盛的时代，而宫殿中的楹联在形式上又极其讲究。梁章钜《楹联丛话》卷二“应制”类说：“紫禁城中各宫殿门屏槅扇皆有春联，每年于腊月下旬悬挂，次年正月下旬撤去。或须更新，但易新绢，分派工楷法之翰林书之，而联语悉仍其旧。闻旧语系乾隆间敕儒臣分手撰拟，皆其时名翰林所为，典丽矞皇，允堪藻绘升平，祓饰休美。”我们当然知道翰林儒臣为皇宫撰拟的这些对联极尽阿谀粉饰歌颂之能事，我们所着意关注的是这些对联在声律形式上的讲究。且以梁章钜所录紫禁城中门联——以一所宫殿（太和殿）的全部门联为例来看：

太和左右门云：“日丽丹山，云绕旌旗辉凤羽；祥开紫禁，人从阊阖觐龙光。”“鳷观翔云，九译同文朝玉陛；凤楼焕彩，八方从律度瑶阊。”协和门云：“协气东来，禹甸琛球咸辑瑞；和风南被，尧阶蓂荚早迎春。”熙和门云：“景纬霞敷，星罕灿三辰珠璧；元和春盎，云璈宣六代咸英。”上谕

馆云："一代典章垂涣汗；万年法守仰都俞。"诰敕房云："天宠遥颁青锁客；国恩重溢紫泥封。"繙书房云："玉宇中朝资珥笔；金瓯亿载庆垂衣。"内阁前门云："圣德醍醐，花深红药省；帝光糺缦，日丽紫薇天。"太和殿中楅扇云："龙德正中天，四海雍熙符广运；凤城回北斗，万邦和协颂平章。"体仁阁云："黄道天开，东壁琛图辉玉宇；紫宸日丽，西山爽气映瑶阶。"宏义阁云："画栋凝熙，东望摄提辉晓日；彤庭延景，北临棨戟动朝光。"中和殿中楅扇云："仁寿握乾符，万国车书会极；中和绵鼎箓，九天日月齐光。"保和殿中楅扇云："凝鼎命而当阳，圣箓同符日月；握乾枢以御极，太阶共仰星云。"

此段共录太和殿春联十三副，两边无论是单句还是两句，全部是上联尾字仄声，下联尾字平声。不仅是太和殿，《楹联丛话》卷二"应制"类所录紫禁城中春联，一律都是上联尾字仄声，下联尾字平声。而且不仅紫禁城中的所有春联，《楹联丛话》卷三、卷四"庙祀"和卷五"廨宇"类，所录楹联也全都是上联尾字仄声，下联尾字平声。这充分表明对联是以上联收仄尾、下联收平尾为常格的。

虽然紫禁城的春联、各地庙祀和廨宇的对联，都是上联收仄尾、下联收平尾，但我们也还是说这种格式是"常格"，而不说所有对联一律都应如此，是因为在宫廷应制对联之外，在更广泛的已经存在并且被认可甚至获好评的对联中，也存在上联收平尾、下联收仄尾的联语。

例如《楹联丛话》卷六“胜迹上”第一段录泰山几副对联，就有半山壶天阁一联云：“登此山一半，已是壶天；造绝顶千重，尚多福地。”上联收平尾，下联收仄尾，与对联的“常格”明显不同。

上联收平尾、下联收仄尾的非“常格”对联，还有如《楹联丛话》卷八“格言”中所录吕新吾有铨署楹帖云：“直者无庸我力，枉者我无庸力，何敢贪天之功；恩则以奸为贤，怨则以贤为奸，岂能逃鬼之责。”又同卷李文节署翰林中堂联云：“人重官非官重人；德胜才毋才胜德。”又同卷末段记程月川每莅一任必书朱柏庐《居家格言》结语“读书志在圣贤；为官心存君国”为厅事联，梁章钜评曰“允堪悬作座右铭”。

梁恭辰《楹联四话》卷五“杂缀”类录刻印《知不足斋丛书》的歙县鲍渌饮（廷博）自撰联句：“与其私千万卷在己，或不守之子孙；孰若公一二册于人，能永传诸奕祀。”

近代如孙中山曾题词曰：“革命尚未成功；同志仍须努力。”在他逝世后，这两句题词被用为配合在他遗像两边的对联。这两句也是上收平尾、下收仄尾的显著例子。

上联收平尾、下联收仄尾的对联不仅一直存在，而且也有甚获好评的佳联。这种情况虽然不合律诗对句的上仄下平规则，但却可以认为实与赋和骈文中有些上平下仄的偶句因为精彩而常见摘句引用有关。例如王勃《滕王阁序》中常被摘引的佳句：“物华天宝，龙光射牛斗之墟；人杰地灵，徐孺下陈蕃之榻。”“落霞与孤鹜齐飞，秋水共长天一色。”“渔舟唱晚，响穷彭蠡之滨；雁阵惊寒，声断衡阳之浦。”“睢园绿竹，气凌彭泽之樽；邺水朱华，光照临川之笔。”“老当益壮，宁移白首之心；穷且益坚，不坠青云之志。”就都是上平下仄收尾。对联不仅是律诗对仗的衍生品，也接受了文赋骈句的影响。因此，对联有类似文赋中上平下仄收尾的骈句的作品，在声律上也是渊源有自的。

有的联书说上联尾字仄声、下联尾字平声是楹联的一般规则，甚至说是“定例”；说只有少数口头对子和趣联、短联例外，如“金步摇；玉条脱”“陶然亭；张之洞”等，是上平下仄。我们以上所举的上平下仄的对联，既不是口头对子，也不能都说是“短联”，这种对联在统计中虽然确实是少数，但绝非“例外”。因此，从为楹联创作保留多样的形式以供自由选择的角度考虑，理论上也不应将句尾上平下仄的对联说成是“违例”。

总之，我们如果学习撰联，或有时必需撰联，句尾仍应以上仄下平的“常格”为优先选择，必要时也可以采用上平下仄的格式。

至于有的所谓对联，虽然文字对偶也还工整，但上下联句尾都是平声或都是仄声，则都不能算是合格的楹联。现代有些场合有这样的上下同平或同仄尾的两句话，一般也是着重于其标语口号的内容，而并非是制联，严格说来，称之为“标语”为宜。

（四）关于“马蹄韵”

岳麓书社1997年出版余德泉编著《对联格律·对联谱》一书，提出“马蹄韵”是对联平仄运用的基本规则，并根据“马蹄韵”编制了《对联谱》，在对联声律研究上是一个贡献，是值得称道的。编著者余德泉先生，四川叙永人，“文革”前毕业于北京大学中文系，分配到湖南工作，教过中学，教过师范，后落脚在长沙工业高等专科学校任教授。他在语言学和古代汉语方面有很好的专业功底，对于对联有精到的研究，有多部谈对联的专著出版，诚如唐作藩先生在为《对联格律·对联谱》一书所作的《序》中所说，他是一位对联学专家。

余德泉先生书中一节讲“什么是马蹄韵”道：

> 清人林昌彝说：“凡平音煞句者，顶句亦以平音，仄音煞句者，顶联亦以仄音。照此类推，音节无不调叶。”（林庆铨《楹联述录》）这段话换一种说法，就是“仄顶仄，平顶平”。对联的这种规则，就叫马蹄韵。
>
> 其所以叫马蹄韵，在于其规律正像马之行步，后脚总是踏着前脚脚印走，每个脚印都要踏两次。若以一边的脚为平，另一边的脚为仄，左右轮流，那么“平平”之后便是“仄仄”，“仄仄”之后又是“平平”了。鉴于后脚之最初站立点与立定时前脚之站立点，并无后继，所以起句和末句的句脚，一般都是单平或者单仄。
>
> 马蹄韵的基本图式，有平起（首字为平声字）和仄起（首字为仄声字）两种。
>
> 平起式为：
>
> 平仄仄平平仄仄平……
>
> 或者：
>
> 平仄仄平平仄仄平平仄……
>
> 仄起式为：

仄平平仄仄平平仄……

或者：

仄平平仄仄平平仄仄平……

马蹄韵既用于联句句中，亦用于联句句脚，而以用于联句句脚特征最为明显。可以说使对联区别于其他文学形式，这是相当突出的一点。

……

马蹄韵不是一朝一夕形成的，更不是哪一个人的发明创造。它是千百年来一步一步约定俗成的结果。①

由此可知，所谓“马蹄韵”主要是就对联每边若干句句脚的平仄规则而言的，也就是说这个“韵”是平仄韵律的“韵”，而不是同音押韵的“韵”。

“马蹄韵”这个概念并未见于前人著述。梁章钜《楹联丛话》成书于道光二十年即1840年之后，算是“近代”的著述了，其中就所录楹联时有评论，但却没有楹联韵律的论说。余德泉先生在具体界定“什么是马蹄韵”之前一节中，讲述所谓“马蹄韵”这个概念的来历，得自他的一些朋友的口述，他说：

笔者接触到的一些人，就是如此。尽管他们讲不出系统的理论，但总是告诉笔者，其乃师训，合格的对联，就应当这样写。南岳汪涛先生是一位颇谙马蹄韵的联家。据他说，

① 余德泉《对联格律·对联谱》，岳麓书社1997年版，第16~17页。

> 清道光年间有位举人赵仲飙，就是在衡山地区传播马蹄韵的先贤。汪之曾祖父从学于赵后，由子及孙，而今汪涛先生又成了马蹄韵在南岳等地的传播者。湖南长沙夏国权先生、望城蔡干军先生等，年轻时亦有过从师学马蹄韵的经历。[①]

前面说到梁章钜《楹联丛话》撰成于道光后期，而其书中尚无“马蹄韵”之类谈论联律的内容。如果道光年间衡山地区的举人赵仲飙是可以追溯的讲“马蹄韵”的先贤，那大约他也就是“马蹄韵”这个概念的最早使用者了。而将湖南省域大约已传播逾百年的“马蹄韵”这个联律概念最先加以系统的理论总结，并运用于分析、规范对联声律，撰写成《对联格律·对联谱》一书，则是余德泉先生对于联学的突出贡献。

余德泉书中还论述了马蹄韵的由来和发展、马蹄韵在对联句脚和句中的运用等诸项问题，可谓详细深入。他认为马蹄韵在南朝骈文中已见端倪，唐代骈赋和律诗使马蹄韵更加深入发展。他举骆宾王《为徐敬业讨武曌檄》一文，以及李商隐《为河东公上郑相公状》为例，认为都是用马蹄韵的标准格式。以后宋、元、明的对联，逐渐形成马蹄韵的规则；而每边超过四句的对联，其马蹄韵的规则主要是在清代随着长联的发展而形成的。

在“马蹄韵在对联句脚上的运用”一章中，余先生分全合式、段合式、变格式、间破式、段合间破式诸种，详述了对联句脚的马蹄韵形式。我们这里且先引其“全合式”数例，以知

---

① 余德泉《对联格律·对联谱》，岳麓书社1997年版，第3页。

其意。

每边一句者，除“平平仄仄；仄仄平平”的四言对子外，都是合律的五七言诗句，就不引录了。每边超过一句的，偶数句与奇数句有所不同。

每边两句者，上下联句脚为“平仄、仄平”。如扬州平山堂联：

> 高视两三州，何论二分月色；
> 旷观八百载，难忘六一风流。

又甘肃兰州五泉山鸿泥园联：

> 听兰山暮鼓晨钟，顿回惊梦；
> 避宦海惊涛骇浪，此是桃源。

每边四句者，上下联句脚为“仄平平仄，平仄仄平”。如梁启超挽康有为联：

> 祝宗祈死，老眼久枯，翻幸生也有涯，卒免睹全国陆沉鱼烂之惨；
> 西狩获麟，微言遽绝，正恐天之将丧，不仅动吾党山颓木坏之悲。

又湖南各界挽抗日阵亡将士联：

雪百年耻辱，复万里河山，秦晋无此雄，宋元无此杰；
写三楚文章，吊九原将士，风雨为之泣，草木为之悲。

余先生谓如上举“正格偶数句，是马蹄韵最标准的格式”。

其奇数句联，每边三句者，上下联句脚为“平平仄，仄仄平”。如某戏台联：

见几多世态人情，触目惊心，莫道戏中无益；
做尽他声音笑貌，出风入雅，都从空里传神。

每边五句者，上下联句脚为“仄仄平平仄，平平仄仄平”。如蒋汝藻题杭州西湖来鹤亭联：

踞鹫岭，面芝坞，傍桃源，小筑茅亭，是林峦最幽处；
曲江涛，吴山云，西湖月，生成画本，亦宇宙之大观。

再看所谓“段合式”，余先生说：“段合式，就是‘仄顶仄，平顶平’的规则，不是一贯到底，而是在对联中根据联意的层次作分段安排。这种对联若作通观，并不全合马蹄韵，但就每段而论，则都是合马蹄韵的。正格中，四句以上者这种对联占绝大多数。”①

例如南京莫愁湖胜棋楼联（以//标示分段）：

---

① 余德泉《对联格律·对联谱》，岳麓书社1997年版，第44页。

贤王汤沐，旷代犹存。//莫谈桑海兴亡，且安排青篁疏帘，借一局围棋赌胜；

江表风流，于今未泯。//依旧湖山整理，更收拾玳梁画栋，待双栖燕子归来。

又如著名的昆明大观楼长联，可分四段：

五百里滇池，奔来眼底。披襟岸帻，喜茫茫空阔无边。//看东骧神骏，西翥灵仪，北走蜿蜒，南翔缟素。高人韵士，何妨选胜登临。//趁蟹屿螺洲，梳裹就风鬟雾鬓，更蘋天苇地，点缀些翠羽丹霞。//莫辜负四围香稻，万顷晴沙，九夏芙蓉，三春杨柳；

数千年往事，注到心头。把酒凌虚，叹滚滚英雄谁在。//想汉习楼船，唐标铁柱，宋挥玉斧，元跨革囊。伟烈丰功，费尽移山心力。//尽珠帘画栋，卷不及暮雨朝云，便断碣残碑，都付与苍烟落照。//只赢得几杵疏钟，半江渔火，两行秋雁，一枕清霜。

余先生说："这副对联若将二、三两段合在一起，也合马蹄韵。"①

《对联格律·对联谱》一书的"对联谱"部分，都是选用符合马蹄韵规则的各式对联来制作的，依照每边一句、每边二句、

① 余德泉《对联格律·对联谱》，岳麓书社 1997 年版，第 47 页。

每边三句、每边四句、每边五句……的次序，举例标示谱式，欲知其详者，可读其书。

当然，余德泉先生书中也有“可以不受马蹄韵约束的对联”一节，列述了七种：句脚押韵者，拆词分总者，多句连引者，专名嵌入者，句脚越递者，依序排列者，多技巧混用者。这既是对于已有对联不属于“马蹄韵”的各种形式的分类概述，也为对联写作不必一律要依“马蹄韵”格式提供了参照，为对联创作自由留有余地。

总之，对联应是一种有声律规则的文学艺术。余德泉先生关于对联“马蹄韵”声律的总结阐述，对于理解对联声律，品评对联优劣，以及学习写作对联，都大有帮助。

第三章　诗歌意境

“境”是中国传统美学中的一个专门术语，是一个重要的审美概念。它来自古印度梵文“visaya”（近代丁福保编《佛学大词典》以“visaya”作“境界”词条阐释），指人的思想维度，是对眼之所见和耳之所闻的思索，是外界物象在人脑思维中的反射。但是，用在中国传统的诗学理论中，便产生诸多歧义。在中国传统诗歌美学中，有三个密切相关的术语来描述这一概念，分别是“境”“意境”和“境界”，但都是以“境”为中心。“境”具有主观与客观的双重性。佛家说“境由心造”和“境生象外”，其“心”涉及主观的内在意象，而“象”则是客观的外在物象。“意境”与“境界”的区别，在于前者以“意”来强调“境”中之“心”的主观性，后者以“界”来强调“境”外之“象”的客观性。前者类似于禅悟，只可意会，不可言传；而后者却是可以感知的。然而，尽管有此种主客观的区别，这区别也仅是着重点不同而已，它们的根本基础仍然是“境”，这是这三个术语在美学概念和文化意义上的一致之处。

本章讲诗歌意境和意境的创造。

第一节 王昌龄“三境”说

我国古代学者自晋代陆机始，对“意境”就多有阐述。陆机在《文赋》中说“悲落叶于劲秋，喜柔条于芳春。心懔懔以怀霜，志眇眇而临云”①，就是谈“情思”与“物境”的互相交融。南朝刘勰在《文心雕龙·神思》篇中叫“神与物游”，他说：“文之思也，其神远矣。故寂然凝虑，思接千载；悄焉动容，视通万里。吟咏之间，吐纳珠玉之声；眉睫之前，卷舒风云之色：其思理之致乎！故思理为妙，神与物游。神居胸臆，而志气统其关键；物沿耳目，而辞令管其枢机。枢机方通，则物无隐貌；关键将塞，则神有遁心。”② 近代黄侃《文心雕龙札记》做了这样的阐解：“此言内心与外境相接也。内心与外境，非能一往相符会，当其窒塞，则耳目之近，神有不周；及其怡怿，则八极以外，理无不浃。然则以心求境，境足以役心；取境赴心，心难于照境。必令心境相得，见相交融。”③ 刘勰在上引一段话后还说到“意象”这个重要概念，他说：“是以陶钧文思，贵在虚静，疏瀹五藏，澡雪精神。积学以储宝，酌理以富才，研阅以穷照，训致以怿辞。然后使玄解之宰，寻声律而定墨；独照之匠，窥意象而

---

① ［梁］萧统编、［唐］李善注《文选》卷一七，中华书局1977年影印清胡克家刻本，第240页。

② 陆侃如、牟世金译注《文心雕龙译注》，齐鲁书社1982年版，下册，第85页。

③ 黄侃《文心雕龙札记》，中国人民大学出版社2004年版，第91页。

运斤。此盖驭文之首术，谋篇之大端。”“独照”这句，陆侃如、牟世金《文心雕龙译注》白话直译为“正如一个有独到见解的工匠，根据想象中的样子来运用工具一样”①。这里的“意象”（想象中的样子）一词是首次出现在文学理论中。

到了唐代，诗人王昌龄则提出“意境”说。王昌龄在《诗格》中说“诗有三境”曰：“一曰物境。二曰情境。三曰意境。物境一。欲为山水诗，则张泉石云峰之境，极丽绝秀者，神之于心。处身于境，视境于心，莹然掌中，然后用思，了然境象，故得形似。情境二。娱乐愁怨，皆张于意而处于身，然后驰思，深得其情。意境三。亦张之于意，而思之于心，则得其真矣。”② 在这里，王昌龄的“三境”并不是同一个层面的递进，而是不同层面的阐发。

“物境”主要是对山水诗而言，其主要的审美特征是“了然境象，故得形似”。“形似”和“境象”相结合构成“物境”，诗人处身于客观之境，移情于物，以“物”为审美实践的主体，诗人的主观情思通过选择景物予以体现。所以“物境”虽写为“物”，实乃不着痕迹地化情于物的“境地”。“境象”即指诗中“泉石云峰”等景物。“形似”则是钟嵘《诗品》中所谓的“穷情写物”，贵在“直寻”，“寓目辄书”，是说诗人应该凭借自己的情思来直视客观的事物，我们今天称之为“直观”“直觉”。

---

① 陆侃如、牟世金译注《文心雕龙译注》，齐鲁书社 1982 年版，下册，第 85、88 页。

② 张伯伟撰《全唐五代诗格汇考》，凤凰出版社 2002 年版，第 172～173 页。

“情境”是指诗人在创作过程中对“情”的深化和加工。本来晋代的陆机就提出“诗缘情而绮靡”①，诗歌之美，在于由诗本身体现的诗人的情感之美。但王昌龄更进一步指出：“情境”应该是“娱乐愁怨，皆张于意而处于身，然后驰思，深得其情”。也就是说，诗歌不是被动的抒情，而是“娱乐愁怨”等主观情感在心中沉淀、深化后，使人有一种抒情的冲动，诗人善于寻求客观景物作为心灵化的意象。自我认识和自我体验之后，表现出自我的审美创作原则，从而借助于客观物象而将自己的主观情感(阅历、经验、情感）移植呈现。

与“物境”“情境”相比，“意境”内涵比较复杂。王昌龄只说“亦张之于意，而思之于心，则得其真矣”。这句话本身很难穷究“意境”的真相。我们必须结合他其他的论述来看。日本弘法大师《文镜秘府论》南卷“论文意”引了王昌龄的一段话：“夫作文章，但多立意。令左穿右穴，苦心竭智，必须忘身，不可拘束。思若不来，即须放情却宽之，令境生。然后以境照之，思则便来，来即作文。如其境思不来，不可作也。夫置意作诗，即须凝心，目击其物，便以心击之，深穿其境。如登高山绝顶，下临万象，如在掌中。以此见象，心中了见，当此即用。如无有不似，仍以律调之定，然后书之于纸。”② 这里所说的“境”是指心灵的空间，心与物相互感应，境生于心，是外物内识的结

---

① ［晋］陆机《文赋》，［梁］萧统编、［唐］李善注《文选》卷一七，中华书局 1977 年影印清胡克家刻本，第 241 页。

② 张伯伟撰《全唐五代诗格汇考》，凤凰出版社 2002 年版，第 162 页。

果。“置意作诗”是说应该把个人的意念和思想表现出来，将自己的思想观念转化为诗学的境界，让读者可以获得一种愉快的审美感受。说白了，就是心与物表现的极致是浑然一体。凝心内识而生境，境生则诗思即来，然后创作，情与景就能达到高度的和谐。“情境”与“意境”的区别，在于“意境”更侧重“真”字。庄子说“真者，精诚之至也”，主张“法天贵真”①。亦即古人所谓“应物而无累于物”的“超然物外”的境界②，就是“意境”。

从上面我们可以看到，王昌龄的“物境”多指客观物象，是一种直观的境相，当然也是以人观之而为“诗”所选择的客观物象。“情境”即人生经历和生活感受的情感积累移植于客观物象，是一种经过移情而雕琢的客观境相。“意境”则是指把物境与情境二者自然和谐地、本质地反映出来。所以有人说，这是一种主客观统一的理想境界。就三境而言，“物境”偏重于客观物象，“情境”“意境”偏重于主观心象；而后二者的区别则在于“情境”是因客观物象而赋情，“意境”是借主观理想而造象。通俗地说就是，诗人在创作过程中，有选择地描摹具体物象（物境），人的情性在物象中自然流露（情境），凭借艺术想象，创造出使人感同身受的艺术境界（意境）。周振甫先生在《什么样的诗算有“意境”》一文中引王昌龄“三境”说后直言：“这里的三境就是意境，只是把偏重于写山水的称为物境，偏重于抒情的称为

① 王先谦注《庄子集解》卷八，上海书店出版社《诸子集成》，第3册，第207~208页。

② “应物而无累于物”，语出《三国志·钟会传》注引何劭《王弼传》所记王弼言论，见《三国志》，中华书局点校本，第3册，第795页。

情境，偏重于言志的称为意境。”①

第二节　王国维的“境界”说

诗歌“意境”理论提出后，从唐、宋至清代，著名诗人、诗论家都曾加以论证。如唐代诗僧皎然说“取境之时，至艰至险，始见奇句。成篇之后，取其气貌，有似等闲不思而得，此高手也。有时意静神王，佳句纵横，若不可遏，宛若神助。不然，盖由先积精思，固神王而得乎”②；司空图说是“韵外之致、味外之旨”（《与李生论诗书》）③、“思与境偕”（《与王驾评诗书》）④、“象外之象、景外之景”（《与极浦书》）⑤；江西诗派的“格高”“情景合一”；严沧浪的“兴趣”说所谓“盛唐诸人惟在兴趣，羚羊挂角，无迹可求。故其妙处透彻玲珑，不可凑泊，如空中之音，相中之色，水中之月，镜中之象，言有尽而意无穷”⑥；王夫

① 引自《文史知识》编辑部编《诗文鉴赏方法二十讲》，中华书局1986年，第1页。

② ［唐］释皎然著，李壮鹰校注《诗式校注》，齐鲁书社1986年版，第30页。

③ 周祖譔编选《隋唐五代文论选》，人民文学出版社1990年版，第348~349页。

④ 周祖譔编选《隋唐五代文论选》，人民文学出版社1990年版，第350页。

⑤ 周祖譔编选《隋唐五代文论选》，人民文学出版社1990年版，第351页。

⑥ ［宋］严羽著，郭绍虞校释《沧浪诗话校释》，人民文学出版社1983年版，第26页。

之的“情景妙合”“情景融洽”说①；王渔洋的“神韵”说②，等等。直到王国维的“境界说”，才对中国古典诗论中的“意境”做了最后的总结。

到了20世纪初，王国维把“境界”说提升到古典诗论美学基本原则的高度，他的《人间词话》一开头就说：“词以境界为最上。有境界则自成高格，自有名句。五代北宋之词所以独绝者在此。”③ 接着，他又将境界分为“写境”和“造境”，他说：“有造境，有写境，此理想与写实二派之所由分。”④ 还有“常人之境”和“诗人之境”的划分，他说：“境界有二：有诗人之境界，有常人之境界。诗人之境界，惟诗人能感之而能写之。”⑤ 还有我们更常说到的“有我之境”和“无我之境”，他说：

> 有有我之境，有无我之境。“泪眼问花花不语，乱红飞过秋千去。”“可堪孤馆闭春寒，杜鹃声里斜阳暮。”有我之境也。“采菊东篱下，悠然见南山。”“寒波澹澹起，白鸟悠

---

① ［清］王夫之《薑斋诗话》中论情与景须妙合融洽的地方很多。参阅丁福保辑《清诗话·薑斋诗话》，郭绍虞著《中国文学批评史》六八《从王夫之到王士禛》。

② 关于王渔洋（士禛）“神韵”说，参阅郭绍虞著《中国文学批评史》六八《从王夫之到王士禛》。郭绍虞比较格调说与神韵说谓：“实则格调说所给人以朦胧的印象的是风格，神韵说所给人以朦胧的印象的是意境。读古人诗而得朦胧的印象这是格调；对景触情而得朦胧的印象，这是神韵。”将“神韵”与“意境”相联系，所言在理。

③ 王国维《人间词话》，中国人民大学出版社2004年版，第1页。

④ 王国维《人间词话》，中国人民大学出版社2004年版，第1页。

⑤ 王国维《人间词话》，中国人民大学出版社2004年版，第40页。

悠下。”无我之境也。有我之境，以我观物，故物皆著我之色彩。无我之境，以物观物，故不知何者为我，何者为物。古人为词，写有我之境者为多，然未始不能写无我之境，此在豪杰之士能自树立耳。①

看王国维所举的例子，似乎是“有我之境”相当于王昌龄的“情境”；“无我之境”却要具体分析，“采菊东篱下，悠然见南山”，分明是有主观因素参与其中的，是他自己所说的“理想派”的“造境”，是说情与景妙合无垠，高度和谐，以致物我不分，造成忘我的境界，勉强说起来，类似王昌龄的人造“意境”。“白鸟”句则是有选择地客观地描写自然，则又属于他自己所说的“写实派”的“写境”，相当于王昌龄的“物境”。凡此种种，都表明二王的区别在于“三分法”和“二分法”。无论从哪个角度来论述，王国维都将“境界”分为两类：主观和客观。在王国维看来，“写境”只是单纯描摹双眼所见的客观风景，相当于王昌龄的“物境”，皆由直观而得之，这便是“常人之境”。“造境”则是诗人通过眼与心而在笔端创造出主观的心象风景，所造之境便是“诗人之境”。

细细分析王国维的论点，我们发现，王国维讲“意境”讲得最多，最细，也最驳杂。他时而用“境”，时而用“境界”，时而又用“意境”。他说：

---

① 王国维《人间词话》，中国人民大学出版社 2004 年版，第 1~2 页。

> 山谷云："天下清景，不择贤愚而与之，然吾特疑端为我辈设。"诚哉是言！抑岂独清景而已，一切境界，无不为诗人设。①

此处的"境界"，指的是天下万物的"境界"，而"为诗人设"正表明它是相对于主体而言的客体，它很明显地不属于我们所说的文学作品的"意境"，而是指创作对象。"诗人之境界，惟诗人能感之而能写之"的"境界"，也是如此。

他又说："境非独谓景物也。喜怒哀乐，亦人心中之一境界。故能写真境物、真感情者，谓之有境界，否则谓之无境界。"② 前面两个"境界"分为景物和情感两类，都指创作对象。后二个"境界"又指文学作品中的意境。

其实，王国维的"境界"说并无创新，他不过因袭传统诗论中的"情景交融"说。他采用西方"人格风景"的思维，把"景"和"情"看作是诗歌创作的二元素，"情景交融"方谓之"有境界"。他曾经在《文学小言》中写道：

> 文学中有二元质焉：曰景，曰情。前者以描写自然及人生之事实为主，后者则吾人对此种事实之精神态度也。故前者客观的，后者主观的也；前者知识的，后者感情的也。自一方面言之，则必吾人之胸中洞然无物，而后其观物也深，

---

① 王国维《人间词话》，中国人民大学出版社2004年版，第40页。

② 王国维《人间词话》，中国人民大学出版社2004年版，第2页。

> 而其体物也切；即客观的知识，实与主观的情感为反比例。自他方面言之，则激烈之情感，亦得为直观之对象、文学之材料；而观物与其描写之也，亦有无限之快乐伴之。要之，文学者，不外知识于感情交代之结果而已。苟无锐敏之知识与深邃之感情者，不足与于文学之事。①

从诗学研究的角度说，西方学者一直认为“境”有主观与客观两方面。王国维是20世纪初最先接受西方美学的影响、借鉴西方美学观点来讲论中国古典艺术美学的学者之一，但他采自西方理论的主观、客观两分法和他想论证的传统理论的“情景交融”的主旨是不完全符合的，事实是诗词之中情和景无法截然分开。王国维想用情景分释的方式来表述情景合一的内涵，来分析中国古典诗歌，必然是方凿圆枘，是不相切合的。所以，王国维又说“一切景语皆情语也”②；“自然中之物，互相关系，互相限制。然其写之于文学及美术中也，必遗其关系、限制之处。故虽写实家，亦理想家也。又虽如何虚构之境，其材料必求之于自然，而其构造，亦必从自然之法则。故虽理想家，亦写实家也”③。在运用二分法分析具体作品时，王国维又说：“有造境，有写境，此理想与写实二派之所由分。然二者颇难分别。因大诗

---

① 王国维《人间词话》，中国人民大学出版社2004年版，第124~125页。

② 王国维《人间词话》，中国人民大学出版社2004年版，第24页。

③ 王国维《人间词话》，中国人民大学出版社2004年版，第2页。

人所造之境，必合乎自然，所写之境，亦必邻于理想故也。”[①] 既然中国古典作品“必”是“造写不分”的，那么这种分别又从哪里来呢？因此王国维《人间词话》讲来讲去，无非还是中国古人所畅论过的“情景交融”。

看看苏轼《题渊明饮酒诗后》云：“‘采菊东篱下，悠然见南山。’因采菊而见山，境与意会，此句最有妙处。近岁俗本皆作‘望南山’则此一篇神气都索然矣。”[②] 苏轼这里强调陶诗“悠然见南山”句的“见”字，浅俗者妄改为“望南山”，则神气索然。苏轼说的“境与意会”，可以上溯司空图的“思与境偕”，也能上溯王昌龄的“意境”。而王国维《人间词话》第七则写道：“‘红杏枝头春意闹’，着一‘闹’字，而境界全出。‘云破月来花弄影’，着一‘弄’字，而境界全出矣。”[③] 可见王国维的“境界”，与王昌龄的“意境”和苏轼的“意与境会”终究差不多，不必说得如此繁杂。

综合以上而观之，“情”与“景”是构成王国维“境界”理论的二元素，他在《宋元戏曲史》第十二章《元剧之文章》中说：“何以谓之有意境？曰：写情则沁人心脾，写景则在人耳目。”[④] 两者均包含“客观之景物与主观之感情”。他也追求情真、景真，也追求“妙言名句”，也追求“神”。由“妙悟”而

① 王国维《人间词话》，中国人民大学出版社 2004 年版，第 1 页。

② 孔凡礼点校《苏轼文集》，中华书局 1986 年版，第 5 册，第 2092 页。

③ 王国维《人间词话》，中国人民大学出版社 2004 年版，第 3 页。

④ 王国维《宋元戏曲史》，上海古籍出版社 1998 年版，第 99 页。

得其神，最终实现审美的“境界”。所以，他的“境界”说也只是中国古典诗论中“意境”说的一番总结而已，并未从传统理论形态脱化出来。

王国维之后，真正深入借鉴西方美学和诗学理论，将诗的“境界”论加以更具有现代科学形态和更加系统化逻辑化的论说，最具有理论启发意义的，是朱光潜先生的《诗论》一书的第三章《诗的境界——情趣与意象》。朱光潜先生所论甚深细，我这里就不复述了。对于理论有兴趣的，建议大家一定要读读朱光潜先生的《诗论》一书。①

第三节　意境创造的基础

诗必须有意境，否则不足以成为诗。诗的意境创造的基础，是人生的感悟，是人格的写照，是性情的感触。以下分别讲述。

一、意境是人生的感悟

上文说过，意境的创造离不开客观，但从来没有纯客观的意境，主观感悟是创造意境的重要内因，正如王国维所谓“一切景语皆情语也”。

这种主观感悟的核心是世界观和价值观念，而世界观和价值观念的形成又离不开人生阅历、人生遭际和人生修养。不同的环境、不同的遭遇和不同的修养的人们，面对同一个客观事物，感

---

① 朱光潜著《诗论》，最初是印行于 1940 年代抗战时期，1947 年出版增订版，1984 年生活·读书·新知三联书店重新出版，1998 年再版。另见《朱光潜美学文集》第二卷，上海文艺出版社 1982 年版。

悟不同，如果用诗来表达，所创造的诗歌意境也就不一样。例如同样是以蝉来作诗，虞世南的绝句《蝉》：

垂緌饮清露，流响出疏桐。
居高声自远，非是藉秋风。①

此诗句句象征，是诗人以蝉的高洁品性来自喻。“緌”是冠缨，象征显贵。贵和“清”往往是矛盾的，他却“饮清露”。不但如此，蝉声本来是噪耳烦人的，却被写成悦耳的“流响”，传得很远。“疏桐”又象征正直清拔。暗示的讯息是清贵者不但要立功、立德，还要立言。末两句是全诗的点睛之笔，品性高洁的人，“居高”自能致远，并不需要有任何凭借，自能声名远播。“自”和“非”两个字，一正一反，相互呼应，表现出一种雍容不迫的韵致，显示的是一种高华的境界。

骆宾王五律《在狱咏蝉》：

西陆蝉声唱，南冠客思侵。
那堪玄鬓影，来对白头吟。
露重飞难进，风多响易沉。
无人信高洁，谁为表予心！②

① 《全唐诗》卷三十六，中华书局点校本，第2册，第475页。
② 《全唐诗》卷七十八，中华书局点校本，第3册，第848页。

唐高宗仪凤三年（678）诗人迁任侍御史，因上疏论事，触怒武后，被诬下狱，诗作于此时。诗前有二百数十字序，此不具引。诗的首句不是交代身份，而是交代环境——西陆，指秋天，这就定了全诗的基调。秋天的蝉声引起狱中人的客思，是对家园的深怀，因为这个时候这个处境，自由是第一可贵的。三四句用流水对，一句说蝉，一句说自己，物我相联，委婉曲折地表达出诗人自伤老成的凄恻之情。双关运用“白头吟”的典故，暗喻执政者辜负了诗人对国家的一片忠爱之情。五六句纯用比兴，既是说蝉，又是说自己，物我一体。同样是说“风多”，却不是虞世南感受中的“居高”“流响”，在骆宾王这里是“难进”“易沉”。最后，餐风饮露，高洁还是高洁，感慨无人相信。此时此景，只有蝉能为我而高唱，也只有我能为蝉而长吟。蝉与诗人又浑然一体了，写出一种忠愤的意境。

李商隐五律《蝉》：

本以高难饱，徒劳恨费声。
五更疏欲断，一树碧无情。
薄宦梗犹泛，故园芜已平。
烦君最相警，我亦举家清。①

首句也是蝉鸣，却成了无用的“徒劳”。“高”不是“居高”的高位了，成了“清高”；清高者合该难饱，为什么还做徒劳的鸣

① 《全唐诗》卷五百三十九，中华书局点校本，第16册，第6147页。

叫？痛话反说，哀中有“恨”，愈见沉痛。“五更疏欲断”而“一树碧无情”，颔联强烈的对比，只是把这“徒劳”“难饱”的深层原因说得淋漓尽致——是因为“碧无情”。接下来颈联两句转而直写自己，常年泛梗漂流，思归心情就更加迫切。末联“君”与“我”对举，呼应开头，首尾圆合，又写尽同病相怜的情态。蝉的鸣叫声，似乎在警策我这个与蝉境遇相似的小官，不如赋归，保持清贫吧。李商隐此首《蝉》诗凸现的是一种压抑的意境。

戴叔伦《画蝉》诗：

> 饮露身何洁，吟风韵更长。
> 斜阳千万树，无处避螳螂。①

也写饮露和吟风，却是一种洒脱的清高孤傲意象。身心是何等高洁，韵致是何等绵长，这绝对不是芸芸众生所能达到的境界。但这只是一个陪衬，一个反托，真正的意思还在后面，如此清高、如此洒脱的蝉呀，斜阳中有万千可供栖身的树木，却没有一处可以避免螳螂捕捉的安身之所。可见螳螂之多之猖獗。这分明是一种寄托孤愤的意境。

这四首诗都是唐人托咏蝉以寄意的名作，由于作者身份地位、人生际遇和个人气质的不同，虽同样工于比兴寄托，却呈现出殊异的风格，构成了富有个性特征的艺术形象。清施补华《岘

① 《全唐诗》卷二百七十四，中华书局点校本，第9册，第3100页。

佣说诗》云："同一咏蝉，虞世南'居高声自远，非是藉秋风'，是清华人语；骆宾王'露重飞难进，风多响易沉'，是患难人语；李商隐'本以高难饱，徒劳恨费声'，是牢骚人语。"① 而戴叔伦笔下的蝉，无疑是无奈人语。

二、意境是人格的写照

宗白华先生《中国艺术意境之诞生》一文中说："什么是意境？……以宇宙人生的具体为对象，赏玩它的色相、秩序、和谐，借以窥见自我的最深心灵的反映；化实景而为虚境，创形象以为象征，使人类最高的心灵具体化、肉身化，这就是'艺术境界'。艺术境界主于美。"② 正因为如此，作为客体的景物，是为天下人共有的景物。江山风景，四时物色，呈现在诗人和常人眼前的"客观"并无不同，正如杜甫所说的"江山如有待，花柳更无私"③。但宋僧惠洪《冷斋夜话》记黄庭坚说："天下清景，初不择贤愚而与之遇，然吾特疑端为我辈设。"④ 为什么天下清景是"端为我辈设"呢？因为清景虽是一样的，观者却不能一览同感，观者能不能感受"客观"之美，还取决于观者养没养成、具不具有感受美的"主观"能力。诚如马克思所说："对于不懂音乐的耳朵，最美的音乐也没有意义

---

① ［清］王夫之等撰《清诗话》，上海古籍出版社 1978 年版，下册，第 974 页。

② 宗白华《美学散步》，上海人民出版社 1981 年版，第 59 页。

③ ［唐］杜甫《后游》诗句，《全唐诗》卷二百二十六，中华书局点校本，第 7 册，第 2442 页。

④ ［宋］惠洪《冷斋夜话》卷三《荆公钟山东坡余杭诗》，引自张伯伟编校《稀见本宋人诗话四种》，江苏古籍出版社 2002 年版，第 34 页。

（感觉）。”[①] 惠洪《冷斋夜话》在记述黄庭坚的这句感想议论之后，列举王安石和苏轼的绝句来印证黄庭坚的说法，他说：

> 荆公在钟山定林，与客夜对，偶作诗曰：“残生伤性老耽书，年少东来复起予。夜据槁梧同不寐，偶然闻雨落阶除。”东坡宿余杭山寺，赠僧曰：“暮鼓朝钟自击撞，闭门敧枕有残缸。白灰旋拨通红火，卧听萧萧雪打窗。”人以山谷之言为确论。[②]

王安石在钟山定林寺与客夜对闻雨，苏轼在杭州山寺冬夜拨火听雪，如此境地人人都可能经历，是再寻常不过的情境，但在两位大诗人的绝句里，就都赋予这寻常情境以耐人寻思品味的诗意。

所以，因景生情是一种互动行为，必须有触景生情的慧眼慧心才能移情于物、钟情于物。否则，你只能视而不见，听而不闻。此其一。从另一个方面说，每一种景物，都以同样的刺激赋予观赏者，但由于观赏者个体修为不一样，所以对同样的刺激，却有不同的反应，而每一种反应无不烙上主观的人格烙印，无不反映观赏者的价值观念。此其二。

例如同样是咏昭君出塞，南朝刘宋鲍照《王昭君》诗云：

---

① 马克思《经济学——哲学手稿（节选）》，朱光潜译，引自《朱光潜美学文集》，上海文艺出版社1983年版，第三卷，第507页。

② ［宋］惠洪《冷斋夜话》卷三《荆公钟山东坡余杭诗》，引自张伯伟编校《希见本宋人诗话四种》，江苏古籍出版社2002年版，第34页。

既事转蓬远，心随雁路绝。
霜鞞旦夕惊，边笳中夜咽。①

北周庾信的《王昭君》诗云：

拭啼辞戚里，回顾望昭阳。
镜失菱花影，钗除却月梁。
围腰无一尺，垂泪有千行。
绿衫承马汗，红袖拂秋霜。
别曲真多恨，哀弦须更张。②

比较来看，鲍诗意深格高，庾诗词清情重，各有特色。但怜其远嫁的观念是一致的，这个观念也一直是后世咏昭君的主题。例如李白诗《王昭君二首》其一云："汉家秦地月，流影照明妃。一上玉关道，天涯去不归。汉月还从东海出，明妃西嫁无来日。燕支长寒雪作花，蛾眉憔悴没胡沙。生乏黄金枉图画，死留青冢使人嗟！"③ 在悲怜之外，又加入了"怨恨"，这是符合"入宫数岁，不得见御，积悲怨，乃请掖庭令求行"的历史事实的。而李白《于阗采花》诗又道："于阗采花人，自言花相似。明妃一朝

① 逯钦立辑校《先秦汉魏晋南北朝诗》，中华书局 1983 年版，中册，第 1270 页。

② 逯钦立辑校《先秦汉魏晋南北朝诗》，中华书局 1983 年版，下册，第 2348 页。

③ 《全唐诗》卷一百六十三，中华书局点校本，第 5 册，第 1691 页。

西入胡，胡中美女多羞死。乃知汉地多明姝，胡中无花可方比。丹青能令丑者妍，无盐翻在深宫里。自古妒蛾眉，胡沙埋皓齿。”[①] 却是专注于昭君美貌，虽然“曲终奏雅”，最后也来点嗟叹，但格调终究远不如杜甫《咏怀古迹五首》咏昭君村的一首，杜诗云：“群山万壑赴荆门，生长明妃尚有村。一去紫台连朔漠，独留青冢向黄昏。画图省识春风面，环佩空归夜月魂。千载琵琶作胡语，分明怨恨曲中论。”[②] 而从立意上说，这些又都未跳出同样的“悲怨”主题。

诗史上有两家立意泾渭分明、后代评价亦褒贬悬殊的昭君词，即白居易和王安石两人的作品。白居易《王昭君二首》绝句：

满面胡沙满鬓风，眉销残黛脸销红。
愁苦辛勤憔悴尽，如今却似画图中。

汉使却回凭寄语，黄金何日赎蛾眉。
君王若问妾颜色，莫道不如宫里时。[③]

白居易的昭君绝句很受称赞。宋人王直方说：“古人作昭君词多矣，余独爱乐天一绝，云：‘汉使却回凭寄语，黄金何日赎蛾眉？君王若问妾颜色，莫道不如宫里时。’盖其意优游而不迫切故也。

---

① 《全唐诗》卷一百六十三，中华书局点校本，第5册，第1690～1691页。

② 《全唐诗》卷二百三十，中华书局点校本，第7册，第2511页。

③ 《全唐诗》卷四百三十七，中华书局点校本，第13册，第4858页。

然乐天赋此时年甚少。”① 但白居易这一首其实却是绝对的劣诗，首先全诗是重复以男女之情比君臣之义的老调，却并不是写“情”，只注重一个“色”字，完全是“以色事人”的心态，于国于家并无高论。其次，史载昭君不肯贿赂画工毛延寿，以致不得见幸而自愿和番。而白居易此诗却假拟昭君口吻要求君王“黄金赎蛾眉”。昭君性格岂如此分裂？当然这是白诗格调的问题，此首立意与格调实在不高。

王安石有《明妃曲二首》：

其一

明妃初出汉宫时，泪湿春风鬓脚垂。
低徊顾影无颜色，尚得君王不自持。
归来却怪丹青手，入眼平生未曾有。
意态由来画不成，当时枉杀毛延寿。
一去心知更不归，可怜着尽汉宫衣。
寄声欲问塞南事，只有年年鸿雁飞。
家人万里传消息，好在毡城莫相忆。
君不见咫尺长门闭阿娇，人生失意无南北。

其二

明妃初嫁与胡儿，毡车百两皆胡姬。

① ［宋］胡仔纂集，廖德明校点，周本淳重订《苕溪渔隐丛话·前集》卷二十一，人民文学出版社 1993 年版，第 139 页。

含情欲语独无处，传与琵琶心自知。
黄金捍拨春风手，弹看飞鸿劝胡酒。
汉宫侍女暗垂泪，沙上行人却回首。
汉恩自浅胡自深，人生乐在相知心。
可怜青冢已芜没，尚有哀弦留至今。①

和白诗一样，王安石这第二首也最受人呵斥。罗大经《鹤林玉露》说："（荆公）其论商鞅曰：'今人未可非商鞅，商鞅能令政必行。'夫二帝三王之政，何尝不行，奚独有取于鞅哉？东坡曰：'商鞅、韩非之刑，非舜之刑，而所以用刑者，则舜之术也。'此说犹回护，不如荆公之直截无忌惮。其咏昭君曰：'汉恩自浅胡自深，人生乐在相知心。'推此言也，苟心不相知，臣可以叛其君，妻可以弃其夫乎？其视白乐天'黄金何日赎娥眉'之句，真天渊悬绝也。"并说："似此议论，岂特执拗而已，真悖理伤道也。"② 明代瞿佑《归田诗话》说："诗人咏昭君者多矣，大篇短章，率叙其离愁别恨而已。惟乐天云：'汉使却回凭寄语，黄金何日赎蛾眉？君王若问妾颜色，莫道不如宫里时。'不言怨恨，而惓惓旧主，高过人远甚。其与'汉恩自浅胡自深，人生乐在相知心'者异矣。"③ 这样比较白居易与王安石昭君词的优劣也实在

① 刘乃昌《王安石诗文编年选释》，山东教育出版社 1992 年版，第 58~60 页。

② ［宋］罗大经撰，王瑞来点校《鹤林玉露》，中华书局 1983 年版，第 186~187 页。

③ ［明］瞿佑《归田诗话》卷上，引自丁福保辑《历代诗话续编》，中华书局 1983 年版，下册，第 1244 页。

是不足一驳。王安石精通《国策》，写散文也仿效《国策》。战国时“良禽择木”的观念深入人心。王诗以情立意，写超出华夷之限的人生普遍情愫，“人生失意无南北”“人生乐在相知心”两句，集中体现了王安石的见识和格调，实远高出常人。

嘉祐四年（1059），王安石在汴京任度支判官时作《明妃曲二首》，诗一传出，欧阳修、司马光、曾巩、刘敞等人都有和作。欧阳修《再和明妃曲》诗云：

汉宫有佳人，天子初未识。
一朝随汉使，远嫁单于国。
绝色天下无，一失难再得，
虽能杀画工，于事竟何益？
耳目所及尚如此，万里安能制夷狄！
汉计诚已拙，女色难自夸。
明妃去时泪，洒向枝上花。
狂风日暮起，飘泊落谁家？
红颜胜人多薄命，莫怨春风当自嗟。①

就映射论诗，王安石不过说君臣如果合不来，臣子可以跳槽。欧阳修直接批评君王昏聩，这也是力求在王诗之外再翻新意。与前引罗大经所谓“推此言也，苟心不相知，臣可以叛其

① 陈新、杜维沫选注《欧阳修选集》，上海古籍出版社 1999 年版，第 187 页。

君，妻可以弃其夫乎”的迂腐论调相比，王安石、欧阳修诗中的立意都要通达得多，而他们的议论在儒家思想传统里也并未离经叛道。具体说来，在唱和《明妃曲》之前几年的嘉祐元年（1056），王安石初次拜谒欧阳修，欧阳修有《赠王介甫》七律一首，诗中说“翰林风月三千首，吏部文章二百年。老去自怜心尚在，后来谁与子争先”，以中唐诗人白居易和古文宗师韩愈比况称赞王安石。王安石《奉酬永叔见赠》诗中说“他日若能窥孟子，终身何敢望韩公”[①]，可见王安石自述他最景仰的往圣先贤是孟子，自期能如孟子一样张扬道义。而我们都知道，孟子这样对齐宣王说过君臣之道：“君之视臣如手足，则臣视君如腹心；君之视臣如犬马，则臣视君如国人；君之视臣如土芥，则臣视君如寇雠。”[②] 有孟子的坦言在先，则当王安石作诗表达对于昭君的同情时，说出“汉恩自浅胡自深，人生乐在相知心”的话，不仅没有什么悖理伤道，还正表现出诗人的思想素养和人格境界。可以参看的是，《红楼梦》第六十四回借薛宝钗之口，议论王安石和欧阳修咏昭君的诗说：“作诗不论何题，只要善翻古人之意。若要随人脚踪走去，纵使字句精工，已落第二义，究竟算不得好诗。即如前人所咏昭君之诗甚多，有悲挽昭君的，有怨恨延寿的，又有讥汉帝不能使画工貌贤臣而画美人的，纷纷不一。后来王荆公复有‘意态由来画不成，当时枉杀毛延寿’；永叔有‘耳目所见尚如此，万里安能制夷狄’。二诗各能俱出

---

① 刘乃昌《王安石诗文编年选释》，山东教育出版社 1992 年版，第 39~40 页。

② 杨伯峻译注《孟子译注》，中华书局 1984 年版，上册，第 186 页。

己见，不袭前人。”[①]《红楼梦》不仅是一部小说名著，《红楼梦》也是古代小说中最富有诗意的名著，而书中人物论及前人诗歌，也多中肯高明的见解。

三、意境是性情的感触

古来讲意境，无论怎么讲，终究都不能否认“情景交融”的说法。触景生情，寓情于景，是千古诗歌创作的经验之谈。有感而发，这是诗歌创作的原动力，也是意境创造的基础。惟有情景交融的意境，才是诗歌所追求的标的。所以钟嵘《诗品序》开篇曰：“气之动物，物之感人，故摇荡性情，形诸舞咏。”[②] 刘勰《文心雕龙·明诗》篇云：“人禀七情，应物斯感；感物吟志，莫非自然。”[③]《文心雕龙·物色》篇说：“春秋代序，阴阳惨舒，物色之动，心亦摇焉。”[④] 诗人与眼前之物突然产生意会，由景物的感发而性情激荡，形成诗歌创作冲动，其实就是“诗六义——风、雅、颂，赋、比、兴”中的“兴”，所以“兴”又叫“兴会”。

历史上关于“赋、比、兴”的“兴”虽有不同的训释，但大致上都还是说因外物的感触而引起性情的感动，所以一般都认为“兴”是起、引起、起发的意思。或有不同之处，则是有的认为

---

① ［清］曹雪芹著，周汝昌校订《红楼梦（八十回石头记）》，海燕出版社2004年版，下册，第864页。

② ［清］何文焕辑《历代诗话》，中华书局1981年版，上册，第2页。

③ 陆侃如、牟世金译注《文心雕龙译注》，齐鲁书社1982年版，上册，第59页。

④ 陆侃如、牟世金译注《文心雕龙译注》，齐鲁书社1982年版，下册，第339页。

用作“兴”的景象或事物与后文无譬喻关系，“兴”只有引起的作用，只是做个起势以引起所咏之词而已；而另一些人则认为，用作“兴”以引起下文的景物暗含譬喻，取譬引类，以起发后文。例如《诗经·周南·关雎》起句：“关关雎鸠，在河之洲。”毛《传》谓：“兴也。”郑玄注引郑司农云：“兴者，托事于物。”① 《文心雕龙·比兴》篇说：“《诗》文弘奥，包蕴六义；毛公述《传》，独标‘兴’体。岂不以‘风’通而‘赋’同，‘比’显而‘兴’隐哉？故‘比’者，附也；‘兴’者，起也。附理者，切类以指事；起情者，依微以拟议。”② 刘勰是说“比”是比附事理，是明显的比喻；“兴”是引起情感，是隐约委婉的比喻。唐代孔颖达《毛诗序正义》中也说：“比之与兴，虽同是附托外物，比显而兴隐。”③ 古人对于“关关雎鸠”二句，就也有认为是“兴而比也”的。宋儒朱熹《诗集传》说：“兴者，先言他物以引起所咏之词也。”④ 元代刘玉汝《诗缵绪》说“兴有二例，有无取义者，有有取义者”⑤。清陈启源撰《毛诗稽古编》卷二十五《总诂·六义》说：“兴、比皆喻，而体不同。兴者，兴会所至，非即非离，言在此，意在彼，其词微，其指远。比

① ［清］阮元校刻《十三经注疏》，中华书局 1980 年缩印本，上册，第 3 页。

② 陆侃如、牟世金译注《文心雕龙译注》，齐鲁书社 1982 年版，下册，第 200 页。

③ ［清］阮元校刻《十三经注疏》，中华书局 1980 年缩印本，上册，第 3 页。

④ ［宋］朱熹集注《诗集传》，上海古籍出版社 1980 年版，第 1 页。

⑤ 《影印文渊阁四库全书》，上海古籍出版社 2003 年版，第 77 册，第 578 页。

者，一正一喻，两相譬况，其词决，其指显，且与赋交错而成文，不若兴语之用于发端，多在章首也。”① 总之，从汉朝到清朝，古代注家对于《诗》中“兴”的作用的理解大体有这两种，即一种认为“兴”作为引起也含有比喻意味，但不是明比，而是委婉隐约的譬喻；一种则认为“兴”仅仅是做一个起势，借一个与后文无联系的景物来形成诗歌开头，让下文不显得单调而有气势。

例如《诗经·周南·桃夭》三章：

桃之夭夭，灼灼其华。之子于归，宜其室家。
桃之夭夭，有蕡其实。之子于归，宜其家室。
桃之夭夭，其叶蓁蓁。之子于归，宜其家人。

毛《传》都说是“兴也”。我们时常能读到讲解此诗以“夭桃”比喻年少女子容貌姣好的说法，其实这应该是夭桃成为一个象征物以后的共同意象，而不一定是诗人当初起兴时的心中所想。我们认为，“兴”是诗歌中用来具有借物起情、触发联想、渲染气氛、调动情绪的意境创造手法。兴既然是借物起情，且所借之物有和要起的情有一定的内在联系，这在形式上就与“比”（比喻）的借物为喻之间有相似之处，因此也有人说这是“兴而比也”。我们认为，“兴”类似于一种烘托。要说内在联系，只能

① 《影印文渊阁四库全书》，上海古籍出版社2003年版，第85册，第698页。

说这种烘托出来的氛围要与下文和谐。例如，桃花盛开是一时繁艳，少女出嫁也是一时繁艳，氛围相似，所以就用来起兴。

《诗经·周南·汉广》首章前四句："南有乔木，不可休息。汉有游女，不可求思。"毛《传》说"兴也"。借乔木不可休息之事，兴起游女不可求的感叹，也主要是烘托起兴。

《史记·刺客列传》载荆轲易水临行歌曰："风萧萧兮易水寒，壮士一去兮不复还！"[①] 风和易水与荆轲刺秦之间不能构成比喻。诗人这里只是一种环境的烘托。这种悲怆和易水送别的气氛完全融合，所以千载之下，犹能激荡人们的心灵。若我们换成"桃花夭夭兮"，必然不伦不类。

再一个例子就是汉乐府《古诗为焦仲卿妻作》开头曰："孔雀东南飞，五里一徘徊。"[②] 你说它是比喻刘兰芝不忍离去呢？还是比喻夫妻二人的恋恋不舍呢？都不是，因为都不符合全篇的情节。这里只是诗人要营造一个游移抑郁的气氛，以符合全篇的情景。这就是兴。

北朝《陇头歌辞》其一："陇头流水，流离山下。念吾一身，飘然旷野。"其三："陇头流水，鸣声呜咽。遥望秦川，心肝断绝。"[③] 有人认为这两首诗歌前两句都以陇头流水起兴，兼以流水的状态和声响作比，状漂泊未归和乡愁悲凄之情态。其实，这里也只是

① 《史记》卷八十六，中华书局点校本，第 8 册，第 2534 页。

② 逯钦立辑校《先秦汉魏晋南北朝诗》，中华书局 1983 年版，上册，第 283 页。

③ 余冠英选注《汉魏六朝诗选》，人民文学出版社 1978 年版，第 306 页。

起兴，而没有比喻。流水和乡愁没有相似之处，不存在可比性。它只是用来营造一种漂泊不定、呜咽不息的气氛，以便和下文的氛围相和谐。所以，人们多把这里看作是触景生情、情景交融的例子。

王夫之《薑斋诗话》有“兴在有意无意之间”[①] 的说法。使用起兴的手法将读者很快带入诗人营造的氛围中去，领略诗人用心构建的意境。诗作者给读者提供了一个比赋和比更大的情境空间。这是兴的功能。因此，只有那种对人、对自然、对生活有相当灵悟的人，才能有“兴”的最初触动，构设出和谐奇妙的诗境。

宋张戒《岁寒堂诗话》讲杜甫诗说：“《晴》：‘啼鸦争引子，鸣鹤不归林。下食遭泥去，高飞恨久阴。’子美之志可见矣。‘下食遭泥去’，则固穷之节；‘高飞恨久阴’，则避乱之急也。子美之志，其素所蓄积如此，而目前之景，适与意会，偶然发于诗声，六义中所谓兴也。兴则触景而得，此乃取物。”[②] 这里讲的是杜甫《晴》这首诗的创作过程。张戒认为，由于严武去世，杜甫生活失去依靠，离开成都草堂，漂泊到夔州，贫病交加，寂寞抑郁。这时看到乌鸦引子觅食，鸣鹤出林高飞，适与意会，触动情怀，联想到自己身世，顿生感慨，形之于诗。这就是借鸦、鹤起兴。所以，诗的赋、比、兴三种手法中，兴是创造意境的最佳手法。

---

① 丁福保辑《清诗话》，上海古籍出版社 1978 年版，第 6 页。

② 丁福保辑《历代诗话续编》，中华书局 1983 年版，上册，第 474 页。

当然也可以说，比是具象的比喻，兴是抽象的比喻。唐释皎然《诗式》即说：“今且于六艺之中略论比兴：取象曰比，取义曰兴，义即象下之意。”① 比与兴，并非截然不同。例如《诗经·周南·桃夭》三章，毛《传》都说是“兴也”，但也有人说是“兴而比也”。又如《诗经·秦风·蒹葭》三章，毛《传》也说是“兴也”，后来讲论者多同毛《传》。也有人说是“兴而比也”。《诗经》中类似这样毛《传》说是“兴也”，后人又有说是“兴而比也”的，不只是我们最常读到的这两首诗篇。所以有人把这种能够说出内在联系的“兴”称之为“兴而比也”，或“兴而兼比”。这种理解上的略有不同，正可以说明“兴”有时是兼有“比”意的。

朱光潜先生《诗论》说：

> 《诗经》中最常用的技巧是以比喻引入正文，例如：
>
> 关关雎鸠，在河之洲，窈窕淑女，君子好逑。
>
> 螽斯羽，诜诜兮，宜尔子孙，振振兮。
>
> 蒹葭苍苍，白露为霜；所谓伊人，在水一方。
>
> 入首两句便都是隐语，所隐者有时偏于意象，所引事物与所咏事物有类似处，如“螽斯”例，这就是“比”；有时偏重情趣，所引事物与所咏事物在情趣上有暗合默契处，可以由所引事物引起所咏事物的情趣，如“蒹葭”例，这就是

① ［唐］释皎然著，李壮鹰校注《诗式校注》，齐鲁书社 1986 年版，第 24 页。

> “兴”；有时所引事物与所咏事物既有类似，又有情趣方面的暗合默契，如“关雎”例，这就是“兴兼比”。《诗经》各篇作者原不曾按照这种标准去做诗，“比”、“兴”等等是后人归纳出来的，用来分类，不过是一种方便，原无谨严的逻辑。后来论诗者把它看得太重，争来辩去，殊无意味。①

《诗经》之后，后代诗歌如汉乐府《古艳歌》：“茕茕白兔，东走西顾。衣不如新，人不如故疽。”② 有人认为这首诗以动物起兴，兴中含比。写弃妇被迫出走，犹如孤苦的白兔，往东去却又往西顾，虽走而仍恋故人。

再例如杜甫的《新婚别》的开篇：“菟丝附蓬麻，引蔓故不长。嫁女与征夫，不如弃路旁。”有人认为是“先言他物以引起所咏之词”的起兴，但菟丝和蓬麻的引蔓不长，又隐含着“嫁女与征夫”相处不长的比喻，这又是兴中含比。

20世纪新文化运动以来，现代学者对于古人这两种关于“兴”的作用的说法各有认同。事实上也是无论在古典诗歌中，还是在近现代民间歌谣中，诗的起兴有的含有譬喻之意，有的又确与下文所咏之情事没有可比的意义，只作个引起。所以，我们可以认为历来两种关于“兴”的作用的说法各有相应的实例，我们在读前人的诗作时，对于起兴处不妨从这两种作用去理解品味，能够感觉到隐含譬喻，或者感觉只是个随意的起头而并无取

---

① 朱光潜《诗论》，生活·读书·新知三联书店1984年版，第37~38页。

② 余冠英选注《汉魏六朝诗选》，人民文学出版社1978年版，第41页。

义，更或者是感觉“兴在有意无意之间”，可以有取舍，正不必呆看。而要学作诗，这两种起兴的方法也都可以借鉴，触物兴感，取譬引类，或只是即目所见，有意无意，也使我们作诗可以有不同的起法。

第四节　意境创造手法

上文说过，意境说到底是个情景和谐相生成的问题。那么，如何做到情景交融和谐呢？这是无一定定式的。但前人的诗歌实践给我们提供了种种启发，我们总结一下，大致有这样几种创造意境的手法：

一、隐寓法

即景中含情，或情中含景，情景相互包含，相互影响。王夫之《薑斋诗话》说：“情景虽有在心在物之分，而景生情，情生景，哀乐之触，荣悴之迎，互藏其宅。”① 就是说，主观和客观之间，一定有互相触动的基础，所以能相生相成。根据情与景描写分量的不同，可以分为景中情和情中景两大类。

（一）景中情

就是要求诗人在选择景物进行描写时，首先要受情感支配，择取那些能代表自己现实情感的景物。在描写过程中，要运用移情手法，使自己的情感灌注其中，使读者在欣赏所写景物的同时，感受到诗人的用心和情感。王夫之说：

① 丁福保辑《清诗话》，上海古籍出版社 1978 年版，第 6 页。

情、景名为二，而实不可离。神于诗者，妙合无垠。巧者则有情中景、景中情。景中情者，如“长安一片月”，自然是孤栖忆远之情；“影静千官里”，自然是喜达行在之情。情中景尤难曲写，如“诗成珠玉在挥毫”，写出才人翰墨淋漓、自心欣赏之景。凡此类，知者遇之；非然，亦鹘突看过，作等闲语耳。①

我们还举例来看，例如杜甫五律《旅夜书怀》：

细草微风岸，危樯独夜舟。
星垂平野阔，月涌大江流。
名岂文章著，官应老病休。
飘飘何所似，天地一沙鸥。②

诗从景入手，一、三句写岸上之景，二、四句写江中之景。一二细致，三四粗犷，形成在精细的雕刻中极写沉郁之思、苍茫之感。微风轻拂着江岸细草，使人感到静和孤寂。不然何以挑选“细”“微”“危”“独”四个字呢？从这四个字中，景中就含有了诗人的寂寞和孤独。第二联写月夜壮丽的景色，天际寒星垂挂，无边的原野显得格外辽阔；近看江中，急湍奔流，月光在动荡喷涌，这气象是何等的阔大。一低一昂、一小一大的景，和首

① 丁福保辑《清诗话》，上海古籍出版社 1978 年版，第 10 页。
② 《全唐诗》卷二百二十九，中华书局点校本，第 7 册，第 2489 页。

联形成远近、细阔的对比。使首联低沉的情调反映在广阔的背景上，沉痛之感深垂，激愤之情长涌。“垂”和“涌”的用意在此。所以，清代纪昀认为这诗“通首神完气足，气象万千，可当神浑之品”①。

再例如来鹄绝句《云》：

千形万象竟还空，映水藏山片复重。
无限旱苗枯欲尽，悠悠闲处作奇峰。②

“有轻虚之艳象，无实体之真形”③，这是陆机在《浮云赋》的开头对游移于空中的浮云的描写。云一直是变幻不测（翻云覆雨），移情不定（云情雨意）、闲适轻灵（闲云舒卷）的形象。这首诗前两句还是往日形象，准确、逼真的让人联想到云的变幻、游移和挥洒不拘的浪漫形态。第三句虽然是写景，但强烈的情感灌注其中，“枯”“尽”二字，极带感情色彩，强烈地表达“大旱之望云霓”的心境。没有第三句，全诗都是谜语，有了第三句，景全部带了情，变成一首好诗。

（二）情中景

最难表述。举例来看，《诗经·秦风·蒹葭》：“蒹葭苍苍，白露为霜。所谓伊人，在水一方。溯洄从之，道阻且长。溯游从

① ［元］方回评，李庆甲集评校点《瀛奎律髓汇评》，上海古籍出版社1986年版，上册，第534页。

② 《全唐诗》卷六百四十二，中华书局点校本，第19册，第7358页。

③ 金涛声点校《陆机集》卷四，中华书局1982年版，第29页。

之，宛在水中央。”开头两句是景物描写，也是环境烘托，毛《传》说“兴也”，有人说是“兴而比也”。接下来两句是赋，白描其事。后四句是抒发思念之情，却也是用赋体。“溯洄从之”，思念深切；“道阻且长”，失望之极；“溯游从之”，极不甘心；“宛在水中央”，仍有希望。是抒情，但又含景，读者心中无疑出现一幅“缥缈遇仙图”。

再如王维五律《终南山》：

太乙近天都，连山接海隅。
白云回望合，青霭入看无。
分野中峰变，阴晴众壑殊。
欲投人处宿，隔水问樵夫。①

前六句先纯写景，最后两句是抒写与渔樵为伍的隐士生活的乐趣，是抒情，但又是写景。从中可以看出终南山山幽路曲的景致，这正是隐士所喜爱的栖隐地。

再如陆游绝句《感事》：

鸡犬相闻三万里，迁都岂不有关中？
广陵南幸雄图尽，泪眼山河夕照红。②

---

① 《全唐诗》卷一百二十六，中华书局点校本，第4册，第1277页。
② 朱东润选注《陆游选集》，上海古籍出版社1999年版，第131页。

后两句纯是抒情，可是诗人泪眼所看到的是“山河夕照红”，有一种残破的悲壮景象，正合诗人前部分所表达的情感，是感因事发，情中含景。

二、妙合法

情即景、景即情，物我合一。王夫之叫“妙合无垠”，王国维叫“无我之境”。大家要注意的是，王国维的“无我之境”说法容易产生的误解是，使人们认为这是客观写景，没有主观意识的参与。这在中国古代诗歌中几乎看不到。应该说成“忘我之境”。如王国维所举陶渊明的诗句“采菊东篱下，悠然见南山”。好在哪里？好在“悠然”二字，“悠然”一出，“采”和“见”便有了着落，悠然采，悠然见，恰与诗人心境高度妙合，就像我们讲“杨柳依依”时，“依依”和离情高度妙合一样。“悠然见南山”如果换成“举头望南山”，便连平常的诗也算不上了。

再如叶绍翁绝句《游园不值》：

应怜屐齿印苍苔，小扣柴扉久不开。
春色满园关不住，一枝红杏出墙来。[①]

这诗古今传诵，哪里好？不是好在“一枝”这一句，而是“春色”这一句，“满”和“关”形成一对矛盾。水满必溢，这是常理。可是一和“春色”这种景致联系上，便不同凡响。春色无形无声，难道也关不住么？然也。不信你看，它借着红杏枝梢

① 钱锺书选注《宋诗选注》，人民文学出版社 1989 年版，第 266 页。

露出来了。春色和满妙合，又和红杏妙合，所以情景妙合。这才是它成为名句的道理所在。

三、反衬法[①]

情景一般都是相生的，哀景用来写哀情，乐景用来写乐情。但有些时候，诗人故意以哀景写乐情，以乐景写哀情。王夫之《薑斋诗话》说："'昔我往矣，杨柳依依；今我来思，雨雪霏霏。'以乐景写哀，以哀景写乐，一倍增其哀乐。"[②]《诗经·小雅·采薇》："昔我往矣，杨柳依依；今我来思，雨雪霏霏。"前两句以春风杨柳的乐景反衬被迫出征的哀情，后两句则以寒冷的雨雪霏霏之景反衬归来的乐情。情景的强烈对比，造成倍增其哀乐的效果，此所以独到、所以千古不朽。

以乐景写哀情的，再例如王维《渭城曲》：

渭城朝雨浥轻尘，客舍青青柳色新。
劝君更尽一杯酒，西出阳关无故人。[③]

前两句的景致清新明快，良辰美景，又是朋友相聚，杯酒呈欢，正当高兴才是。后半却是离别的感伤，并且是西出阳关，生还不可知，也许今天就是生离死别。这真是"良辰美景奈何天"，不

---

① 此节标题，思陶兄原稿作"反动法"。志云整理时斟酌再三，感觉用词不妥。周振甫著《诗词例话》有一节标题"反衬与陪衬"，所谈内容正同此节。因亦改为"反衬法"。按：本书第一章至第三章，是对于思陶兄遗稿的整理补充，每章各节标题均存原样。唯此节标题依常言做了改动。

② 丁福保辑《清诗话》，上海古籍出版社 1978 年版，第 10 页。

③ 《全唐诗》卷一百二十八，中华书局点校本，第 4 册，第 1307 页。

是更叫人黯然魂销么？

再看李煜《虞美人》词：

春花秋月何时了，往事知多少。
小楼昨夜又东风，故国不堪回首月明中。
雕阑玉砌依然在，只是朱颜改。
问君都有几多愁，恰似一江春水向东流。①

春花秋月，小楼东风，玉砌雕栏，都是乐景，然而都成为不堪回首的景致，就像垂死者的回光返照，所以愈增其哀。

以哀景写乐情更难。可举杜甫五律《江汉》来看：

江汉思归客，乾坤一腐儒。
片云天共远，永夜月同孤。
落日心犹壮，秋风病欲苏。
古来存老马，不必取长途。②

落日秋风，都是哀景的物象，却被用来描写壮心和苏病，是以哀景写乐情。可是，人们读后并不觉得乐。因为这是苦中寻乐。赵汸分析说："中四句，情景混合入化。云天夜月，落日秋风，景也。与天共远，与月同孤，心视落日而犹壮，病遇秋风而

---

① 王仲闻校订《南唐二主词校订》，人民文学出版社 1957 年版，第 9 页。

② 《全唐诗》卷二百三十，中华书局点校本，第 7 册，第 2523 页。

欲苏，情也。他诗多以景对景，情对情，其以情对景者已鲜，若此之虚实一贯，不可分别，效之者尤鲜。”①

刘禹锡七律《酬乐天扬州初逢席上见赠》诗：

巴山楚水凄凉地，二十三年弃置身。
怀旧空吟闻笛赋，到乡翻似烂柯人。
沉舟侧畔千帆过，病树前头万木春。
今日听君歌一曲，暂凭杯酒长精神。②

这是一首以哀景写乐情的代表作。“凄凉地”“弃置身”，朋友离去，青春不来。还有比这个更哀的境遇吗？“沉舟”“病树”，都是自己的写照。但这不过是铺垫，作者所要表达的却是“千帆竞发”“万木争荣”的乐情。所以，《旧唐书·刘禹锡传》记白居易说：“如梦得‘雪里高山头白早，海中仙果子生迟’，‘沉舟侧畔千帆过，病树前头万木春’之句之类，真谓神妙矣。”③

四、直指法

一般来说，诗歌都讲究含蓄蕴藉，委婉曲折，不要显山露水，所以要借象造境。但是，诗歌抒情有一个最终极的原则，就是真。必须写真情实感，来不得半点虚假，也来不得半点掩藏。有时，直白也是一种意境，也是一种表现方法。关于这一法，梁

---

① 引自［唐］杜甫著，［清］仇兆鳌注《杜诗详注》卷二十三，中华书局1979年版，第5册，第2029页。

② 《全唐诗》卷三百六十，中华书局点校本，第11册，第4061页。

③ 《旧唐书》卷一百六十，中华书局点校本，第13册，第4213页。

启超《中国韵文里头所表现的情感》讲演稿中叫“奔迸的表情法”，他讲得很充分，这里就多引他一些：

> 向来写情感的，多半是以含蓄蕴藉为原则，像那弹琴的弦外之音，像吃橄榄的那点回甘味儿，是我们中国文学家所最乐道。但是有一类的情感，是要忽然奔迸一泻无余的。我们可以给这类文学起一个名，叫做“奔迸的表情法”。例如碰着意外的过度的刺激，大叫一声或大哭一场或大跳一阵，在这种时候，含蓄蕴藉，是一点用不着。例如《诗经》：
>
> “蓼蓼者莪，匪莪伊蒿。哀哀父母，生我劬劳。”（《蓼莪》）
>
> “彼苍者天，歼我良人。如可赎兮，人百其身。”（《黄鸟》）
>
> 前一章是父母死了，悲痛到极处。“哀哀……劬劳”八个字，连泪带血迸出来。后一章是秦穆公用人来殉葬，看的人哀痛怜悯的情感，迸在这四句里头，成了群众心理的表现。
>
> “风萧萧兮易水寒，壮士一去兮不复还。”
>
> 这是荆轲行刺秦始皇临动身时，他的朋友高渐离歌来送他，只用两句话，一点扭捏也没有，却是对于国家对于朋友的万斛情感，都全盘表出了。
>
> 古乐府里头有一首《箜篌引》，不知何人所作。据说是有一个狂夫，当冬天早上，在河边“被发乱流而渡”，他的妻子从后面赶上来要拦他，拦不住，溺死了。他妻子做了一

首“引”，是：

“公无渡河，公竟渡河！堕河而死，将奈公何！”

……

这些都是用极简单的语句，把极真的情感尽量表出，真所谓“一声何满子，双泪落君前”。你若要多著些话，或是说得委婉些，那么真面目完全丧掉了。

“力拔山兮气盖世。时不利兮骓不逝。骓不逝兮可奈何，虞兮虞兮奈若何！”（《虞兮歌》）

“大风起兮云飞扬。威加海内兮归故乡。安得猛士兮守四方！”（《大风歌》）

前一首是项羽在垓下临死时对着他爱妾虞姬唱的，把英雄末路的无限情感都涌现了。后一首是汉高祖做了皇帝过后，回到故乡，对那些父老唱的，一种得意气概尽情流露。

“陟彼北芒兮，噫！顾瞻帝京兮，噫！宫阙崔巍兮，噫！民之劬劳兮，噫！辽辽未央兮，噫！”（《五噫歌》）

这一首是后汉时梁鸿做的，满肚子伤世忧民的热情，叹了五口大气，尽情发泄，极文章之能事。

“上邪！我欲与君相知，长命无绝衰。山无陵，江水为竭，冬雷震震，夏雨雪，天地合，乃敢与君绝。”（《上邪曲》）

这类一泻无余的表情法，所表的什有九是哀痛一路，这首歌却是写爱情，像这样斩钉截铁的赌咒，正表示他们的恋爱到“白热度”。

正式的五七言诗，用这类表情法的很少，因为多少总受

> 些格律的束缚，不能自由了。要我在各名家诗集里头举例，几乎一个也举不出（也许是我记不起）。独有表情老手杜工部，有一首七律最为怪诞：
>
> “剑外忽传收蓟北，初闻涕泪满衣裳。却看妻子愁何在，漫卷诗书喜欲狂。白日放歌须纵酒，青春作伴好还乡。即从巴峡穿巫峡，便下襄阳向洛阳。”
>
> 凡诗写哀痛、愤恨、忧愁、悦乐、爱恋，都还容易，写欢喜真是难，即在长短句和古体里头也不易得。这首诗是近体，个个字受“声病”的束缚，他却做得如此淋漓尽致，那一种手舞足蹈的情形，读了令人发怔。据我看过去的诗没有第二首比得上了。
>
> ……
>
> 凡这一类，都是情感突变，一烧烧到“白热度”，便一毫不隐瞒，一毫不修饰，照那情感的原样子，迸裂到字句上。我们既承认情感越发真越发神圣，讲真，没有真得过这一类了。这类文学，真是和那作者的生命分劈不开。——至少也是当他作出这几句话那一秒钟时候，语句和生命是迸合为一。这种生命是要亲历其境的人自己创造，别人断乎不能替代。①

梁启超说了，我还说什么！只是并不止梁启超所举的几例，这里再举几个例子。

---

① 梁启超：《中国韵文里头所表现的情感》，《饮冰室合集》，中华书局 1983 年版，第 4 册，第 73~77 页。

《诗经·邶风·式微》："式微，式微！胡不归？微君之故，胡为乎中露！式微，式微！胡不归？微君之躬，胡为乎泥中！"

汉乐府杂曲歌辞古辞《悲歌行》："悲歌可以当泣，远望可以当归。思念故乡，郁郁累累。欲归家无人，欲渡河无船。心思不能言，肠中车轮转。"①

唐陈子昂《登幽州台歌》："前不见古人，后不见来者，念天地之悠悠，独怆然而涕下。"②

像这样的直接一泻无余的"奔迸的表情法"，可举例的作品也还是有的。

---

① ［宋］郭茂倩《乐府诗集》，中华书局 2003 年版，第 3 册，第 898 页。

② 《全唐诗》卷八十三，中华书局点校本，第 3 册，第 902 页。

第四章　用典论

1917年，胡适撰《文学改良刍议》，成为倡导推行白话新文学的提议和宣言，也是新文化运动开端的一个标志。《文学改良刍议》具体针对文言旧体诗文，列举八条入手改良事项，其第六条是“不用典”，“用典”被指为旧体诗文的一大弊害。此后新文学爱好者就多以“用典”令人难懂为不爱读旧体诗文的理由之一，今日也多有大学文学院学生因古典诗文较多“用典”而厌读，就早早画地自限，专攻现当代文学去了。

胡适《文学改良刍议》“六曰不用典”一段，已记述了他与友人关于什么是“用典”的争论。胡适说他主张的“不用典”这一条，当时就最受朋友攻击，他认为是此条最易误会。他转述友人江亢虎给他的书信里说：“所谓典者，亦有广狭二义。饾饤獭祭，古人早悬为厉禁；若并成语故事而屏之，则非惟文字之品格全失，即文字之作用亦亡。……文字最妙之意味，在用字简而涵义多。此断非用典不为功。”① 对于胡适等激进的“文学革命论”持异议的“学衡”派主将、哈佛大学博士、大植物学家胡先骕先生，在《评〈尝试集〉》长文中批评胡适的“不用典”论，具

① 胡适《胡适文存》，黄山书社1996年版，一集，第7页。

体分析了用典的优劣得失，他也不赞成用僻典和堆砌典故，但他指出胡适不知道外国诗也一样用典，荷马史诗中的神话，已为文艺复兴以后诗人几乎用滥；到莎士比亚、弥尔顿的诗作出来，又群起引用他们诗中的情事。所以“用典”是中外文学共有的手法，关键是要看用得是否恰到好处，用得好的起到引喻、含蓄、点染生色的作用。①

胡适的“不用典”论，不仅一开始就受到友人的质疑，而且一直也多有学者名家坚持异议。文学观念与胡适十分相左的大学问家、诗人黄侃在《文心雕龙札记》里说：“然质文之变，华实之殊，事有相因，非由人力，故前人之引言用事，以达意切情为宗，后有继作，则转以去故就新为主。陆士衡云：虽杼轴于予怀，怵他人之我先，苟伤廉而愆义，故虽爱而必捐。岂唯命意谋篇，有斯怀想，即引言用事，亦如斯矣。是以后世之文，专视古人，增其繁缛，非必文士之失，实乃本于自然。今之訾謷用事之文者，殆未之思也。”② 黄先生认为文章“用事”是必然也是自然的事情。其议论是针对“訾謷用事之文者”而发，无疑是对胡适的“不用典”论大不以为然。

先不论古典诗文用典的问题，是不是白话新文学就真可以“不用典”呢？新文学家鲁迅先生的小说《阿 Q 正传》广为流传，自轻自贱、又自欺自慰的阿 Q 品性，因为在国人中极具典型

① 胡先骕《评〈尝试集〉》，原载《学衡》第一、二期，1922 年。参看胡宗刚著《不该遗忘的胡先骕》，长江文艺出版社 2005 年版，第 57 页。

② 黄侃著，吴芳点校《文心雕龙札记》，中国人民大学出版社 2004 年版，第 184 页。

性，以致“阿 Q 精神”成为一个常用语，岂不是白话文学本身已形成的一个“用典”的显著例证？除了阿 Q 外，鲁迅小说所写还有孔乙己、闰土、祥林嫂等，这些人物名字也都常被用来比况类似的人物，这种比况就是“用典”。这都是白话新文学已自用新文学之“典”的显著例证吧。

为胡适先生记录口述自传的唐德刚先生，安徽合肥人，美籍华裔学者，1982 年春曾应山东大学历史系邀请从美国来讲学。唐先生讲演的开放的视野和通达幽默的话风，浓重的安徽口音，令人印象深刻。后来读到唐德刚先生的《史学与文学》一书，其中《〈刍议〉再议——重读适之先生〈文学改良刍议〉》一文，对于胡适先生“改良八条”逐条再议，关于“不用典”，唐德刚先生说：“胡适之先生要人家作文‘不用典’，更办不到。因为他教人不用典的那篇‘逼上梁山’的大文，文题本身就是大典故！正因为他‘用典’，他那篇文章才有劲。不信？且看我把它换成个‘不用典’的题目：‘我本不要做呀！他们硬逼着我做啊！’写了这样一个‘不用典’题目的文章，那胡适还能成其为胡适吗？”①读其文，依然如听闻他乡音浓重、风趣幽默的谈吐。

所以，把“用典”指为旧体诗文的一大弊害，不过是提倡新文学者最初的一种似是而非的偏激之言。其实“用典”是语文修辞的一种手法，不仅古典诗文多见用典，白话新文学也已经在用典。也不仅是中国文学多见用典，西方文学也同样用典。

---

① 【美】唐德刚《史学与文学》，华东师范大学出版社 1999 年版，第 208 页。

以下分四节来讲讲古典诗歌“用典”的问题。

第一节　什么是“用典”

“用典”亦称“用事”“使事”，是指诗文里引用古书中的人物故事、史实，或名言警句，以比方今情今事的修辞方法。尤其是诗歌，又尤其是律诗，由于诗句字数有限定、诗中必须有对偶句等规则，用典可以使五七言诗句包含更丰富的内容，可以委婉地表达不便或不宜直说的思想感情，可以营造典雅含蓄的语言风格。因此，用典是古典诗歌创作的一个重要手段。对于读者来说，了解古典诗歌中的典故，读懂作品蕴含的丰富的思想感情，在阅读过程中是寻幽探胜，也是一种审美享受。然而，任何一种艺术方法，如果使用不当，又都会变成弊端。用典不当，使文意晦涩难以理解，也必然令人厌烦。文学史上应对用典产生的文意晦涩难解的问题，就会出现“不用典”的主张，也会引发什么是用典以及如何用典的讨论。这一节先来说说什么是“用典”。

南朝刘勰撰《文心雕龙·事类》篇，专论诗文中引用古事和成辞以加强论证和说明的功用，刘勰首先指出“事类者，盖文章之外，据事以类义，援古以证今者也”，然后列举《易经》《尚书》“略举人事，以征义者”和“全引成辞，以明理者”的例子，说明这些都属于“事类”，也就是“用事”。刘勰认为善于“用事”，不仅能使诗文“文彩必霸”，而且“可称理得而义要矣”。因此，刘勰就不一概反对“用事”，而是提出“用事”要适当，要简约精确，要无异于自其口出，而不要乖谬，不要用在无关宏旨的地方。[①] 刘勰对于“事类（用事）”的概述包含全面，现代研究者会指出刘勰的“用事”所指宽泛，是广义的概念。然而现代辞书中“典故”的释义仍然是广义的，例如《辞源》“典故”条第二义项是：“诗文中引用的古代故事和有来历出处的词语。”[②]《现代汉语词典》“典故”条释义是：“诗文里引用的古书中的故事或词句。”[③] 事实是古代文论诗话中论及“用事”者，绝大多数都是在这样的广义理解上来谈论的。因此，我们以下所讲也还是这样用其广义，以符合历来谈论“用事”的实际。

总之，“用典”是诗文里引用古书中的故事和词语的修辞方法。而要阅读欣赏古典诗歌，也须对诗中的用典尽可能了解，才能更好地理解诗意和诗艺。现代整理古典诗歌的名家名著，全集或选本，如果只是点校，并不能满足读者读懂原作的需要，而注释乃是最为读者着想的工作。好的注释本对于诗中用典都尽可能注明出处，有的还阐释此处用典的具体用意。好的注释本是学习研究古典诗歌所必须凭借的。而如果有志于学习传统诗歌创作，则对于用典的利弊，以及用典的方法和宜忌，更应着意了解和学习。

第二节　用典的利弊

在中国文学史上，厌恶诗文用典，主张诗文“不用典”，并

---

① 陆侃如、牟世金译注《文心雕龙译注》，齐鲁书社 1982 年版，下册，第 220~234 页。

② 《辞源（修订本）1~4 合订本》，商务印书馆 1997 年版，第 172 页。

③ 《现代汉语词典》，商务印书馆 2002 年版，第 280 页。

非胡适提倡白话文时才有的创论，其实这也是一个历史话题。这一节我们做些历史回顾，说说古代关于用典利弊的论析。

最早明确表示厌恶用典而主张“不用典”的是南朝时期的诗评家钟嵘。钟嵘《诗品序》有一段议论说：

> 夫属词比事，乃为通谈。若乃经国文符，应资博古，撰德驳奏，宜穷往烈。至乎吟咏情性，亦何贵于用事？“思君如流水”，既是即目；“高台多悲风”，亦惟所见；“清晨登陇首”，羌无故实；“明月照积雪”，讵出经史？观古今胜语，多非补假，皆由直寻。颜延谢庄，尤为繁密，于时化之。故大明泰始中，文章殆同书抄。①

其中所谓“用事”，也就是用典。钟嵘认为政论和奏议文章，应该充分引证古往史事以为借鉴，至于诗歌乃是抒发情意，何必以“用事”为贵？他列举的四句诗：“思君如流水”，出建安七子之一徐干的《室思诗》②；“高台多悲风”，是曹植《杂诗七首》第一首的起句③；“清晨登陇首”，是晋张华诗句④；“明月照积

① ［清］何文焕辑《历代诗话》，中华书局1981年版，上册，第4页。

② 逯钦立辑校《先秦汉魏晋南北朝诗》，中华书局1983年版，上册，第377页。

③ 逯钦立辑校《先秦汉魏晋南北朝诗》，中华书局1983年版，上册，第456页。

④ 逯钦立辑校《先秦汉魏晋南北朝诗》，中华书局1983年版，上册，第622页。

雪”，出南朝宋谢灵运《岁暮诗》[1]。钟嵘欣赏推重这些诗句的即目所见而不“用事”的“直寻”手法，然后批评颜延之、谢庄诗“用事”繁密，批评刘宋朝文章“用事”太过，“殆同书抄”。

诗歌如果以“用事”炫耀博学而妨碍甚至湮没了抒情言志的作用，不免令人生厌。钟嵘的议论由此引发，不为无故。但仅以所举几例叙事和写景的佳句为证，而主张不贵“用事”，议论又不免片面而肤浅。诗歌除了叙事写景外，言志抒情，在简洁的诗句里表达深婉的情意，往往以“用事”为一种有效的方法。就以钟嵘议论所列举到并且也是他最为推重的诗人曹植来说，曹植诗中既多“直寻”的胜语，也已有“用事”的佳句。例如《箜篌引》诗中“久要不可忘，薄终义所尤”句，只有知道是用《论语·宪问》篇孔子所说“久要不忘平生之言，亦可以为成人矣”（《十三经注疏》本《论语注疏》：“孔曰：久要，旧约也；平生，犹少时。”邢昺疏：“言与人少时有旧约，虽年长贵达，不忘其言。”[2] 朱熹《论语集注》也以“久要”为“旧约也”，“平生”则解作“平日也”[3]）的话，才能理解曹植所感慨歌颂的交友处世的正道。[4]

① 逯钦立辑校《先秦汉魏晋南北朝诗》，中华书局 1983 年版，中册，第 1181 页。

② ［清］阮元校刻《十三经注疏》，中华书局 1980 年版，下册，第 2511 页。

③ ［宋］朱熹撰《四书章句集注》，中华书局《新编诸子集成》2003 年版，第 152 页。

④ 参阅余冠英选注《汉魏六朝诗选》，人民文学出版社 1978 年版，第 112~113 页。

被钟嵘引来称赞的曹植《杂诗》其一的起句“高台多悲风”，虽是即目所见，但紧接着的下句“朝日照北林”，注家谓“‘北林’，林名，见《诗经·晨风》”①。就也已在用《诗经》的语典。如果有人说“北林”也可以是曹植所见，而不必是用《诗经》的典故。那再看他的《杂诗》其三：

西北有织妇，绮缟何缤纷！
明晨秉机杼，日昃不成文。
太息经长夜，悲啸入青云。
妾身守空闺，良人行从军。
自期三年归，今已历九春。
飞鸟绕树翔，嗷嗷鸣索群。
愿为南流景，驰光见我君。

余冠英注说：

“明晨”，清晨。“日昃（音仄）”，午后。日过午为昃。一作“日暮”。以上二句就是《诗经·大东》“跂彼织女，终日七襄；虽则七襄，不成报章”和《古诗》“皎皎河汉女，……札札弄机杼……终日不成章”的意思。②

① 余冠英选注《汉魏六朝诗选》，人民文学出版社1978年版，第121页。

② 余冠英选注《汉魏六朝诗选》，人民文学出版社1978年版，第122页。

这是用《诗经》和《古诗》的典故，应无异议了吧。钟嵘《诗品》盛赞曹植诗："其源出于《国风》。骨气奇高，词采华茂，情兼雅怨，体被文质，粲溢今古，卓尔不群。"① 曹植诗源出《国风》，当然主要是指其幽怨缱绻的风神，但时或取用《诗经》的词采典故，也是可证其渊源的影迹。

建安诗人"用事"，曹植又并非孤例，即如其父王曹操，钟嵘《诗品》评曰："曹公古直，甚有悲凉之句。"② 曹操诗虽"古直"，虽多直写其事和直抒情意，但必要时也很善于用典。例如其名篇《短歌行》：

对酒当歌，人生几何。譬如朝露，去日苦多。
慨当以慷，忧思难忘。何以解忧，唯有杜康。
青青子衿，悠悠我心。但为君故，沉吟至今。
呦呦鹿鸣，食野之苹。我有嘉宾，鼓瑟吹笙。
明明如月，何时可掇。忧从中来，不可断绝。
越陌度阡，枉用相存。契阔谈宴，心念旧恩。
月明星稀，乌鹊南飞。绕树三匝，何枝可依。
山不厌高，海不厌深。周公吐哺，天下归心。③

---

① ［清］何文焕辑《历代诗话》，中华书局 1981 年版，上册，第 7 页。
② ［清］何文焕辑《历代诗话》，中华书局 1981 年版，上册，第 17 页。
③ 逯钦立辑校《先秦汉魏晋南北朝诗》，中华书局 1983 年版，上册，第 349 页。

其中“青青子衿，悠悠我心”二句，是用《诗经·郑风·子衿》成句，“呦呦鹿鸣”四句，是《诗经·小雅·鹿鸣》原句。《子衿》原是一首女子思念恋人的诗，《鹿鸣》是宴会群臣嘉宾时的乐歌。曹操就像《左传》所记春秋士大夫在宴会等交际场合善于断章取义引《诗》言志一样，很顺手地引用《诗经》原句，很贴切地拼接在自己的诗中，借以表达自己求贤不得的忧思和希望得到贤才的热切之情。最后两句“周公吐哺，天下归心”，也是用典。《史记·鲁周公世家》记周公告诫儿子伯禽说：“我文王之子，武王之弟，成王之叔父，我于天下亦不贱矣。然我一沐三捉发，一饭三吐哺，起以待士，犹恐失天下之贤人。子之鲁，慎无以国骄人。”① 曹操以周公自比，表明自己求贤之诚。这首诗里如果没有这几处“用事”，则很难如此生动准确地表达出曹操的这些心思。

建安诗人也不仅是曹氏父子诗中“用事”，陈琳、王粲等“七子”之诗也时见用典。仍以钟嵘列举胜句的诗人之一徐幹为例，钟嵘欣赏的“思君如流水”句，出徐幹《室思诗》其三；而《室思诗》其四“躧履起出户，仰观三星连”二句，余冠英注云：“《诗经·绸缪》：‘绸缪束薪，三星在天。今夕何夕？见此良人。’所谓三星也是指参星。《绸缪》是乐新婚的诗，作者可能联想及之。”② 又《室思诗》其六“人靡不有初，想君能终之”二句，余冠英注云：“《诗经·荡》：‘靡不有初，鲜克有终’，是此

① 《史记》卷三十三，中华书局点校本，第5册，第1518页。

② 余冠英选注《汉魏六朝诗选》，人民文学出版社1978年版，第108页。

诗‘人靡’两句所本，表示希望对方始终如一。”[①] 如果说“仰观三星连”句是否用典在隐约之间的话，“人靡不有初，想君能终之”二句用典，则毫无疑问，而且是化用引申，加强了对于对方的期望语气，是用典的佳例。

建安诗人“用事”不多，但“用事”的作用增加了言志抒情的深婉或强度则很明显。魏晋诗人也往往“用事”，“用事”处也不妨为胜语佳句的例子，如前面说到过陶渊明“先师有遗训，忧道不忧贫”一类的诗句，还可以举出一些，为省篇幅，就不罗列了。总之，这些例证可以说明，钟嵘以“观古今胜语，多非补假，皆由直寻”为由而鄙薄“用事”，其实是一偏之见。当然，他批评的“用事繁密，殆同书抄”的作品，确实属于病态，是应该批评的。

钟嵘撰《诗品》偏重于诗的鉴赏，由于对“用事繁密，殆同书抄”的近世诗文弊端的厌恶，导致简单化地主张“直寻”而一概反对“用事”，又并非理性公允的立论。倒是成书还早于《诗品》十多年的刘勰《文心雕龙》，全面地论说当时已存在的各种文体的特性、文章写作的才性技艺和文学鉴赏等问题，历来被公认为“体大思精”、空前绝后的一部古典文论著作。《文心雕龙·事类》篇专论诗文中引用古事和成辞以加强论证和说明的功用，上节已引述。刘勰还列举了曹植、陆机等名家“引事乖谬”的例子，希望后来作者引以为戒。[②] 可以说，刘勰对于诗文“用事”

---

① 余冠英选注《汉魏六朝诗选》，人民文学出版社 1978 年版，第 108 页。

② 陆侃如、牟世金译注《文心雕龙译注》，齐鲁书社 1982 年版，下册，第 220~234 页。

的利弊做了比较客观的评析和有益的引导。

唐代诗论，初盛唐时主要论说的是声律和偶对，论“用事”者少见，传为王昌龄撰《诗格》“诗有六式”之一曰：“用事五：谓如己意而与事合。”举例是谢灵运《庐陵王墓下作》诗句“洒泪眺连冈”，谓“‘连冈’是诸侯事也，古者诸侯葬连冈”①。至中唐诗僧皎然撰《诗式》，则以是否“用事”和如何“用事”为据分诗为五格，即“不用事第一”，“作用事第二”，“直用事第三”，“有事无事第四”，“有事无事、情格俱下第五”。《诗式》五卷，总论诗法之外，即按五格分别列述汉代至中唐名篇丽句为例，间加评论。可见“用事”成为《诗式》一条贯穿的经线，因此皎然对于什么是“用事”也有所析论，他说：“时人皆以征古为用事，不必尽然也。”他举例说：

> 如陆机诗：“鄙哉牛山叹，未及至人情。爽鸠苟已徂，吾子安得停？”此规谏之中，是用事非比也。如康乐公诗：“偶与张、邴合，久欲归东山。”此叙志之中，是比非用事也。②

李壮鹰《诗式校注》这段话里所举陆机诗后的断言“是用事非比也”在流传各本中有异文，谓别本作“比非用事也”③。这

---

① ［宋］陈应行编《吟窗杂录》，中华书局1997年版，上册，第233页。

② ［唐］释皎然著，李壮鹰校注《诗式校注》，齐鲁书社1986年版，第24~25页。

③ ［唐］释皎然著，李壮鹰校注《诗式校注》，齐鲁书社1986年版，第25页。

里不想由此处异文讨论皎然分别的“比”与“用事”。关于“用事”，我还是宁愿采用刘勰《文心雕龙·事类》篇的广义的界定。而刘勰称“用事”为“事类”，所谓“据事以类义”，本就包含有“比”的意思。20世纪著名文学家朱自清先生也说：“但典故多半只是历史的比喻和神仙的比喻；用典故跟用比喻往往是一个理，并无深奥可畏之处。不过比喻多取材于眼前的事物，容易了解些罢了。广义的比喻连典故在内，是诗的主要的生命素；诗的含蓄，诗的多义，诗的暗示力，主要的建筑在广义的比喻上。”[①] 可知“用事”与“比、兴”，并不是可以判别区分的事情，诗歌显然可以“用事”为“比”，或“用事”起“兴”。而皎然《诗式》因为对于“用事”虽未采取前如钟嵘、后如胡适的完全摒斥的主张，但也明显受钟嵘影响而主张“不用事第一”。为此，他将一些广义上“用事”的方法说成“非用事”，他书中还有“语似用事，义非用事”一段的举例辨析，就也有如前面说的胡适因为简单主张“不用事”而把诸多不得不“用事”的方法说成不是“用事”，做法上有些相似。

从南朝到盛唐，诗人在“用事”上多所探索，有巧有拙，有利亦有弊。有弊的一面自应受到批评和摒除，而有利的一面则也丰富了诗歌的手法，提升了诗歌的品质。宋张戒《岁寒堂诗话》说：“诗人以用事为博，始于颜光禄，而极于杜子美。”[②] 颜延之

① 朱自清《〈唐诗三百首〉指导大概》，《朱自清古典文学论文集》，上海古籍出版社1981年版，下册，第364页。

② 丁福保辑《历代诗话续编》，中华书局1983年版，上册，第452页。

诗“用事”早已遭钟嵘的批评。而杜甫诗“用事为博”，虽也偶尔有人挑剔他“用事”之误，但历来更多的还是以之为成功的典范。宋代诗人和学者已认识到杜甫诗的经典价值，宋初诗人王禹偁称赞“杜甫集开始世界”(《日长简仲咸》)；杜甫的“诗圣”之誉也始于宋。黄庭坚既称杜甫诗为“大雅之音”，又说杜甫诗“无一字无来处”。在杜甫诗的遣词用事上发现“点铁成金”的妙处，是宋人的一大兴奋点。宋人整理、注释杜甫诗，有“千家注杜”的说法。而注释杜诗，注明事典和语典的出处，是主要内容。清代继续有杜甫诗集的新注本，如钱谦益的《钱注杜诗》，仇兆鳌的《杜诗详注》，杨伦的《杜诗镜铨》等。我们中文系前辈萧涤非先生主持的《杜甫全集校注》工作，是现代注释杜甫诗的一项大工程，我们期待这一大工程的成果的早日出版。

杜甫诗的高度成就固然是思想性和艺术性各方面超凡越俗的综合结果，但杜甫诗歌词汇的丰富典雅，用事的广博灵活，是以熟读经史古籍、以“腹有诗书”为基础的。浏览杜诗的用典注释，就可知他诗中自谓“读书破万卷”，是确然可信的。我们就再以杜甫诗用典为例，来看诗歌用典的作用，也就是用典的好处。

(一) 诗用典故，用古人或故事为比以寄意，可以简洁而恰当地表达自己的志尚和性情。前人的言语行事，是经过历史检验的，无论对错，都有相对的结论。运用前人的言语行事来比方自己的情感意思，就会引起读者对这种情事的认可，会增强感人深度和说服力。

例如杜甫《自京赴奉先县咏怀五百字》诗云“许身一何愚，

窃比稷与契”，稷与契是尧舜贤臣，故事见《孟子·离娄下》《国语·鲁语上》和《史记·周本纪》等典籍。《孟子·离娄下》云：“禹思天下有溺者，由己溺之也；稷思天下有饥者，由己饥之也。”[①]《国语·鲁语上》曰：“契为司徒而民辑。”[②]杜甫在《奉赠韦左丞丈二十二韵》诗中说过“致君尧舜上，再使风俗淳”，尧舜是儒家尤其是孟子历史叙述中的上古圣明之君，尧舜时代在《易·系辞下》说是“垂衣裳而天下治”的淳朴时代。《孟子·万章上》说伊尹耕于有莘之野而乐尧舜之道，商汤聘之，伊尹初不应；汤三使往聘之，伊尹乃幡然改曰：“与我处畎亩之中，由是以乐尧舜之道，吾岂若使是君为尧舜之君哉？吾岂若使是民为尧舜之民哉？吾岂若于吾身亲见之哉？”[③]杜甫自比稷与契，自比伊尹，就都是要“使是君为尧舜之君，使是民为尧舜之民”。如此这般志尚，如果不是这样用典故来表达，是很难用几句诗说清楚的。

对于杜甫的许身稷契，当时即“取笑同学翁”，但他还是坚持自己的志尚。后世也有质疑者，如宋葛立方《韵语阳秋》卷八：

> 老杜高自称许，有乃祖之风，上书明皇云：“臣之述作，沉郁顿挫，扬雄、枚皋可企及也。”《壮游》诗则自比于崔、

---

① 杨伯峻译注《孟子译注》，中华书局1984年版，上册，第199页。

② ［旧题］左丘明撰，鲍思陶点校《国语》，引自《二十五别史》，齐鲁书社2000年版，第1册，第80页。

③ 杨伯峻译注《孟子译注》，中华书局1984年版，上册，第225页。

> 魏、班、扬，又云："气劘屈贾垒，目短曹刘墙。"《赠韦左丞》则曰："赋料扬雄敌，诗看子建亲。"甫以诗雄于世，自比诸人，诚未为过。至"窃比稷与契"，则过矣。史称"甫好论天下大事，高而不切"，岂自比稷契而然也邪？①

周必大《二老堂诗话》也引"自比稷与契"句，谓"子美未免儒者大言"②。这是一类评议。但后世更多的还是对于杜甫志尚的肯定和褒赞，如苏轼说："子美自比稷与契，人未必许也。然其诗云：'舜举十六相，身尊道益高。秦时用商鞅，法令如牛毛。'此自是契、稷辈人口中语也。"③ 黄彻《䂬溪诗话》卷十曰：

> 自"杜陵有布衣，老大意转拙。许身一何愚，窃比稷与契"，其心术祈向，自是稷、契等人。"穷年忧黎元，叹息肠内热"，与饥渴由己者何异？……禹、稷、颜子，不害为同道。少陵之迹江湖而心稷契，岂为过哉。④

---

① ［清］何文焕辑《历代诗话》，中华书局 1981 年版，下册，第 546 页。

② ［清］何文焕辑《历代诗话》，中华书局 1981 年版，下册，第 669 页。

③ ［宋］苏轼撰，［明］茅维编，孔凡礼点校《苏轼文集》，中华书局 1986 年版，第 5 册，第 2105 页。

④ 丁福保辑《历代诗话续编》，中华书局 1983 年版，上册，第 401 页。

明王嗣奭《杜臆》卷一曰：

人多疑自许稷契之语，不知稷契元无他奇，只是己溺己饥之念而已。伊尹得之而念廑纳沟，孔子得之而欲立欲达，圣贤皆同此心，篇中已和盘托出。①

清浦起龙《读杜心解》卷一曰：

通篇只是三大段，首明赍志去国之情，中慨君臣耽乐之失，末述到家哀苦之感。而起手“许身”“比稷契”二句总领，如金之声也。结尾用“忧端齐终南”二句总收，如玉之振也。其“稷契”之心，“忧端”之切，在于国奢民困。而民惟邦本，尤其所深危而极虑者。故首言去国也，则曰“穷年忧黎元”。中慨耽乐也，则曰“本自寒女出”。末述到家也，则曰“默思失业徒”。一篇之中，三致意焉。然则其所谓比“稷契”者，果非虚语。②

杜甫诗中用古人自比，除上述自比稷、契以表达个人志尚情怀外，还有用诸葛亮、陶渊明、阮籍、谢安、谢灵运、贾谊、王粲、庾信、葛洪、许询等历史人物自比，以表现其行藏志趣、雅性襟情和困顿漂泊之悲哀等，其例甚多，不一一列举。

---

① ［明］王嗣奭撰《杜臆》，上海古籍出版社 1983 年版，第 36 页。
② ［清］浦起龙著《读杜心解》，中华书局 1981 年版，第 22~23 页。

（二）诗用典故，用古人或故事为比以托喻，概括或委婉地表达对于他人他事的褒贬品评，或讽刺批判。

例如杜甫《春日忆李白》诗①，开篇盛赞“白也诗无敌，飘然思不群”，已给予李白诗至高无比的推崇。但仅有至高的推崇，并不能使人对于李白诗的特色有所感知，因而接下来的“清新庾开府，俊逸鲍参军”二句，就用六朝两位大诗人最显著的诗歌为比喻，赞美李白诗兼具庾信的清新和鲍照的俊逸风格。起句已说李白诗是“无敌”的，其后用庾、鲍诗风比况李白诗歌，自然也是称赞李白青出于蓝、后来居上。而以“清新俊逸”概括李白诗歌的独特风格也很准确切合。杜甫在诗中称赞其他诗友时，也往往用魏晋六朝名家为比喻，例如赞美孟浩然谓“赋诗何必多，往往凌鲍谢”②；赞美高适，是“方驾曹刘不啻过”③，是“文章曹植波澜阔”④；赞美岑参谓“谢朓每篇堪讽诵”⑤；赞美许十一，是“陶谢不枝梧”⑥；等等。这样以古诗人比今诗友，虽不都属于用典，有时只是直接的比类，但如上列诸例，却都有以前代诗人的诗歌造诣和风格来比喻所推重的诗人之意，这些都是用典，是没有疑义的。

再看杜甫《丽人行》最后六句：“后来鞍马何逡巡，当轩下马入锦茵。杨花雪落覆白蘋，青鸟飞去衔红巾。炙手可热势绝

---

① 《全唐诗》卷二百二十四，中华书局点校本，第7册，第2395页。
② 《全唐诗》卷二百十八，中华书局点校本，第7册，第2291页。
③ 《全唐诗》卷二百二十八，中华书局点校本，第7册，第2472页。
④ 《全唐诗》卷二百二十三，中华书局点校本，第7册，第2383页。
⑤ 《全唐诗》卷二百二十九，中华书局点校本，第7册，第2494页。
⑥ 《全唐诗》卷二百十六，中华书局点校本，第7册，第2263页。

伦，慎莫近前丞相嗔！”萧涤非先生《杜甫诗选注》注“杨花”句说：

> 这和下句都是隐语，也是微词。妙在结合当前景致来揭露杨国忠和从妹虢国夫人通奸的丑恶。这里杜甫采用了南朝民歌双关语的办法，用杨花双关杨氏兄妹。《尔雅·释草》：“苹、蓱，其大者蘋。”《埤雅》卷十六：“世说杨花入水化为浮萍。”据此，是杨花、萍和蘋虽为三物，实出一体，故以杨花覆蘋，影射兄妹苟且。又北魏胡太后尝逼通杨白花，白花惧祸，降梁。（杨华本名白花，降梁后，改名华，见《南史》）胡太后思之，作《杨白花歌》，有“秋去春还双燕子，愿衔杨花入窝里”之句。杜甫这句诗也暗用了这一个淫乱故事。①

如此荒淫的事情，巧用典故揭露，既尽显其丑恶，又不使诗句流于粗言谩骂，正是用典的好处。

（三）诗用典故，援古以证今，鉴古以论今，对现实作历史的思考，以抒发感时抚事的忧乐之情。

安史之乱初起，杜甫一度被叛军虏至沦陷中的长安，后逃出投奔肃宗皇帝行在凤翔，有诗《自京窜至凤翔喜达行在所三首》，其二云：“愁思胡笳夕，凄凉汉苑春。生还今日事，间道暂时人。

---

① 萧涤非选注《杜甫诗选注》，人民文学出版社 1996 年版，第 31～32 页。

司隶章初睹，南阳气已新。喜心翻倒极，呜咽泪沾巾。”① 其中五六两句，用汉光武帝故事以比唐肃宗的眼下作为，借古喻今，写唐朝尚有平叛复兴的希望。汉光武帝刘秀，南阳人。《后汉书·光武帝纪》：

> 更始（刘玄）将北都洛阳，以光武行司隶校尉，使前整修官府。于是置僚属，作文移，从事司察，一如旧章。时三辅吏士东迎更始，见诸将过，皆冠帻，而服妇人衣，诸于绣堀，莫不笑之，或有畏而走者。及见司隶僚属，皆欢喜不自胜。老吏或垂涕曰："不图今日复见汉官威仪！"由是识者皆属心焉。②

又《光武帝纪论》谓王莽篡位后，“望气者苏伯阿为王莽使至南阳，遥望见舂陵郭，唶曰：‘气佳哉！郁郁葱葱然。’”③ 由于如《史记》《汉书》《后汉书》这些史籍在唐朝已为士人必读之书，因此杜甫诗中“司隶章初睹，南阳气已新”这两句用汉光武帝故事所传达出的寄复兴希望于唐肃宗的心意，是都能一读便知的。

杜甫《北征》长诗最后写杨贵妃之死道：

---

① 《全唐诗》卷二百二十五，中华书局点校本，第7册，第2405页。
② 《后汉书》卷一上，中华书局点校本，第1册，第9~10页。
③ 《后汉书》卷一下，中华书局点校本，第1册，第86页。

忆昨狼狈初，事与古先别。奸臣尽菹醢，同恶随荡析。
不闻夏殷衰，中自诛褒妲。周汉获再兴，宣光果明哲。
桓桓陈将军，仗钺奋忠烈。微尔人尽非，于今国犹活。①

这十句是写唐玄宗避难匆忙出长安，行至马嵬驿，护从官军诛杀宰相杨国忠，将军陈玄礼又进言除杨贵妃，唐玄宗赐死贵妃。安禄山叛乱无疑是由唐玄宗晚年的昏庸荒淫所招致，杜甫此前所作《兵车行》《丽人行》《前出塞》《自京赴奉先县咏怀五百字》等诗篇，对于天宝君臣的昏庸荒淫已有深刻揭露，并深怀天下将乱、民不聊生的忧虑。但对于马嵬驿事，杜甫却巧用典故加以议论。萧涤非先生注“不闻夏殷衰”二句说：

夏殷衰，指夏桀王和殷纣王。夏桀嬖妺喜，殷纣嬖妲己。褒是褒姒，周幽王的女宠。有人以为“夏殷”当作“殷周”，或将“褒妲”改为“妺妲”（仇注即作妺妲），才符合史实。浦起龙云：“本应作妺妲，痛快疾书，涉笔成误。”李因笃云：“不言周，不言妺喜，此古人互文之妙，正不必作误笔。自八股兴，无人解此法矣。”按李说是，不必改动。所谓“互文”，指上句举夏、殷以包括周，下句举褒、妲以包括妺喜。“中自”即主动。唐玄宗赐杨贵妃死，实出于被动，但不好正面揭穿，只好从侧面点破，观下文明言陈玄礼“仗钺奋忠烈”可见。在当时危急存亡的情况下，把皇帝说

① 《全唐诗》卷二百十七，中华书局点校本，第7册，第2276页。

成一个昏君，便要影响举国上下“同仇敌忾”的情绪，这可能是杜甫为什么要把官军的逼迫说成天子的“圣断”的用心。①

萧先生注“微尔人尽非”句说：

这句用《论语》孔丘赞美管仲的话：“微管仲，吾其被发左衽矣！”微，没有。尔，你，指陈玄礼。人尽非，人民将受到安史的野蛮统治。黄生云：“诛杨氏所以泄天下之愤，愤泄，然后足以鼓忠义之气，而恢复可望，故归功于陈如此。”②

杜甫称赞唐玄宗没有像夏商周三代昏君那样纵容女宠到亡国，赐死贵妃，就还有复兴希望。但玄宗赐死杨贵妃实是被陈玄礼所率官军所迫，如果不为陈玄礼说出个正当理由，将军不免有逼迫犯上的罪名。《旧唐书·玄宗本纪》在说到“上即命力士赐贵妃自尽”后，便是“玄礼等见上请罪，命释之”③。杜甫诗中则在赞扬玄宗“宣光果明哲”之后，即称赞“桓桓陈将军，仗钺奋忠烈”，说他就像孔子称赞的管仲一样，有救民活国的大功德。典故在这里支持论断的作用再显著不过了。

杜甫用典立论的恰当得体，可以比较他人的诗作来看，宋魏

① 萧涤非选注《杜甫诗选注》，人民文学出版社1996年版，第92页。
② 萧涤非选注《杜甫诗选注》，人民文学出版社1996年版，第93页。
③ 《旧唐书》卷九，中华书局点校本，第1册，第233页。

泰《临汉隐居诗话》即有比较论评道：

> 唐人咏马嵬之事者多矣。世所称者，刘禹锡曰："官军诛佞幸，天子舍妖姬。群吏伏门屏，贵人牵帝衣。低回转美目，风日为无辉。"白居易曰："六军不发争奈何，宛转蛾眉马前死。"此乃歌咏禄山能使官军皆叛，逼迫明皇，明皇不得已而诛杨妃也。噫！岂特不晓文章体裁，而造语蠢拙，抑已失臣下事君之礼矣。老杜则不然，其《北征》诗曰："忆昨狼狈初，事与古先别。不闻夏殷衰，中自诛褒妲。"乃见明皇鉴夏殷之败，畏天悔祸，赐妃子死，官军何预焉？①

其实宋朝人诧异唐朝诗人咏马嵬事，不忌讳写诛杀杨国忠等佞幸奸臣，以及"六军不发"而使玄宗不得不赐死杨妃，唐朝诗人思想和言论的自由度明显大于宋朝。南宋洪迈《容斋续笔》卷二《唐诗无避讳》说："唐人歌诗，其于先世及当时事，直辞咏寄，略无避隐。……杜子美尤多……五言如'忆昨狼狈初，事与古先别。不闻夏殷衰，中自诛褒妲'。……今之诗人不敢尔也。"②魏泰的议论也证明北宋时人们的拘忌就已多起来了。而他完全不顾杜甫诗"桓桓陈将军"几句所陈述的事实，硬说"乃见明皇鉴

---

① ［清］何文焕辑《历代诗话》，中华书局 1981 年版，上册，第 324 页。

② ［宋］洪迈《容斋随笔》，上海古籍出版社 1996 年版，第 236～237 页。

夏殷之败，畏天悔祸，赐妃子死，官军何预焉?”岂不是强作解人。但比较刘禹锡、白居易等人的诗来看，杜甫《北征》议论马嵬之事，无论是对于唐明皇，还是对于陈将军，都是以古代君臣为比（反比、正比），充分给予必要的回护和肯定，以寄托国家再兴的希望，委婉而妥切。所以，苏轼也说：“《北征》诗识君臣大体，忠义之气，与秋色争高，可贵也。”① 明何孟春《余冬诗话》说：“杜子美《北征》，咏马嵬事：‘不闻夏殷衰，中自诛褒妲’，用意忠厚，立论精当乃如此!”② 清贺贻孙《诗筏》说：“不闻夏殷衰，中自诛褒妲。’能道人所不敢道，而回护自深。”③ 所谓道人所不敢道者，即比杨妃为褒、妲，则君王自是昏君矣；但说成毕竟夏商三代昏君不曾自诛女宠，而今上尚能及时诛奸臣与妖姬，则又是回护深矣。这里的用意忠厚，立论精当，如果不是这样用典，是难以表达的。这可以见出用典有时是简洁而精当的表达议论所必要采取的修辞方法。

（四）写景咏物诗，摹写景物之外，如果也用切合此景此物的事典或语典，可以使语言更精炼，可以在有限的字句空间内包含最大的讯息量，则能拓展意境，丰富诗的内容和情趣。

写景咏物的诗，如果能够如钟嵘所说“皆由直寻”，不用典故，善于摹写景物，如梅尧臣所主张的“状难写之景如在目前，

---

① 见［宋］罗大经撰《鹤林玉露》卷六，中华书局1983年版，第341页。

② ［明］何孟春《余冬诗话》（王云五主编《丛书集成初编》本），商务印书馆1936年版，第14页。

③ 郭绍虞编选，富寿荪校点《清诗话续编》，上海古籍出版社1983年版，第1册，第170页。

含不尽之意见于言外”①，那当然是高手佳作，自然应该是写景咏物诗所努力追求的高标准，高境界。梅尧臣向欧阳修发此议论，欧阳修请梅尧臣举例，梅氏所举例是严维“柳塘春水漫，花坞夕阳迟”，以及温庭筠和贾岛各两句诗，都是不用典故而善写景寄意的例子。其实杜甫写景咏物诗多半是符合这样的高标准、达到这样高境界的，欧阳修所记是梅尧臣一时应答，而未能举及杜诗例。我们这里要说的是景物诗用典的问题，杜甫不用典故的景物诗就也不举例了。而杜甫在写景咏物诗中有时用典，其实也是追求“状难写之景如在目前，含不尽之意见于言外”的效果的一种手法。

例如杜甫《望岳》：

岱宗夫如何？齐鲁青未了。
造化钟神秀，阴阳割昏晓。
荡胸生层云，决眦入归鸟。
会当凌绝顶，一览众山小。②

前六句极力形容眺望泰山的情景，真能“状难写之景如在目前”；末二句用《孟子·尽心上》“孔子登东山而小鲁，登泰山而小天下”语意，既是泰山故事，自然贴切，也“含不尽之意见于言外”。

① ［宋］欧阳修《六一诗话》述引梅尧臣语，见［清］何文焕辑《历代诗话》，中华书局1981年版，上册，第267页。

② 《全唐诗》卷二百十六，中华书局点校本，第7册，第2253页。

再例如《瞿塘两崖》：

三峡传何处？双崖壮此门。
入天犹石色，穿水忽云根。
猱玃须髯古，蛟龙窟宅尊。
羲和冬驭近，愁畏日车翻。①

也是前六句极力形容刻画，末二句用典。宋赵次公《杜诗先后解》曰：

《淮南子》注云："日乘车，驾以六龙，羲和为之驭。"故末句云："羲和冬驭近，愁畏日车翻。"以山之高，故日去之近。然冬日景短，故畏其车翻去。日车翻字，李尤《歌》曰："安得猛士翻日车。"尤之言翻，则翻之使回；今公言翻，则日翻而去也。②

浦起龙《读杜心解》解全首曰："极状山高江险。三、四警绝。五、六，假物以助威。结言日行亦且危之。极力刻画之作。'冬驭'向南而渐低，夔峡在南而绝高，故曰'近'。"③

① 《全唐诗》卷二百二十九，中华书局点校本，第7册，第2507页。

② ［唐］杜甫著，［宋］赵次公注，林继中辑校《杜诗赵次公先后解辑校》，上海古籍出版社1994年版，下册，第1168~1169页。

③ ［清］浦起龙著《读杜心解》，中华书局1981年版，第2册，第520页。

清杨伦《杜诗镜铨》曰："结语更奇，并剔出高险两面。"①而结语正是由于用典才"更奇"。

上举两例用典都在末二句，但用典也并不是都定格在末句。杜甫律诗除有尾联用典外，首联、颔联和颈联，也都有用典的例子。此举一例，杜甫居成都草堂时所作五律《朝雨》：

凉气晓萧萧，江云乱眼飘。
风鸳藏近渚，雨燕集深条。
黄绮终辞汉，巢由不见尧。
草堂樽酒在，幸得过清朝。②

这首诗的第五、六句（颈联）用典，"黄绮"，夏黄公、绮里季，与东园公、角里先生并称"四皓"（年皆八十余、须眉皓白的老人），为汉初高士。高祖知其贤，尝召求之而不应，隐于山中。后高祖欲废太子，吕后用张良计，迎四皓使辅太子，高祖遂不易太子。事见《史记·留侯世家》。"巢由"，巢父、许由，传说尧时隐士，事见晋皇甫谧《高士传》。仇兆鳌《杜诗详注》曰："上四朝雨之景，下四对雨感怀。凉气、江云，雨势骤来。鸳藏、燕集，禽鸟避雨也。又以古人自况，盖将托草堂于世外欤。"③ 成

① ［唐］杜甫著，［清］杨伦笺注《杜诗镜铨》，上海古籍出版社 1998 年版，下册，第 720 页。

② 《全唐诗》卷二百二十六，中华书局点校本，第 7 册，第 2443 页。

③ ［唐］杜甫著，［清］仇兆鳌注《杜诗详注》，中华书局 1985 年版，第 2 册，第 814 页。

都、夔州都是多雨的地方，杜甫漂泊西南时期，写雨的诗有约 30 首。名篇如《春夜喜雨》等，摹写雨景，或喜或忧，多不用典。这首《朝雨》则不单纯摹写雨事雨景，而从雨中见避雨的禽鸟，引出避世的典故，以古人自况，兴遁世之思。如果不借用典手法，很难白描出这些行藏出处的思绪。

黄庭坚七律《登快阁》：

痴儿了却公家事，快阁东西倚晚晴。
落木千山天远大，澄江一道月分明。
朱弦已为佳人绝，青眼聊因美酒横。
万里归船弄长笛，此心吾与白鸥盟。①

《吕氏春秋·孝行览·本味》："伯牙鼓琴，钟子期听之。方鼓琴而志在太山，钟子期曰：'善哉乎鼓琴，巍巍乎若太山！'少选之间，而志在流水，钟子期又曰：'善哉乎鼓琴，汤汤乎若流水！'钟子期死，伯牙破琴绝弦，终身不复鼓琴，以为世无足复为鼓琴者。"② 这是"朱弦"句所用之事典，寄寓世无知己、怀才不遇的感慨。"青眼"句，用阮籍故事，《晋书·阮籍传》："籍又能为青白眼，见礼俗之士，以白眼对之。及嵇喜来吊，籍作白眼，喜不怿而退。喜弟康闻之，乃赍酒挟琴造焉，籍大喜

---

① ［宋］黄庭坚撰；［宋］任渊等注；刘尚荣校点《黄庭坚诗集注》，中华书局 2003 年版，第 4 册，第 1144 页。

② 《诸子集成》，上海书店出版社 1986 年版，第 6 册，《吕氏春秋》，第 140 页。

悦，乃见青眼。由是礼法之士疾之若仇。”① 后因谓对人重视曰“青眼”“青眸”“青睐”“青盼”，鄙视他人曰“白眼”“眼白”等，都是由这个故事派生的语汇。“白鸥盟”出自《列子·黄帝》：“海上之人有好沤鸟者，每旦之海上，从沤鸟游，沤鸟之至者百住而不止。其父曰：‘吾闻沤鸟皆从汝游，汝取来，吾玩之。’明日之海上，沤鸟舞而不下也。”② 是指人不可以存有机心，一旦有机心，必定表露出来。如果不用典故来表达这三句诗的意思，则是：我空有非凡的才能，却没有遇到一个知己，希望被人赏识的心思已经断绝了；世上的人们都是俗不可耐之辈，我对他们只有轻视，唯有面对美酒时，我才会开怀欢欣；所幸的是，我还保有一颗不去与世人争名夺利而是亲近大自然的纯洁的心。这样多内容就是在“朱弦”“青眼”和“白鸥盟”几个字词中表达出来，语言精炼，而内含的讯息量大，这里只有“用典”，才是最好的表达手段。

（五）取用或化用前人诗文词句，雅化作品词采，添加作品意蕴，从广义上说也是用典，即所谓“语典”。但很多古典诗歌语词因为常用，成为一般诗化的语汇，用在诗词里无须追溯典源，就都读得懂语意，也就已不属于用典了。

唐释皎然《诗式》或是最早试图从有来历的诗语中分别出“非用事”的情形的，《诗式》卷一有《语似用事，义非用事》一段说：

---

① 《晋书》卷四十九，中华书局点校本，第 5 册，第 1361 页。

② 《诸子集成》，上海书店出版社 1986 年版，第 3 册，《列子》，第 21 页。

如康乐公："彭薛才知耻，贡公未遗荣。或可优贪竞，未足称达生。"此中商榷三贤，虽许其退身，不免遗议。盖康乐欲借此成我诗意，非用事也。如《古诗》："仙人王子乔，难可与等期。"曹植诗："虚无求列仙，松子久吾欺。"又，古诗"师涓久不奏，谁能宣我心？"上句言仙道不可偕，次句讬求之无效，下句略似指人，如魏武呼杜康为酒，盖作者存其毛粉，不欲委曲伤乎天真，并非用事也。①

皎然此处想分别的情形，其所举例与其论断又并非思理清晰。如举谢灵运《初去郡》诗四句，借史籍故事以"成我诗意"，岂不正是"用事"？其四句所含典故还挺丰富，且看李壮鹰注释：

四句见谢灵运《初去郡》。彭：指彭宣，据《汉书》本传云：彭宣于哀帝时曾任大司空，封长平侯。哀帝崩，大司马王莽秉政专权，宣托病辞官，上书乞骸骨归故里。薛：指薛广德，《汉书》本传载：广德于哀帝时为御史大夫，王莽擅政时，上书乞解印归故里。《汉书·叙传》云："广德、当、宣，近于知耻。"颜师古注："言广德、平当、彭宣三人，不苟于禄位，并为知耻也。"贡公：指贡禹，西汉末曾为光禄大夫，哀帝时上书乞归故里，三国时钟会曾作《遗荣赋》赞其品格。贪竞：谓贪婪竞进也，《楚辞·离骚》："众

① ［唐］释皎然著，李壮鹰校注《诗式校注》，齐鲁书社 1986 年版，第 28 页。

皆竞进以贪婪兮，凭不厌乎求索。”达生：通达生命之本也。《庄子·达生》：“达生之情者，不务生之所无以为。”四句意谓：彭、薛、贡因王莽擅政而退身，最高也只是知耻而已，不能说他们完全抛掉了荣华富贵之心。其行为虽优于贪婪竞进之徒，但仍不足以称为达生。①

四句诗包含融合了四五处典故，以成其诗意。皎然还说此“非用事也”，他对于“用事”的界定显然过于狭窄了吧。其下所举《古诗》和曹植诗句，其实也是用典。当然，他说“师涓久不奏”句，看似指古代乐师师涓，其实只是代指琴瑟，就如曹操《短歌行》诗“何以解忧？唯有杜康”，借古之造酒者人名代称酒一样。这样的“存其毛粉”（存其梗概）的借代，并非用事。从古典诗歌的语言实际来看，皎然所举这种借代的例子，实是属于“语似用事，义非用事”的借代修辞手法。

诗句用借代语，常见的借代法有：1. 借事物的部分代整体，例如“潮平两岸阔，风正一帆悬”（王湾诗句），用“帆”代指船；如“谁能将旗鼓，一为取龙城”（沈佺期诗句），用“旗鼓”代指军队；还有如用“蛾眉”代指美貌的女子，用“朱门”代指富贵之家的宅院，等等。2. 借事物的特征代指本体，例如“羲和携两曜，疾走不可遮”（陆游诗句），用“两曜”指日、月；如“岁月一何易，寒暑忽已革”（陆机诗句），用“寒暑”指代一

① ［唐］释皎然著，李壮鹰校注《诗式校注》，齐鲁书社 1986 年版，第 29 页。

年；还有如用“绿”指叶、用“红”指花，用“碧落”指天空，等等。3. 以具体事物代指抽象的事情，例如“当念著白帽，采薇青云端”（杜甫诗句），用“采薇”代指隐遁的生活；还有如用“桑麻”代指农事；用“烽火”“戎马”“干戈”代指战争，等等。

诗句中的借代所借语词，许多最初都出自典籍，也就是说它们是可以追溯“语典”的。但借自典籍又并非都属于用典，或者说很多借代起初虽有典据，后来因成为常用的代称，读者略知其典据，甚或不详其来源，也都很熟悉其所指，这就成为皎然所谓“语似用事，义非用事”一类的借代，如“杜康”代酒，如“布衣”指平民，“轩冕”代官位爵禄或指显贵者，等等。这在古典诗歌中也是很常见的。也有些借代虽常用，但仍须清楚知道其典据原义，才能正确理解此处用它的诗句的含意，这种就仍应属于用典。例如上节举例中杜甫的诗句“当念著白帽，采薇青云端”①，“采薇”虽然诗词里常用，但总要知道它出自《史记·伯夷叔齐列传》，伯夷、叔齐“义不食周粟，隐于首阳山，采薇而食之”的故事，才能知道是代指隐遁的生活。所以，借代还属不属于用典，要看具体情况，未可一概而论。

以上所论是用典的作用，是用典有利于诗歌表达情意和美化诗句的论述。以下谈谈用典也不免会形成的弊端，也是诗歌用典应注意避免的问题。

---

① ［唐］杜甫《别董颋》，《全唐诗》卷二百二十三，中华书局点校本，第7册，第2373页。

“用典”在盛唐李白、杜甫等诗人的诗中，继而在中唐白居易、韩愈等诗人的诗中，都还是适当采用，还没有刻意编排典故以炫耀博学的表现。至晚唐最杰出的诗人李商隐，则表现出大量用典、罗列故事的偏好，当他写作之时，多翻阅书籍，鳞次堆集左右，以致当时人笑说他“獭祭鱼”。李商隐用勤翻书卷的功夫显著增加了诗中用典的密度，其感讽现实的诗，用典以表达其议论或期望，委婉而深切；其言情寄意的诗，用典以寄寓其深情或幽怨，婉丽而朦胧。这是李商隐诗用典成功的一面。李商隐用典佳例，如《重有感》次联：“窦融表已来关右，陶侃军宜次石头。”《安定城楼》尾联：“不知腐鼠成滋味，猜意鸳雏竟未休。”《马嵬二首》其一之“君王若道能倾国，玉辇何由过马嵬”；《筹笔驿》腹联：“管乐有才真不忝，关张无命欲何如。”等等，可谓不胜枚举。

李商隐有些诗中用典，即使典据并不生僻，但用喻何事则难以指实。最著名的例子是七律《锦瑟》：

锦瑟无端五十弦，一弦一柱思华年。
庄生晓梦迷蝴蝶，望帝春心托杜鹃。
沧海月明珠有泪，蓝田日暖玉生烟。
此情可待成追忆，只是当时已惘然。

这首诗是用典并不生僻，而其意何指却众说纷纭的一个最经典的样本。元好问《论诗绝句》曰：“望帝春心托杜鹃，佳人锦瑟怨华年。诗家总爱西昆好，独恨无人作郑笺。”[①] 刘学锴、余恕诚著《李商隐诗歌集解》所集录的“笺评”，从宋代的刘攽，到当代钱锺书，多达42家，猜测解说，可以归类为若干种。各有较多附议者的几种，其一是暗恋某人说，又一是咏瑟声说，又一是悼亡说，又一是自伤身世说，又一是自序其诗说，等等。当然也有认为“莫晓其意”，或谓为“獭祭属对，原其意亦不自解”者。[②] 四十余家笺评，以钱锺书一说为最晚出。钱先生取清人程湘衡谓《锦瑟》为“自题其诗以开集首者”一说，而加以发挥云：

> 自题其诗，开宗明义，略同编集之自序。拈锦瑟发兴，犹杜甫《西阁》第一首：“朱绂犹纱帽，新诗近玉琴”；锦瑟玉琴，殊堪连类。首二句言华年已逝，篇什犹留，毕世心力，平生欢戚，清和适怨，开卷历历。“庄生晓梦迷蝴蝶，望帝春心托杜鹃”；此一联言作诗之法也。心之所思，情之所感，寓言假物，譬喻拟象，如飞蝶征庄生之逸兴，啼鹃见望帝之沉哀，均义归比兴，无取直白。举事宣心，故“托”；旨隐词婉，故易“迷”。此即十八世纪以还，法国德国心理学常语所谓“形象思维”；以“蝶”与“鹃”等外物形象体示“梦”与“心”之衷曲情思。“沧海月明珠有泪，蓝田日暖玉生烟”；此一联言诗成之风格或境界，如司空图所形容

---

① 引自刘学锴、余恕诚著《李商隐诗歌集解》，中华书局1988年版，第3册，第1423页。

② 参见刘学锴、余恕诚著《李商隐诗歌集解》，中华书局1988年版，第3册，第1422~1434页。

之《诗品》。《博物志》卷九《艺文类聚》卷八四引《搜神记》载鲛人能泣珠，今不曰“珠是泪”，而曰“珠有泪”，以见虽化珠圆，仍含泪热，已成珍玩，尚带酸辛，具宝质而不失人气；“暖玉生烟”，此物此志，言不同常玉之坚冷。盖喻己诗虽琢炼精莹，而真情流露，生气蓬勃，异于雕绘夺情、工巧伤气之作。若后世所谓“昆体”，非不珠光玉色，而泪枯烟灭矣！珠泪玉烟亦正以“形象”体示抽象之诗品也。①

钱锺书先生于中外文学博学多识，不仅杰出于伦辈，更是后来者所难企及。钱先生论《锦瑟》一诗自成一家言，亦为诸多专家学者所信从。我们在此讲论用典，只想提出关于“沧海月明珠有泪”句所据典故的问题。钱先生所采“鲛人泣珠”故事，是沿清人如朱鹤龄等注，而商隐此句实无关于“鲛人泣珠”典故。其实以“玉”对“珠”，以“沧海珠”与“蓝田玉”两个意象属对，并不是李商隐的创造，而是化用前人诗赋的既有意象。《荀子·劝学》已有“玉在山而草木润，渊生珠而崖不枯”的比喻，② 陆机《文赋》“石蕴玉而山辉，水怀珠而川媚”③，即用

---

① 按：钱锺书此节论说，最先是周振甫著《诗词例话》1979 年的修改版补充的《形象思维》一节里引用钱锺书先生提供的未刊稿，见其书第 18~19 页。此处所引即据《诗词例话》。钱锺书著《谈艺录（补订本）》，中华书局 1984 年出版，此节论说添入补订，见其书第 433~438 页，行文不尽同于原提供给周振甫先生的未刊稿，解诗说法未变。

② 梁启雄《荀子简释》，中华书局 1983 年版，第 7 页。

③ ［晋］陆机《文赋》，梁萧统编、唐李善注《文选》卷一七，中华书局 1977 年影印清胡克家刻本，第 242 页。

《荀子》的典故为对句。唐代与诗仙李白有交往的魏万，存世诗作仅一首《金陵酬李翰林谪仙子》，其开篇曰："君抱碧海珠，我怀蓝田玉。各称希代宝，万里遥相烛。"① 杜甫诗也有对句云"盈把那须沧海珠，入怀本倚昆山玉"②。李商隐诗的运思遣词都深受杜甫影响，其例甚多。《锦瑟》"沧海"一联，显然也应是参照魏万及杜甫诗语而得句。至于李商隐诗句写成"珠有泪"，虽加"泪"字，与"鲛人泣珠"也并无关联。钱锺书先生也感觉到不相关，故又作一番弥缝。其实沧海有珠，而诗人于造句之际想象为"珠有泪"，以对下句"玉生烟"，正无须以"鲛人泣珠"（鲛人泣泪为珠，而非珠有泪）为典据。正如"庄生晓梦迷蝴蝶"句用庄周梦蝶故事，而《庄子·齐物论》原文但云"昔者庄周梦为胡蝶"③，并未言"晓梦"，诗人临文写成"晓梦"以对望帝之"春心"，亦无须别寻典据矣。

李商隐作诗偏爱用典，有时不免罗列堆砌，如编类书条目，立意已不在言志抒情，又是其偏失的一面。例如七律《泪》：

永巷长年怨绮罗，离情终日思风波。
湘江竹上痕无限，岘首碑前洒几多。
人去紫台秋入塞，兵残楚帐夜闻歌。

① 《全唐诗》卷二百六十一，中华书局点校本，第8册，第2905页。

② 《暮秋枉裴道州手札率尔遣兴寄近呈苏涣侍御》，《全唐诗》卷二百二十三，中华书局点校本，第7册，第2381页。

③ 王先谦注《庄子集解》，上海书店出版社《诸子集成》1986年版，第3册，第18页。

朝来灞水桥边问，未抵青袍送玉珂。①

句句是与“泪”有关的故事，但究竟要表达什么主旨呢？虽然历来诗话多有为之疏解且予称道者，但批评者也多。如果说结联两句是一篇主题，前六句中用典都是兴比，则是说古来落泪伤心事都“未抵青袍送玉珂”，商隐恐也不至于如此不分轻重。其实最后二句也还是罗列一项“泪”的故事而已。通篇就只是堆砌“泪”的典故，这又成为钟嵘曾批评的“文章殆同书抄”了。

宋范晞文《对床夜语》卷三说：“诗用古人名，前辈谓之点鬼簿，盖恶其为事所使也。……李商隐集中半是古人名，不过因事造对，何益于诗？至有一篇而叠用者，如《茂陵》云：‘玉桃偷得怜方朔，金屋修成贮阿娇。谁料苏卿老归国，茂陵松柏雨萧萧。’此犹有微意。《牡丹》诗云：‘锦帏初见卫夫人，绣被犹堆越鄂君。石崇蜡烛何曾剪，荀令香炉可待熏。’不切甚矣。”②

李商隐诗堆砌典故、夸耀学问的一面，在宋初“西昆体”诗人杨亿（大年）、刘筠（子仪）、钱惟演（文僖）等人的创作中更成为一种崇尚。“西昆体”堆砌典故的诗一般都很像李商隐七律《泪》或《牡丹》这种样子。北宋刘攽《中山诗话》记载了一个时人嘲诮“西昆体”诗人一味模仿李商隐的故事：

---

① 《全唐诗》卷五百四十，中华书局点校本，第16册，第6196页。

② 丁福保辑《历代诗话续编》，中华书局1983年版，上册，第428~429页。

> 祥符天禧中，杨大年、钱文僖、晏元献、刘子仪以文章立朝，为诗皆宗尚李义山，号“西昆体”，后进多窃义山语句。赐宴，优人有为义山者，衣服败敝，告人曰：“我为诸馆职挦扯至此。”闻者欢笑。①

清姚鼐选编《今体诗钞》于《序目》中说：“西昆诸公之拟玉溪，但学其隶事耳，殊滞于句下，都成死语。”② “隶事”即“用事”，即引用典故。

杨亿、钱惟演等都是学问渊博的人，作诗爱用典故，既有模仿李商隐的兴趣的一面，也有欲免于只会描摹眼前景物之浅薄的用心一面。年辈紧随钱惟演等人之后的欧阳修《六一诗话》中说：

> 杨大年与钱、刘数公唱和，自《西昆集》出，时人争效之，诗体一变。而先生老辈患其多用故事，至于语僻难晓，殊不知自是学者之弊。如子仪《新蝉》云：“风来玉宇乌先转，露下金茎鹤未知。”虽用故事，何害为佳句。又如：“峭帆横渡官桥柳，叠鼓惊飞海岸鸥。”其不用故事，又岂不佳乎？盖其雄文博学，笔有余力，故无施而不可。非如前世号为诗人者，区区于风云草木之类，为许洞所困者也。③

---

① ［清］何文焕辑《历代诗话》，中华书局1981年版，上册，第287页。

② ［清］姚鼐编选，曹光甫标点《今体诗钞》，上海古籍出版社1986年版，《序目》第3页。

③ ［清］何文焕辑《历代诗话》，中华书局1981年版，上册，第270页。

多用故事会形成语僻难晓的弊端，但不用故事而只“区区于风云草木之类”，景物有限，诗意也难免流于浅泛。“为许洞所困”的故事也见载于欧阳修《六一诗话》：

> 国朝浮图，以诗名于世者九人，故时有集号《九僧诗》，今不复传矣。余少时闻人多称之。……当时有进士许洞者，善为词章，俊逸之士也。因会诸僧分题，出一纸约曰：“不得犯此一字。”其字乃“山、水、风、云、竹、石、花、草、雪、霜、星、月、禽、鸟”之类，于是诸僧皆阁笔。①

显然欧阳修是认为作诗如果如宋初九僧“区区于风云草木之类”，此外别无材料，则诗的内容总不免太受局限。诗人富于学问而作诗善于用典，则能到“无施而不可”的境界。欧阳修对于用典的利弊两面都有认识，而对于用典的有利的一面又是充分肯定的。

欧阳修是开创宋代诗文新风格的一代宗师，其后王安石、苏轼、黄庭坚等，有宋一代诗文大家，对于用典都十分娴熟，进而十分讲究用典的精巧和渊博。他们用典精巧的例子，在宋人诗话里就为人津津乐道，其后明清诗话也往往列举推重。当然也有专就宋诗用典而加以批评者，如严羽《沧浪诗话·诗辨》曰：

---

① ［清］何文焕辑《历代诗话》，中华书局1981年版，上册，第266页。

> 诗者，吟咏情性也。盛唐诸人惟在兴趣，羚羊挂角，无迹可求。故其妙处透彻玲珑，不可凑泊，如空中之音，相中之色，水中之月，镜中之象，言有尽而意无穷。近代诸公乃作奇特解会，遂以文字为诗，以才学为诗，以议论为诗。夫岂不工？终非古人之诗也。盖于一唱三叹之音，有所歉焉。且其作多务使事，不问兴致，用字必有来历，押韵必有出处，读之反复终篇，不知着到何处。其末流甚者，叫噪怒张，殊乖忠厚之风，殆以骂詈为诗。诗而至此，可谓一厄也。①

其后，明清时代诗评家关于用典利弊的议论，也不外是主张用典当用在必要用处，要用意恰当，语如己出；不要有意逞博，填塞堆砌，湮没情意。

当代人作旧体诗，用典的利弊问题也不断有讨论。学诗有悟而肯用功者都会认同，“用典”是古典诗歌创作有时必须借助的修辞方法。作诗抒情咏怀，如能不“掉书袋”，不用典，当然好。但有时是为表达的需要不得不用，则不应一味排斥用典，关键是要用得适当，要看如何用法。

第三节　用典的方法

讲用典的方法，还要先明确一下，我们并不赞同从胡适先生

---

① ［宋］严羽著，郭绍虞校释《沧浪诗话校释》，人民文学出版社 1983 年版，第 26 页。

肇端，现在也有一些论者仍然采用的从“用事”（用典）概念中排除本来包括的多种方式，把“用典”语义辨析界定得很窄的做法。那样的收缩界定可以算是现代修辞学的新观点，其中还存在对于古代语词并非正确的理解与臆说，因而多不符合历来文论诗话中使用它的实际。相关问题，我们在此不多论辩。我们仍按历来对于“用事”的广义的理解，即如《文心雕龙·事类》所谓“明理引乎成辞，征义举乎人事”的概括，也参照《现代汉语词典》“典故”是“诗文里引用的古书中的故事或词句”的一般释义，依据历代诗话有关“用事之法”的谈论和归纳，有拣择地讲述几种主要的用典方法。

宋以后历代诗话，在谈论用典的利弊之外，也多有关于“用事之法”的揭示、归纳和析论。参阅前人诗话关于“用典之法”的讲求论述，既有益于我们理解和欣赏古典诗歌中的用典，也可以帮助我们学习在诗歌创作中适当而巧妙地用典。

但古人诗话议论“用事之法”，多数是就具体的用例解释评议，不仅各人即兴说到的“用事之法”的名目，集合来看，可能分门称名的标准并不一致；而且有些评诗者自己集中来归类评说各种“用事之法”，往往也不是依据一致的标准来列举类名。例如黄彻《䂬溪诗话》较早谈论“用事”和“用事之法”，涉及“用经书语”和“用史语”，“暗用”，用事与造语“总合其语”等。[①] 杨万里《诚斋诗话》谓“用古人语而不用其意，最为妙

① ［宋］黄彻《䂬溪诗话》十卷，丁福保辑《历代诗话续编》，中华书局 1983 年版，上册，第 343~404 页。

法”，又论及“翻案法”，“用经语”，“用古人句律而不用其句意”之“夺胎换骨”法等。[①] 其他还有所谓“僻事实用，熟事虚用”（宋姜夔《白石道人诗说》）[②]，有“借用”“活用”（元陈绎曾《诗谱》）[③]，名目繁多，一般都是即兴随笔成说。

明代胡应麟《诗薮》一则曰：

> 杜用事门目甚多。姑举人名一类：如“清新庾开府，俊逸鲍参军”，正用者也；“聪明过管辂，尺牍倒陈遵”，反用者也；“谢氏登山屐，陶公漉酒巾”，明用者也；“伏柱闻周史，乘查似汉臣”，暗用者也；“举天悲富骆，近代惜卢王”，并用者也；“高岑殊缓步，沈鲍得同行”，单用者也；“汲黯匡君切，廉颇出将频”，分用者也；“共传收庾信，不比得陈琳”，串用者也。至“对棋陪谢傅，把剑觅徐君”，“侍臣双宋玉，战策两穰苴”，“飘零神女雨，断续楚王风”，“晋室丹阳尹，公孙白帝城”，锻炼精奇，含蓄深远，迥出前代矣。[④]

这里所列用事门目有正用、反用，明用、暗用，并用、单

① ［宋］杨万里《诚斋诗话》一卷，丁福保辑《历代诗话续编》，中华书局 1983 年版，上册，第 135～160 页。

② ［清］何文焕辑《历代诗话》，中华书局 1981 年版，下册，第 680 页。

③ ［元］陈绎曾《诗谱》，张健编著《元代诗法校考》，北京大学出版社 2001 年版，第 350 页。

④ ［明］胡应麟撰《诗薮》卷四，中华书局 1958 年版，第 63 页。

用，分用、串用，共4组8种，比较此前的随笔涉论，有了较成系统归纳分析的倾向。但“正用、反用”一组，是按用事的态度为准划分的；“明用、暗用”、“并用、单用”和“分用、串用”三组，又各是按用事方式划分。这样在逻辑上仍不是标准一致的分别门类，后三组的六种用法，就都既可以是“正用”，也可以是“反用”。

即使是现今所见诗法类著述，讲用典方法，大致也都还是沿用历来诗话较多说到的正用、反用、明用、暗用等名目，表现出一种话语的惯性。

我们虽然感觉到用事之法门类划分依据的标准不尽一致，但我们这里为便于讲论，依据《文心雕龙·事类》先分别为“举乎人事”和“引乎成辞”两大类，仍参取众说，各列几种方法，举例讲述。用事之法虽变化多端，举其概要，可以隅反。

一、举乎人事

在“举乎人事”这一类中，我们参照历代诗话择其要者，列述明用、暗用、翻用（翻案、反用、借用、活用）等用典方法。

（一）明用

凡诗句中出现典故的关键词，使人一看就知道是用的什么典故，知其比方的意味，即为明用。如杜甫五律《春日忆李白》前四句：“白也诗无敌，飘然思不群；清新庾开府，俊逸鲍参军。”起二句盛赞李白“诗无敌”，颔联随即明用南北朝大诗人庾信诗的“清新”和鲍照诗的“俊逸”来比方李白诗的风格。如果只是直说李白诗“清新、俊逸”，不免流于一般形容；而用人所熟知的庾信与鲍照诗的风格来比喻，则具体显明。进而这两句不仅明确了李白诗的风格，同时还指明李白诗既包含有庾信和鲍照诗的影响，又兼具庾、鲍二人的风格，青出于蓝，后来居上。两句诗十个字，给予李白诗精确的风格品评和诗史渊源与成就的评价，如此“征义举乎人事”的用典，很能显示用典所特具的作用。

乾元元年杜甫有五律《奉赠王中允维》诗，颔联“共传收庾信，不比得陈琳”。《杜诗详注》注曰：“《梁书》：侯景之乱，简文帝使庾信营于朱雀航。景至，信以众奔江陵。元帝承制除信御史中丞。《魏志》：陈琳避难冀州，袁绍使典文章。袁氏败，琳归太祖，太祖谓曰：‘卿昔日为本初移书，但可罪状孤而已，何乃上及父祖耶？’琳谢罪，太祖爱其才，不之责。”又附录“黄生曰：三四用古人影掠，故叙事无痕。凡诗，写景易而叙事难，叙事直致而拖沓，缘无少陵万卷书、如神笔耳。”[①]《杜诗镜铨》此诗后附录“王右仲曰：此诗直是王维辨冤疏。”[②] 三四两句正是用事为比，为王维做了理由正当的辨冤回护。

李商隐七律《安定城楼》前四句：“迢递高城百尺楼，绿杨枝外尽汀洲。贾生年少虚垂泪，王粲春来更远游。”贾生，汉贾谊。《汉书·贾谊传》：“是时，谊年二十余，最为少。……文帝说之，超迁，岁中至太中大夫。”文帝后令贾谊为其少子梁怀王太傅，“数问以得失”。谊上《陈政事疏》，有曰：“臣窃惟事势，可为痛哭者一，可为流涕者二，可为长太息者六，若其它背理而

---

① ［唐］杜甫著，［清］仇兆鳌注《杜诗详注》卷六，中华书局 1995 年版，第 2 册，第 454~455 页。

② ［唐］杜甫著，［清］杨伦注《杜诗镜铨》卷四，上海古籍出版社 1998 年版，上册，第 185 页。

伤道者，难遍以疏举。”[①]《三国志·魏书·王粲传》：“年十七，司徒辟，诏除黄门侍郎，以西京扰乱，皆不就。乃之荆州依刘表。”[②]《文选》卷十一录王粲《登楼赋》，作于荆州当阳县城楼，写念乱忧离、眷眷怀归之情。李商隐诗颔联两句以贾谊、王粲自比，明确告诉读者用贾谊垂涕、王粲远游的典故。贾谊献策，王粲登楼，都在青春年少，与作者相似；才高志远而不得施展，也正相同。

宋以后诗话多有认为用典“明用不如暗用”之论，但从杜甫诗的用典情形来看，他明用典故的诗句甚多，并没有少采明用多取暗用的倾向。胡应麟《诗薮》说：“杜甫用事错综，固极笔力，然体自正大，语尤坦明。晚唐宋初，用事如作迷。苏如积薪，陈如守株，黄如缘木。”[③] 晚唐宋初，主要是指李商隐和宋初西昆体诗人。对于李商隐至苏、黄等诗人用事的批评，是就他们用事偏失的一面而言；他们在诗歌用事方面的探索，当然也有其推陈出新的一些贡献。而胡应麟推尊杜甫用事的“体自正大，语尤坦明”，允为的论。

我们再举杜甫明用典故的一些诗句来看：

东晋大诗人陶渊明弃官归隐，爱酒，爱菊花。《宋书·陶潜传》云：“尝九月九日无酒，出宅边菊丛坐久，值（王）弘送酒至，即便就酌，醉而后归。”[④] 杜甫诗中一再咏到陶渊明、菊花与

① 《汉书》卷四十八，中华书局点校本，第8册，第2230页。
② 《三国志》卷二十一，中华书局点校本，第3册，第597~598页。
③ ［明］胡应麟撰《诗薮》卷四，中华书局1958年版，第62页。
④ 《宋书》卷九十三，中华书局点校本，第8册，第2288页。

酒的故事，都是明用典故。例如："每恨陶彭泽，无钱对菊花。如今九月至，自觉酒须赊。"(《复愁十二首》其十一)；"篱边老却陶潜菊，江上徒逢袁绍杯。"(《秋尽》)；"优游谢康乐，放浪陶彭泽。吾衰未自由，谢尔性所适。"(《石柜阁》)。杜诗中的陶渊明，有时就是借喻自身，有时则是心向往之的偶像，也还是寄寓着自己的情怀。

杜甫明用古人名字的诗句甚多，用古贤才高士来比况他人，或自比以表明其为人的志趣。其中含有自比之意所咏及的人物，除陶渊明外，还有匡衡、刘向，谢灵运、谢安，诸葛亮、庞德公，等等；他以"方驾曹刘不啻过"称赞高适的诗才，以"管乐有才真不忝"赞扬諸葛亮的才干等，都是明用典故的例子。

即使是前节说到的李商隐七律《锦瑟》，虽然其主旨后世难得一致的理解，但其中用事如庄周梦蝶、望帝春心，以及沧海珠泪、蓝田玉烟，却也都是明用。明用典故却营造了包含多义的意境，不论人们如何诠释《锦瑟》，共同的一点是都认为它是佳作，是李商隐的代表作。从这一例来说，认为用事"明用不如暗用"的说法，可知未可以为确论。

（二）暗用

所谓"暗用"，即字面上看不出用典的痕迹，撷取典故所表达的意思的一部分，融入自己的行文议论之中，好像典故不是前人而是自己的创造一般，也就是所谓"用事不使人觉"。《颜氏家训·文章》：

沈隐侯曰："文章当从三易：易见事，一也；易识字，

> 二也；易读诵，三也。”邢子才常曰：“沈侯文章，用事不使人觉，若胸臆语也。”深以此服之。①

沈约的“文章三易”说，“易见事”是指诗文所写之事要明确、不要模糊，而不是在论“用事”；“易识字”是避免用生僻字；“易读诵”主要应指声韵抑扬有调，即对于四声的布置运用的讲究。沈约这里并未涉及诗文用事的问题。邢邵称赞沈约文章“用事不使人觉”，是专论“用事”，而表达了对于“用事之法”和“用事”的造诣的一种祈向。

“用事不使人觉”，即暗用典故而语意犹明，不知其中用事者并不妨碍读解，能知其中用事者，则更能品味其中含义。能如此用事，为历代诗话所崇尚，致有“明用不如暗用”之说。前节已说明用未必不如暗用，但宋以后又确有偏重“暗用”的倾向。

李白绝句《秋下荆门》：

> 霜落荆门江树空，布帆无恙挂秋风。
> 此行不为鲈鱼鲙，自爱名山入剡中。②

“布帆无恙”是一路平安的意思，语出《世说新语·排调》“顾长康作殷荆州佐，请假还东。尔时例不给布帆，顾苦求之，

① 王利器撰《颜氏家训集解》，中华书局1993年版，第272页。
② 《全唐诗》卷一百八十一，中华书局点校本，第6册，第1844页。

乃得。发至破冢，遭风大败。作笺与殷云：‘地名破冢，真破冢而出。行人安稳，布帆无恙。’”① “鲈鱼鲙（脍）”，语出《世说新语·识鉴》之“张季鹰辟齐王东曹掾，在洛见秋风起，因思吴中莼菜羹、鲈鱼脍，曰：‘人生贵得适意尔，何能羁宦数千里以要名爵！’遂命驾便归。”② 后因以“鲈鱼脍”为思乡赋归的典故。但李白在这里用布帆无恙、鲈鱼脍典故，并不是把自己比作顾恺之和张翰（季鹰），而用来写的就是李白自身的行事。

李白的拗体七绝《山中与幽人对酌》：

两人对酌山花开，一杯一杯复一杯。
我醉欲眠卿且去，明朝有意抱琴来。③

第三句“我醉欲眠卿且去”，如果知道是用《宋书·陶潜传》“贵贱造之者，有酒辄设，潜若先醉，便语客：‘我醉欲眠，卿可去。’其真率如此”的故事④，趣味自多；若不知是用典，也不妨碍诗意的理解，就当是李白自己说的，也径见其真率。暗用典故的妙处，这首诗尤其显著。

---

① ［南朝宋］刘义庆著，［南朝梁］刘孝标注，余嘉锡笺疏，周祖谟等整理《世说新语笺疏（修订本）》，上海古籍出版社 1995 年版，第 817 页。

② ［南朝宋］刘义庆著，［南朝梁］刘孝标注，余嘉锡笺疏，周祖谟等整理《世说新语笺疏（修订本）》，上海古籍出版社 1995 年版，第 393 页。

③ 《全唐诗》卷一百八十二，中华书局点校本，第 6 册，第 1857 页。

④ 《宋书》卷九十三，中华书局点校本，第 8 册，第 2288 页。

杜甫最善于暗用典故，常常写合无痕，叫人不觉是在用典。例如他的五律《禹庙》：

禹庙空山里，秋风落日斜。
荒庭垂橘柚，古屋画龙蛇。
云气生虚壁，江声走白沙。
早知乘四载，疏凿控三巴。①

《尚书·禹贡》长江流域的扬州、荆州皆有“厥包橘柚锡贡”事项②；《孟子·滕文公下》：“当尧之时，水逆行，泛滥于中国，龙蛇居之，民无所定；下者为巢，上者为营窟。《书》曰：‘洚水警余。’洚水者，洪水也。使禹治之。禹掘地而注之海，驱龙蛇而放之菹，水由地中行，江、淮、河、汉是也。险阻既远，鸟兽之害人者消，然后人得平土而居之。”③ 仇兆鳌认为“此赋忠州禹庙也，移动他处不得。”④ 长江边的忠州自多橘柚之树，禹庙中也应有壁画龙蛇之属。故杜诗颔联“荒庭垂橘柚，古屋画龙蛇”，若不知是用典，自可看作是实写忠州禹庙景物。若知橘柚、龙蛇，又皆用禹事，则愈觉下笔有神。这样用典是非常好的暗用，甚为宋明诗话所乐道。明胡应麟《诗薮》说此二句是“杜用事入

① 《全唐诗》卷二百二十九，中华书局点校本，第7册，第2489页。

② ［清］阮元校刻《十三经注疏》，中华书局影印本1980年版，上册，第149页。

③ 杨伯峻译注《孟子译注》，中华书局1984年版，上册，第154页。

④ ［唐］杜甫著；［清］仇兆鳌注《杜诗详注》，中华书局1979年版，第3册，第1226页。

化处。然不作用事看，则古庙之荒凉，画壁之飞动，亦更无人可著语。此老杜千古绝技，未易追也”①。

杜甫七律用事多为明用，但也有暗用的佳例。例如《送王十五判官扶侍还黔中得开字》：

> 大家东征逐子回，风生洲渚锦帆开。
> 青青竹笋迎船出，白白江鱼入馔来。
> 离别不堪无限意，艰危深仗济时才。
> 黔阳信使应稀少，莫怪频频劝酒杯。②

送王判官奉母归养，首句明用典故，《杜诗详注》引朱注：“曹大家《东征赋》：‘维永初之有七兮，余随子乎东征。’逐子，即随子义也。”三、四句则是暗用故事，《杜诗详注》引《楚国先贤传》：“孟宗最孝，母好食笋，冬月无之，宗入林中哀号，笋为之生。”又《东观汉记》：“姜诗与妇佣作养母，母好饮江水，嗜鱼鲙，俄而涌泉舍侧，味如江水，每旦出双鲤鱼。”杜甫这首分韵送别诗，显为应酬之作，评论者多有贬词。但三、四句用事，却得浦起龙《读杜心解》的回护好评说：

> （此诗）意味殊浅。只三、四句得用事化腐推陈之法，看去但似写景，故妙。若改云“青青孟笋迎船出，白白姜鱼

---

① ［明］胡应麟撰《诗薮》卷四，中华书局1958年版，第62页。

② ［唐］杜甫著；［清］仇兆鳌注《杜诗详注》，中华书局1979年版，第3册，第1019页。

入馔来"，便了无生趣矣。杨慎曰："青青"自好，"白白"近俗，有似童谣"白白一群鹅"之句。愚谓正好在此两字活泼。"江鱼"白白，跳跃闪烁如生，群鹅白白，则呆而俚矣。用修好以攻杜为事，拟非其伦。愿与解人辨之。①

浦起龙假设的改句即为明用典故，"便了无生趣"。而杜甫原句暗用故事，故妙。这个假设确实能帮助我们比较、理解暗用典故的好处。

刘禹锡七律《送蕲州李郎中赴任》：

楚关蕲水路非赊，东望云山日夕佳。
薤叶照人呈夏簟，松花满碗试新茶。
楼中饮兴因明月，江上诗情为晚霞。
北地交亲长引领，早将玄鬓到京华。②

"楼中、江上"两句，一用庾亮故事，《世说新语·容止》："庾太尉在武昌，秋夜气佳景清，使吏殷浩、王胡之之徒登南楼理咏。音调始遒，闻函道中有屐声甚厉，定是庾公。俄而率左右十许人步来，诸贤欲起避之。公徐曰：'诸君少住，老子于此兴复不浅！'因便据胡床，与诸人咏谑，竟坐甚得任乐。"③ 一用谢

① ［清］浦起龙著《读杜心解》，中华书局1981年版，第3册，第630页。
② 《全唐诗》卷三百五十九，中华书局点校本，第11册，第4047页。
③ ［南朝宋］刘义庆著，［南朝梁］刘孝标注，余嘉锡笺疏，周祖谟等整理《世说新语笺疏（修订本）》，上海古籍出版社1995年版，第616页。

朓诗意，谢朓《晚登三山还望京邑》诗有“馀霞散成绮，澄江静如练”名句。刘禹锡用在诗中，读之使人不觉，也是暗用佳例。

宋诗人多称赏“暗用”的用事法，最著名的例子是王安石的绝句《书湖阴先生壁》，诗云：

茅檐长扫净无苔，花木成畦手自栽。
一水护田将绿绕，两山排闼送青来。

钱锺书《宋诗选注》注后二句说：

这两句是王安石的修辞技巧的有名例子。“护田”和“排闼”都从《汉书》里来，所谓“史对史”，“汉人语对汉人语”（叶梦得《石林诗话》卷中、曾季狸《艇斋诗话》）；整个句法从五代时沈彬的诗里来（吴曾《能改斋漫录》卷八），所谓“脱胎换骨”。可是不知道这些字眼和句法的“来历”，并不妨碍我们了解这两句的意义和欣赏描写的生动；我们只认为“护田”“排闼”是两个比喻，并不觉得是古典。所以这是个比较健康的“用事”的例子，读者不必依赖笺注的外来援助，也能领会，符合中国古代修词学对于“用事”最高的要求；“用事不使人觉，若胸臆语也。”（《颜氏家训》第九篇《文章》记邢邵评沈约语）①

① 钱锺书选注《宋诗选注》，人民文学出版社 1994 年版，第 48 页。

钱锺书《宋诗选注》撰著于20世纪50年代，受当时强调文学艺术的“人民性”和“现实主义”等压倒性观念的规约和影响，钱先生在书中对于王安石、苏轼、黄庭坚等最具典型性的宋诗人爱用典故的修辞风尚，一再加以嘲诮苛评，明显有失公允。其实以钱先生的读书之多，对于宋诗的“以学问为诗”、爱驱遣典故，应与他欣赏苏轼的“博喻”一般有兴味的。这也不只是我们的猜测，看他的大著《谈艺录》和《管锥编》，即可知他的兴趣所在。而他称许王安石“一水护田将绿绕，两山排闼送青来”这两句诗“是个比较健康的‘用事’的例子”，就还保留有公允的余地。

（三）翻用（翻案、反用、借用、活用）

《苕溪渔隐丛话》后集卷十九引《艺苑雌黄》云：“文人用故事，有直用其事者，有反其意而用之者。”① 所谓“直用”，或称“正用”，即用故事本义，以传达我诗意。如前面讲到的杜甫赞扬李白的诗谓“清新庾开府，俊逸鲍参军”，这是“明用”，也是“正用”；而称赞王判官奉母孝心的“青青竹笋迎船出，白白江鱼入馔来”，这样“暗用”，也是“正用”。与“正用”相反，“有反其意而用之者”，则为“反用”。郭绍虞据《苕溪渔隐丛话》等书辑《艺苑雌黄》佚文入《宋诗话辑佚》书中，所采辑“文人用故事”这一则，即加标题为“反用故事法”②。

《苕溪渔隐丛话》后集卷十九是在“王黄州”（王禹偁，字

① ［宋］胡仔纂集，廖德明校点，周本淳重订《苕溪渔隐丛话·后集》，人民文学出版社1993年版，第141页。

② 郭绍虞辑《宋诗话辑佚》，中华书局1987年版，下册，第566页。

元之）名下引《艺苑雌黄》之论，并附加自己的议论，原文如下：

《艺苑雌黄》云："文人用故事，有直用其事者，有反其意而用之者。元之《谪守黄冈谢表》云：'宣室鬼神之问，岂望生还；茂陵封禅之书，惟期死后。'此一联每为人所称道，然皆直用贾谊、相如之事耳。李义山诗：'可怜夜半虚前席，不问苍生问鬼神。'虽说贾谊，然反其意而用之矣。林和靖诗：'茂陵他日求遗稿，犹喜曾无封禅书。'虽说相如，亦反其意而用之矣。直用其事，人皆能之；反其意而用之者，非识学素高，超越寻常拘挛之见，不规规然蹈袭前人陈迹者，何以臻此？"苕溪渔隐曰："《艺苑》以元之直用贾谊、相如事，不若李义山、林和靖反用之；然元之是谢表，须直用其事，以明臣子之心，非若作诗可以反意用。此语殊非通论也。"①

王禹偁给皇帝写谢表，必须直用其事而不可"反用"，苕溪渔隐（胡仔）的辩说固无疑义。然而我们看《艺苑雌黄》原文，感觉他是以王禹偁谢表里用贾谊和司马相如之事为"直用其事"的显著例子，来对照陈述所要强调的如李商隐和林和靖诗中"反用"故事的较有难度，其本义似并非是要贬低王禹偁谢表的"直

① ［宋］胡仔纂集，廖德明校点，周本淳重订《苕溪渔隐丛话·后集》，人民文学出版社 1993 年版，第 141～142 页。

用其事”。只是如此顺手拿人们所熟悉和赞赏的王禹偁谢表用例来作对照，难免令人因误会而致诘岂可如此议论“用事”优劣，即如胡仔亟欲加以辩说者。

由故事引出不同于其原意的想法，也不必定都是反其意，则亦不宜概称之为“反用”。杨万里《诚斋诗话》有“翻案法”一说，曰：

孔子程子相见倾盖，邹阳云：“倾盖如故。”孙侔与东坡不相识，乃以诗寄坡，坡和云：“与君盖亦不须倾。”刘宽责吏，以蒲为鞭，宽厚至矣。东坡诗云：“有鞭不使安用蒲。”老杜有诗云：“忽忆往时秋井塌，古人白骨生青苔，如何不饮令心哀。”东坡则云：“何须更待秋井塌，见人白骨方衔杯。”此皆翻案法也。予友人安福刘浚字景明，重阳诗云：“不用茱萸仔细看，管取明年各强健。”得此法矣。①

清吴景旭《历代诗话》卷五十二也列“翻案”一则，先引《艺苑雌黄》“文人用故事”一段，又附自己的论述如下：

吴旦生曰：杜少陵诗：“羞将短发还吹帽，笑倩旁人为正冠。”盖孟嘉以落帽为胜，而杜反欲正冠也。王荆公诗：“茅檐相对坐终日，一鸟不鸣山更幽。”盖王文海有云“鸟鸣

① 丁福保辑《历代诗话续编》，中华书局 1983 年版，上册，第 141 页。

山更幽”，而王亦反之也。然此犹反前事与旧语耳。至于自家语有时异用者，如韦苏州诗：“心同野鹤与尘远，诗似冰壶彻底清。”又送人诗：“冰壶见底未为清，少年如玉有诗名。”黄常明云：“此可为用事之法。”盖不拘故常也。①

“翻案”用事，不必都是“反其意而用之”，只要是“不拘故常”的用法，都归此类。

沈德潜《清诗别裁集》中一再提示并称赞“实事虚用”和“死事活用”（卷二十一，二十五）、“翻用”（卷十三，十七，二十四，二十八，二十九）等，大致也都属于“不拘故常”的用法。故知诗话、诗评中用事之法的名目虽多，其中有些名目其实是异名而同实的。这里只举《清诗别裁集》卷二十九一例，陈灿霖七律《咏橘》：

洞庭朱实饱经霜，信手拈来满座香。
有柚愿教兄弟合，成林休虑子孙忙。
厥包锡贡来天府，作诵留名重楚湘。
但得贞心能不改，纵令移植亦何妨。

第三句下原录“自注：《淮南子》‘槐榆与橘柚合而为兄弟’。”第四句用《三国志·吴书·孙休传》注引《襄阳记》李

① ［清］吴景旭著《历代诗话》，中华书局1960年版，下册，第747页。

衡密于武陵龙阳汜洲上种橘千株以遗子孙故事；第五句用《尚书·禹贡》典故，第六句用屈原作《橘颂》故事。中两联四句用事，都是明用，正用，结二句则从屈原《橘颂》“受命不迁，深固难徙”意翻出，沈德潜评曰：“结意翻得独高。”① 翻用，活用，别出新意，故高。

清方东树《昭昧詹言》卷一“凡学诗之法”一则有言曰：“四曰隶事：陈言，须如韩公翻新用。”② 也是主张“翻用”。

《苕溪渔隐丛话》后集卷二十五引《蔡宽夫诗话》云：

> 荆公尝云：“诗家病使事太多，盖皆取其与题合者类之，如此乃是编事，虽工何益；若能自出己意，借事以相发明，情态毕出，则用事虽多，亦何所妨?”故公诗如“董生只为公羊惑，岂肯捐书一语真”，“桔槔俯仰何妨事，抱瓮区区老此身”之类，皆意与本题不类，此真所谓使事也。③

王安石的“借事以相发明”的说法，也可说是“借用”的意思。元陈绎曾《诗谱》于《五故事》一则列举“正用、反用、借用、暗用、活用”五个名目，其所谓“借用”即是“本不切题，借用一端”；“活用”则是“本非故事，因言及之。此乃用事

① ［清］沈德潜编《清诗别裁集》，中华书局1981年版，下册，第530页。

② ［清］方东树著，汪绍楹校点《昭昧詹言》卷一，人民文学出版社1961年版，第10页。

③ ［宋］胡仔纂集，廖德明校点，周本淳重订《苕溪渔隐丛话》后集，人民文学出版社1993年版，第190页。

之妙”①。陈绎曾另著有《文说》，其中所列《用事法》，对于“借用”的解释稍详曰：“故事与题事绝不类，以一端相近而借用之者也。”②

我们这里把“借用”“活用”，也归入“翻用”一类。

王维《辋川闲居赠裴秀才迪》诗尾联，一般认为是“借用”或曰“活用”的佳例，其诗曰：

寒山转苍翠，秋水日潺湲。
倚杖柴门外，临风听暮蝉。
渡头余落日，墟里上孤烟。
复值接舆醉，狂歌五柳前。③

第七句以接舆比裴迪秀才，第八句以五柳先生陶潜比喻辋川闲居的自己。按：接舆者，春秋楚人，姓陆名通，字接舆。昭王时政令无常，乃被发佯狂不仕，时人称为“楚狂”。孔子适楚，楚狂接舆过孔子车而歌曰：“凤兮凤兮！何德之衰？往者不可谏，来者犹可追。已而，已而！今之从政者殆而！”④ 五柳者，晋陶潜也，潜字渊明，尝为彭泽令，郡遣督邮至，县吏说应束带见之，

① ［元］陈绎曾《诗谱》，张健编著《元代诗法校考》，北京大学出版社2001年版，第350~351页。

② ［元］陈绎曾《文说》，《影印文渊阁四库全书》，上海古籍出版社2003年版，第1482册，第247页。

③ 《全唐诗》卷一百二十六，中华书局点校本，第4册，第1266页。

④ 杨伯峻译注《论语译注》，中华书局1980年版，第193页。

潜叹曰："吾不能为五斗米折腰，拳拳事乡里小人邪！"遂解印弃官归去。其宅边有五柳树，因以自号为五柳先生，尝著《五柳先生传》以自况。[①] 让春秋时代的楚狂接舆到晋代陶渊明的门前去唱《凤歌》，这是借用本不相关的两个故事，来比况表现朋友裴迪和自己的幽闲放旷和淡泊名利。

以上分别举例讲述了明用、暗用、翻用（翻案、反用、借用、活用）等"举乎人事"的几种用典方法，以下讲述"引乎成辞"的几种用典方法。

二、引乎成辞

前面已经讲到，现今有人讲诗歌修辞，用现代学术条分块割的意识主张"引语"不属于"用典"。但因为在古代文论和诗话的主流话语中，"引乎成辞"一直是属于"用事"的，以及在《现代汉语词典》中，"典故"的定义还是"诗文里引用的古书中的故事或词句"。所以我们也还在"用典"这章里来讲讲"引乎成辞"一类的几种方法。

《文心雕龙·事类》篇即以"明理引乎成辞，征义举乎人事"两方面统属于"用事"。刘永济《文心雕龙校释》释义说：

> 文家用典，亦修辞之一法。用典之要，不出以少字明多意。其大别有二：一用古事，二用成辞。用古事者，援古事以证今情也；用成辞者，引彼语以明此义也。援古事以证今情之类，约有四端：一曰直用，二曰浑用，三曰综合，四曰

① 《晋书》卷四十九，中华书局点校本，第8册，第2460~2461页。

> 假设。……用成辞以明此义之类，亦约有四项：一曰全句，二曰隐括，三曰引证，四曰借字。①

前面我们讲“援古事”一类，没有采用刘永济先生书中的“四端”名目，而是仍以古代诗话中较多用的明用、暗用、翻用等类目进行讲述的；这里来讲“用成辞”一类，刘先生所列的四项：全句、隐括、引证、借字，后来诗词里引用成辞的方式大致不外这几种。所以我们以下即依此四项，分别举例来讲述。

（一）全句

刘永济先生于“全句”举例，有“一字不易，几同集句”的例子，即班固《封燕然山铭》之“纳于大麓，维清缉熙”二句，上句出《尚书·舜典》，下句是《诗经·周颂·维清》原句。又有“引用成辞，略加改易。殆为直用全语，嫌于集句，故小变耳”的例子，如潘岳《杨荆州诔》：“鸟则择木，臣亦简君。”前句用《左传·哀公十一年》孔子原话，后句用《孔子家语》记孔子之语，但易“择”为“简”，以避与前句重复“择”字；又沈约《为武帝与谢朏敕》：“不降其身，不屈其志。”刘先生指出是用《论语》“不降其志，不辱其身”，易“辱”为“屈”，又以“身”“志”互易。

古典诗歌中这样直接引古书全句“剪贴”到自己作品中的例子很常见，如我们前面说到过的曹操的《短歌行》诗，就把

---

① ［梁］刘勰著，刘永济校释《文心雕龙校释》，中华书局1962年版，第148~151页。

《诗经·小雅·鹿鸣》开头的“呦呦鹿鸣，食野之苹。我有嘉宾，鼓瑟吹笙”四句，“剪贴”在自己诗中，用得很自然，很妥帖。

宋黄彻《碧溪诗话》卷四有“古人作诗，有用经传全句”一段，所举例如：《文选》卷二十三阮籍《咏怀诗十七首》之十二：“小人计其功，君子道其常。”是用《荀子·天论》“君子道其常，而小人计其功”句，倒其先后而已。白居易《和答诗十首·和阳城驿诗》：“疾恶若《巷伯》，好贤如《缁衣》。”用《礼记·缁衣》：“好贤如《缁衣》，恶恶如《巷伯》，则爵不渎而民作愿，刑不试而民咸服。”《巷伯》，《诗经·小雅》中篇名；《缁衣》，《诗经·郑风》中篇名。杜甫《寄狄明府博济》诗句“谁谓荼苦甘如荠”，用《诗经·邶风·谷风》：“谁谓荼苦，其甘如荠。”又杜甫《丹青引》“富贵于我如浮云”句，用《论语·述而》：“不义而富且贵，于我如浮云。”①

唐宋诗不仅用经典全句，也用六朝人诗句。如南朝谢朓《隋王鼓吹曲·入朝曲》诗起头两句曰：“江南佳丽地，金陵帝王州。”② 唐孟浩然《送袁太祝尉豫章》诗云：“何幸遇休明，观光来上京。相逢武陵客，独送豫章行。随牒牵黄绶，离群会墨卿。江南佳丽地，山水旧难名。”③ 用“江南”全句为尾联出句。文

① 丁福保辑《历代诗话续编》，中华书局 1983 年版，上册，第 363 页。

② 逯钦立辑校《先秦汉魏晋南北朝诗》，中华书局 1983 年版，中册，第 1414 页。

③ 《全唐诗》卷一百六十，中华书局点校本，第 5 册，第 1641 页。

天祥七律《中秋》尾联云："犹是江南佳丽地，徘徊把酒看苍天。"[①] 也在出句引用"江南佳丽地"全句。

宋人词用经史或前人诗句更为多见。著名的例子，如晏几道《临江仙》："梦后楼台高锁，酒醒帘幕低垂。去年春恨却来时。落花人独立，微雨燕双飞。/记得小苹初见，两重心字罗衣。琵琶弦上说相思。当时明月在，曾照彩云归。"[②] 这首词是晏几道的代表作。其中尤其令人称道的"落花"二句，其实却是从五代翁宏五律《春残》诗中取用，翁诗前四句云："又是春残也，如何出翠帏？落花人独立，微雨燕双飞。"[③] 当然，这两句被晏几道用到词里，也被其词烘托得更加令人一读难忘。又如张元干《贺新郎·送胡邦衡待制赴新州》词"天意从来高难问，况人情、老易悲难诉"二句[④]，用杜甫《暮春江陵送马大卿公恩命追赴阙下》诗"天意高难问，人情老易悲"一联[⑤]，略加改易成句。

辛弃疾词最善用古人全句，如《贺新郎》起句"甚矣吾衰矣"[⑥]，用孔子感慨的话，《论语·述而》："子曰：'甚矣吾衰也！久矣吾不复梦见周公！'"[⑦] 又如《南乡子·登京口北固亭有怀》："何处望神州？满眼风光北固楼。千古兴亡多少事，悠悠，

① 北京大学古文献研究所编《全宋诗》卷三五九八，北京大学出版社1991年版，第68册，第43033页。

② 唐圭璋编《全宋词》，中华书局1995年版，第1册，第222页。

③ 《全唐诗》卷七百六十二，中华书局点校本，第22册，第8656页。

④ 唐圭璋编《全宋词》，中华书局1995年版，第2册，第1073页。

⑤ 《全唐诗》卷二百三十二，中华书局点校本，第7册，第2558页。

⑥ 唐圭璋编《全宋词》，中华书局1995年版，第3册，第1914页。

⑦ 杨伯峻译注《论语译注》，中华书局1980年版，第67页。

不尽长江滚滚流。/年少万兜鍪，坐断东南战未休。天下英雄谁敌手？曹刘。生子当如孙仲谋。"① "不尽长江滚滚流"是用杜甫七律《登高》"不尽长江滚滚来"句，改一字以押韵；"生子"句用全句，仲谋，孙权字。《三国志·吴书·孙权传》注引《吴历》："公（曹操）见舟船器仗军伍整肃，喟然叹曰：'生子当如孙仲谋，刘景升儿子若豚犬耳。'"② 又如《八声甘州》："把江山好处付公来，金陵帝王州。想今年燕子，依然认得，王谢风流……"③ 开篇第二句是用前面讲到的谢朓诗"金陵帝王州"全句。

其实，一字不改用全句，是原句正合我用而用之。略加改易，哪怕是只改一字，已经是从我此处选字调声的考虑而作改动，更能显出用典的主动性。这两种如果分别言之，则用全句是剪贴式用典，略加改易则已是化用语典。

（二）隐括

刘永济《文心雕龙校释》举例释"隐括"说：

> 陆机《演连珠》："臣闻弦有常音，故曲终则改；镜无留影，故触形则照。"上句用《文子》："事犹琴瑟，终必改调。"下句用《淮南子》："镜不设形，故能形也。"陆机《文赋》："石蕴玉而山辉，水怀珠而川媚。"二句皆用《荀子》："玉在山而木润，渊生珠而岸不枯"之意。此类用法，

① 唐圭璋编《全宋词》，中华书局1995年版，第3册，第1961页。
② 《三国志》卷四十七，中华书局点校本，第5册，第1119页。
③ 唐圭璋编《全宋词》，中华书局1995年版，第3册，第1876页。

韵文最多，大抵原辞不便属对，故全用其意，而略约其辞以为之也。①

“隐括”的方法是“全用其意，而略约其辞以为之”。例如杜甫七律《宿府》：“清秋幕府井梧寒，独宿江城蜡炬残。永夜角声悲自语，中天月色好谁看？风尘荏苒音书绝，关塞萧条行路难。已忍伶俜十年事，强移栖息一枝安。”② 其尾联即隐括《庄子·逍遥游》“鹪鹩巢于深林，不过一枝”语意。再如杜甫《返照》：“楚王宫北正黄昏，白帝城西过雨痕。返照入江翻石壁，归云拥树失山村。衰年肺病唯高枕，绝塞愁时早闭门。不可久留豺虎乱，南方实有未招魂。”③ 其尾联隐括王粲《七哀诗》“西京乱无象，豺虎方构患”④，以及《楚辞·招魂》：“魂兮归来，南方不可以止些”⑤，造句既用其语，感时伤世，亦用其意。

又如李商隐绝句《昨夜》：“不辞鶗鴂妒年芳，但惜流尘暗烛房。昨夜西池凉露满，桂花吹断月中香。”⑥ 起句隐括屈原《离骚》“恐鶗鴂之先鸣兮，使百草为之不芳”二句意，鶗鴂即杜鹃，杜鹃鸟于暮春时啼鸣，春花将尽，青春即逝矣。

---

① ［梁］刘勰著，刘永济校释《文心雕龙校释》，中华书局1962年版，第149~150页。

② 《全唐诗》卷二百二十八，中华书局点校本，第7册，第2483页。

③ 《全唐诗》卷二百三十，中华书局点校本，第7册，第2529页。

④ 逯钦立辑校《先秦汉魏晋南北朝诗》，中华书局1983年版，上册，第365页。

⑤ ［梁］萧统编，［唐］李善注《文选》卷三十三，中华书局1977年影印版，第473页。

⑥ 《全唐诗》卷五百四十，中华书局点校本，第16册，第6198页。

诚如刘永济先生所说，用隐括方法，韵文最多。多读古人诗词，自能感知，这里就不多举例了。

（三）引证

刘永济《文心雕龙校释》举例释“引证”说：

> 刘孝标《辨命论》：“诗云：‘风雨如晦，鸡鸣不已。’故善人为善，焉有息哉。”此明引成辞，以证为善不息也。同前：“且于公高门以待封，严母扫墓以望丧。此君子所以自强不息也。”此浑引成辞，以证善恶有征，贵能自强不息也。于公事见《汉书·于定国传》，严母事见《酷吏·严延年传》。①

明引原话与浑引成辞，诗词中也都采用。例如陶渊明《癸卯岁始春怀古田舍》其二起四句曰：“先师有遗训，忧道不忧贫。瞻望邈难逮，转欲患长勤。”②《论语·卫灵公》“子曰：‘君子谋道不谋食。耕也，馁在其中矣；学也，禄在其中矣。君子忧道不忧贫。’”③ 陶渊明明引孔子遗训，感慨“瞻望邈难逮”以寄深意。

唐诗人中，李白《金陵城西楼月下吟》诗句：“解道澄江净如练，令人长忆谢玄晖。”即明引谢朓《晚登三山还望京邑》诗中“馀霞散成绮，澄江净如练”一联下句，表达钦佩之情。白居

---

① ［梁］刘勰著，刘永济校释《文心雕龙校释》，中华书局1962年版，第150页。

② 逯钦立校注《陶渊明集》，中华书局1979年版，第77页。

③ 杨伯峻译注《论语译注》，中华书局1984年版，第168页。

易诗中引证的诗句较多，有明引成辞的，如五古《酬吴七见寄》：“尝闻陶潜语，心远地自偏。”① 五律《闲吟二首》其一结句：“忆得陶潜语，羲皇无以过。”② 也有浑引的，如五古《读谢灵运诗》起四句：“吾闻达士道，穷通顺冥数。通乃朝廷来，穷即江湖去。”③ 绝句《读庄子》：“庄生齐物同归一，我道同中有不同。遂性逍遥虽一致，鸾凰终校胜蛇虫。”④ 等等。

宋诗人如苏轼诗中引证，其五古《送参寥师》中数句：“退之论草书，万事未尝屏。忧愁不平气，一寓笔所骋。颇怪浮屠人，视身如丘井。颓然寄淡泊，谁与发豪猛？”⑤ 韩愈《送高闲上人序》论张旭草书说：“往时张旭善草书，不治他技，喜怒窘穷，忧悲愉佚，怨恨思慕，酣醉无聊，不平有动于心，必于草书焉发之。……故旭之书，变动犹鬼神，不可端倪，以此终其身，而名后世。”⑥ 苏轼引韩愈对张旭草书的议论形容，来比喻称赞僧道潜（参寥）的诗歌。苏轼又有引欧阳修成辞的诗句，如五古《僧惠勤初罢僧职》结尾四句：“非诗能穷人，穷者诗乃工。此语信不妄，吾闻诸醉翁。”⑦ 欧阳修（醉翁）《梅圣俞诗集序》说：“予

---

① 《全唐诗》卷四百二十九，中华书局点校本，第13册，第4737页。

② 《全唐诗》卷四百五十一，中华书局点校本，第14册，第5093页。

③ 《全唐诗》卷四百三十，中华书局点校本，第13册，第4742页。

④ 《全唐诗》卷四百五十五，中华书局点校本，第14册，第5150页。

⑤ ［宋］苏轼著，［清］冯应榴辑注，黄任轲、朱怀春校点《苏轼诗集合注》，上海古籍出版社2001年版，第2册，第864页。

⑥ 童第德选注《韩愈文选》，人民文学出版社1980年版，第260~261页。

⑦ ［宋］苏轼著，［清］冯应榴辑注，黄任轲、朱怀春校点《苏轼诗集合注》，上海古籍出版社2001年版，第2册，第551页。

闻世谓诗人少达而多穷。夫岂然哉？盖世所传诗者，多出于古穷人之辞也。……然则非诗之能穷人，殆穷者而后工也。”①

陆游诗也多有引证，如五古《杂兴十首以贫坚志士节病长高人情为韵》其二：“孟子辟杨墨，吾道方粲然。韩愈排佛老，不失圣所传。伐木当伐根，攻敌当攻坚。坐视日月食，孰探天地全？一木信难恃，要忧大厦颠。安得孟韩辈，出为吾党先？”② 孟子辟杨墨，韩愈排佛老，这里都是浑引，孟、韩的思想言论为人们所熟知。又如七律《晚兴》颈联“屈子所悲人尽醉，郦生常谓我非狂”③，明引属对，以自比况。

宋诗人最令人肃然起敬、令人感知崇高悲壮的引证成辞的例子，是文天祥的临刑前留在衣带中的《自赞》：

> 孔曰成仁，孟曰取义。唯其义尽，所以仁至。读圣贤书，所学何事？而今而后，庶几无愧。④

《论语·卫灵公》：“子曰：‘志士仁人，无求生以害仁，有杀身以成仁。’”⑤《孟子·告子上》：“生亦我所欲也，义亦我所欲

① 陈必祥编撰《欧阳修散文选集》，上海古籍出版社 1997 年版，第 290 页。

② ［宋］陆游著，钱仲联校注《剑南诗稿校注》，上海古籍出版社 1985 年版，第 6 册，第 3097 页。

③ ［宋］陆游著，钱仲联校注《剑南诗稿校注》，上海古籍出版社 1985 年版，第 4 册，第 1679 页。

④ 《宋史》卷四百一十八《文天祥传》，中华书局点校本，第 36 册，第 12541 页。

⑤ 杨伯峻译注《论语译注》，中华书局 1984 年版，第 163 页。

也；二者不可得兼，舍生而取义者也。”① 文天祥以绝不降元而从容就义，用牺牲生命完成了儒家所崇尚的志士仁人的理想品格。

（四）借字

刘永济《文心雕龙校释》举例释“借字”说：

> 班固《东都赋》：“是以四海之内，学校如林，庠序盈门。”如林二字出《书》“受率其旅若林”，盈门二字出《诗》“烂其盈门”，此但用其字面也。②

用前人诗文中的字词，在写作中是尽量避免用词生造。虽然古来诗文其实是不断“生造”创作的成果，但在已有丰厚的诗文古典的背景上，诗文写作选词用字最好是有先例，如此则既稳妥又典雅，能见出作者学养的深厚。黄庭坚称杜甫诗“无一字无来处”，正是由于杜甫自己所表白乃“读书破万卷，下笔如有神”矣。然而“但用其字面”这一项，多数应只视为普通修辞的讲究，不必全当作用典，除非在用其字面的同时，也含有用其原句意的作用，才有“用典”的性质。

《苕溪渔隐丛话·前集》卷九引《王直方诗话》说：

> 近世有注杜诗者，注“甫昔少年日”，乃引“贾少年”。

---

① 杨伯峻译注《孟子译注》，中华书局 1984 年版，下册，第 265 页。

② ［梁］刘勰著，刘永济校释《文心雕龙校释》，中华书局 1962 年版，第 150 页。

> “幽径恐多蹊”，乃引《李广传》“桃李不言，下自成蹊”。“绝域三冬暮”，乃引东方朔“三冬文史足用”。“寂寂系舟双下泪”，乃引《贾谊传》“不系之舟”。“终日坎壈缠其身”，乃引“孟子少坎坷”。“君不见古来盛名下”，乃引《新唐书·房琯赞》云“盛名之下为难居”。真可发观者一笑。①

这种不管有无联系，只是取一个古代诗文的相同用例为注的问题，其实在清初仇兆鳌《杜诗详注》中依然存在。仇氏如此出注的用意应也不是把不相关的用例都误以为是“语典”出处，而只是用以证明杜甫诗语多有先例而已。仇氏这部“详注”也还有参考的价值。当然，清乾隆时杨伦撰《杜诗镜铨》就以注释精简为特色，以修正前人注释繁芜逞博的偏失。

今人整理诗文古籍，注释典故出处，有时也还有把不相关的用例罗列为注的问题。我们读书参阅时，要能辨识，才不至于被误导。

第四节　用典的宜忌

以上三节，我们论述了用典是一种修辞的需要，诗歌不用典是不可能的。但用典有利也有弊，用典有多样的方法。学习古典

① ［宋］胡仔纂集，廖德明校点，周本淳重订《苕溪渔隐丛话·前集》，人民文学出版社 1993 年版，第 59 页。

诗歌的创作，要善于用典，要用得恰到好处。那么，用典要注意哪些问题呢？

一、要自然贴切，忌牵强斗凑

用典要自然贴切，浑然天成，不可牵强斗凑。《颜氏家训·文章》引邢邵之言所谓“沈侯文章用事，不使人觉，若胸臆语也，深以此服之”，其意不在强调暗用，而主要是称道用典的自然。上一节讲用典的方法所举例证，也都可以看作用典自然贴切的例子。再看诗话中的谈论，宋蔡居厚《蔡宽夫诗话》一则说：

> 前史称王筠善押强韵，固是诗家要处，然人贪于捉对用事者，往往多有趁韵之失。退之笔力雄赡，务以词采凭陵一时，故间亦不免此患。如《和席八》“绛阙银河晓，东风右掖春”诗终篇皆叙西垣事，然一联云：“傍砌看红药，巡池咏白蘋。”事除柳恽外，别无出处；若是用此，则于前后诗意无相干，且趁蘋字韵而已。然则人亦有事非当用，而炉锤驱驾，若出自然者。杜子美《收京诗》以樱桃对杕杜，荐樱桃事，初若不类，及其云“赏因歌杕杜，归及荐樱桃”，则浑然天成，略不见牵强之迹，如此乃为工耳。①

又如宋《漫叟诗话》一则说：“东坡最善用事，既显而易读，又切当。”举例有《柳氏求字答》诗，称是“天然奇作”②。所举

① 郭绍虞辑《宋诗话辑佚》，中华书局 1987 年版，下册，第 390 页。
② 郭绍虞辑《宋诗话辑佚》，中华书局 1987 年版，上册，第 363 页。

苏轼诗全题是《柳氏二外甥求笔迹二首》，诗为七绝两首，曰：

退笔如山未足珍，读书万卷始通神。
君家自有元和脚，莫厌家鸡更问人。

一纸行书两绝诗，遂良须鬓已如丝。
何当火急传家法，欲见诚悬笔谏时。①

苏轼的柳氏二外甥求他的书迹，他书写了这两首绝句。诗中用到柳氏的典故，“君家自有元和脚”两句，是用唐朝柳宗元和刘禹锡的唱和诗的故事和语词。柳宗元有《殷贤戏批书后寄刘连州并示孟仑二童》诗曰：“书成欲寄庾安西，纸背应劳手自题。闻道近来诸子弟，临池寻已厌家鸡。”②“厌家鸡”的典故出晋何法盛《晋中兴书》所载：庾翼书法曾与王羲之齐名，后来王羲之书法更引人爱好，庾翼不服气，在书信里说：“小儿辈厌家鸡，爱野雉，皆学逸少书，须吾下当北之。”庾翼把自己的书法比喻为家鸡，把王羲之书法比为野雉。然而《世说新语》记后来庾翼终于服膺王羲之书法的造诣。刘禹锡有《酬柳柳州家鸡之赠》诗云：“日日临池弄小雏，还思写论付官奴。柳家新样元和脚，且尽姜芽敛手徒。”③《因话录》记载，柳宗元书法自成一家，在元

① ［宋］苏轼著，［清］冯应榴辑注，黄任轲、朱怀春校点《苏轼诗集合注》，上海古籍出版社2001年版，第2册，第505页。

② 《全唐诗》，中华书局点校本，第11册，第3938页。

③ 《全唐诗》，中华书局点校本，第11册，第4126页。

和时期，后生多学他。[1] 刘禹锡用“柳家新样元和脚”称赞柳宗元书法。苏轼绝句二首，前首“君家自有元和脚”即用刘禹锡诗语指柳宗元书法，后首“欲见诚悬笔谏时”句，则是用柳公权(字诚悬）答唐穆宗问笔法说“用笔在心，心正则笔正”的故事。[2] 用两个著名的柳氏书法典故，勉励爱好书法的柳氏外甥，如此用典，是自然而贴切的最佳范例。当然，这样自然贴切的用典，在苏轼诗中是每每如此的，他获得“最善用事”的赞誉，是实至名归。

诗歌用典要自然贴切，不要牵强为之。《石林诗话》卷上说：“诗之用事，不可牵强，必至于不得不用而后用之，则事词为一，莫见其安排斗凑之迹。”[3] 所举出称道的例子也是苏轼诗句，此略不录。总之，多看苏轼诗歌的用典处，可以受到很多很好的启发。

二、要明白易解，忌生僻难晓

用典是为了含蓄，但含蓄不是含混，也不是要做成谜语。所以，用典要尽可能用一些人人皆知的成为共语的典故，而不要用僻书僻典，这样才能够流畅地表达意思，不至于使读者猜谜或误解。

明胡应麟《诗薮》卷四说：“用事之僻，始见商隐诸篇。宋

① ［唐］赵璘《因话录》卷三。《唐国史补·因话录》，上海古籍出版社 1979 年版，第 84 页。

② 《旧唐书·柳公权传》，中华书局点校本，第 13 册，第 4310 页。

③ ［清］何文焕辑《历代诗话》，中华书局 1981 年版，上册，第 413 页。

初杨、李、钱、刘，愈流绮刻。”① 清黄士龙《野鸿诗的》一则说：“自汉以迄中唐，诗家引用典故，多本之于经、传、《史》、《汉》，事事灼然易晓。下逮温、李，力不能运清真之气，又度无以取胜，专搜汉魏诸秘书，括其事之冷寂而罕见者，不论其义之当与否，擒剥填缀于诗中，以夸耀己之学问渊博。”② 温庭筠、李商隐用典有偏失也有新的探索，此论对于温、李的批评不免过苛，但主张用典应避免冷僻而用灼然易晓的故事，则宜为用典一准则。

古代典籍随时代而不断增添益多，唐人用典以经、传、《史》、《汉》等为主要来源，宋代用典自然已延伸到唐朝故事。明人有认为不可用宋以下之事者，不免为因尚古而自加拘限。但其用心所在还是主张用典宜用读书人普遍都读的经史典籍故事，以便明白易解，这又是合理的。只是对于今人来说，可读的书范围之广大，更是古人所不曾面对的。现在很难要求爱读诗歌者必须有个共同必读的经史古籍的范围，即使是作者以为最明白易晓的典故，在读者也未必一读便知。应对这种问题，一方面是读者要多读书，一方面还需要诗人考虑用典的必要性，能不用则不用。

三、引用要准确，避免误用

南宋魏庆之编《诗人玉屑》，以格法分类，选辑诸家诗话；其卷七“用事”一类，辑录三十几则谈论，其中论用事宜“的

① ［明］胡应麟撰《诗薮》，中华书局 1958 年版，第 62 页。

② ［清］王夫之等撰，丁福保辑《清诗话》，上海古籍出版社 1978 年版，下册，第 891 页。

当”“精确”者数条，而论“误用事”“率尔用事”者亦有多条。可知用典要精确，不要误用，是古人诗话中所反复论说的事情，同时也是学习作诗者须要留意借鉴的问题。

关于用典准确，前面讲用典的方法所举例，都可谓是“的当”“精确”的，这里不再另举。关于“误用事”，《诗人玉屑》引《西清诗话》云：

> 唐人以诗为专门之学，虽名世善用故事者，或未免小误。如王摩诘诗：“卫青不败由天幸，李广无功缘数奇。”“不败由天幸”，乃霍去病，非卫青也。《去病传》云：其军尝“先大将军，军亦有天幸，未尝困绝”。意有“大将军”字，误指去病作卫青耳。李太白“山阴道士如相访，为写黄庭换白鹅”，乃《道德经》，非《黄庭》也。逸少尝写《黄庭经》与王修，故二事相紊。杜牧之尤不胜数。前辈每云：用事虽了在心目间，亦当就时讨阅，则记牢而不误。端名言也。①

王维《老将行》“卫青不败由天幸”一句，典据《史记·卫将军骠骑传》：“大将军卫青者，平阳人也。……大将军姊子霍去病……为骠骑将军……然亦敢深入，常与壮骑先其大军，军亦有天幸，未尝困绝也。”② 上引诗话以为“误用事”。现代高步瀛

---

① ［宋］魏庆之编，王仲闻校勘《诗人玉屑》卷七，中华书局1961年版，上册，第157页。

② 《史记》卷一百一十一，中华书局点校本，第9册，第2921～2931页。

《唐宋诗举要》认为："此诗以天幸指卫青，盖借用。"① 而现代注家也仍有以为误用者。又有如陈贻焮先生的一种理解曰："列传中霍去病的事迹紧接于卫青的事迹之后，既说霍去病'亦有天幸'，似有谓卫青'有天幸'之意；说'卫青不败由天幸'，也可能由于诗人对此作如此理解所致。"②

李白的"山阴道士"两句，出绝句《送贺宾客归越》。其中用事是否"误用"，历来也多争议，可以参阅瞿蜕园、朱金城二氏《李白集校注》注释的列举和讨论，此不具引。

总之，用事要讲究准确，要避免误用，这个原则还是应记取的。

① 高步瀛《唐宋诗举要》，上海古籍出版社 1986 年版，第 145 页。
② 陈贻焮选注《王维诗选》，人民文学出版社 1983 年版，第 55 页。

第五章　鉴赏论

对于文艺作品的“鉴赏”，自然含鉴别与欣赏二义。书、画、文物的鉴赏，因为历来作伪牟利的赝品总是大量产生，所以鉴别真伪是“鉴赏”的第一关。而古典诗歌的鉴赏，由于流传的作品是经过反复淘汰筛选的，虽然也有传写翻刻过程中文字讹误或浅妄擅改造成的版本异文，但不至于造出许多传世作品的真伪问题。因此，诗歌的鉴赏，辨别真伪的问题并不很多，异文校勘也只是一项基础整理工作，其“鉴别”的主要方面在于品评诗篇思想感情境界的高下，以及趣尚兴味的雅俗。而无论书、画、文物，还是诗歌、文学，其“欣赏”，则都是欣赏者对于他感觉美好的作品的品味和耽玩，从而获得审美的享受和情趣的陶冶。

所以，诗歌鉴赏首先是文学批评，进而是文学欣赏。

两千多年前，《论语》里记录孔子几次议论《诗经》，以及几次说到“学诗”（记诵《诗经》）的话，都已涉及诗的鉴赏。孔子说：“《诗》三百，一言以蔽之，曰‘思无邪’。”（《论语·为政》）这是对《诗经》整体的评价。孔子说：“《关雎》，乐而不淫，哀而不伤。”（《论语·八佾》）这是对具体诗篇的鉴赏。孔子说：“兴于《诗》，立于礼，成于乐。”（《论语·泰伯》）孔子对弟子们说：“小子何莫学夫诗？诗，可以兴，可以观，可以群，可以怨。”（《论语·阳货》）孔子问儿子孔鲤“学诗乎？”曾对孔鲤说“不学诗，无以言。”（《论语·季氏》）又曾对孔鲤说：“女为《周南》《召南》矣乎？人而不为《周南》《召南》，其犹正墙面而立也与？”（《论语·阳货》）孔子重视“学诗”的这些言论，构成儒家“诗教”思想的基础，对于后世文学批评和文学鉴赏都深有影响。

东晋大诗人陶渊明《五柳先生传》说自己“好读书，不求甚解；每有会意，便欣然忘食”①。《与子俨等疏》也自述“少学琴书，偶爱闲静，开卷有得，便欣然忘食”②。又有《移居二首》诗其一说：“敝庐何必广，取足蔽床席。邻曲时时来，抗言谈在昔。奇文共欣赏，疑义相与析。”③ 都表现出他于文学鉴赏的兴趣态度。

南朝刘勰《文心雕龙》一书有《知音》一篇，是我国古代第一篇比较系统的文学批评论，涉及文学批评与创作和文学欣赏等问题。刘勰说：“夫缀文者情动而辞发，观文者披文以入情；沿波讨源，虽幽必显。世远莫见其面，觇文辄见其心。岂成篇之足深？患识照之自浅耳。”又说：“夫唯深识鉴奥，必欢然内怿；譬春台之熙众人，乐饵之止过客。盖闻兰为国香，服媚弥芬；书亦国华，玩绎方美。知音君子，其垂意焉。”④ 虽然“缀文者”（作

---

① 逯钦立校注《陶渊明集》，中华书局1979年版，第175页。

② 逯钦立校注《陶渊明集》，中华书局1979年版，第188页。

③ 逯钦立校注《陶渊明集》，中华书局1979年版，第56页。

④ 陆侃如、牟世金《文心雕龙译注》，齐鲁书社1982年版，下册，第390~391页。按：“玩绎方美”句，正文原作“玩泽方美”，注：“泽：当作‘绎’。玩绎：细细体会玩味。”引文依注改“泽”为“绎”。

家）写出了好的作品，但还需“观文者”（读者）能披文入情，深识鉴奥，细细体会玩味，文学之“美”才得以实现。刘勰的这个论说在古代文论史上极具新意，它指出了读者的“深识鉴奥”与“玩绎”，也就是读者的鉴赏，在文学审美的最终实现过程中的作用。这正是西方近几十年兴起、在我国近些年才关注和译介的所谓“接受美学”所着意强调的观点。①

唐代诗人如陈子昂、李白、杜甫、白居易等，都有涉及诗歌鉴赏的议论。陈子昂论诗推赏“汉魏风骨”，批评齐梁间诗“彩丽竞繁，而兴寄都绝”（《与东方左史虬修竹篇叙》）。李白慨叹“大雅久不作，吾衰竟谁陈？”“我志在删述，垂辉映千春。”（《古风五十九首》其一）杜甫则说：“未及前贤更勿疑，递相祖述复先谁。别裁伪体亲风雅，转益多师是汝师。”（《戏为六绝句》其六）白居易在《与元九书》中，则由对于全部诗史的回顾审视，重揭《诗经》补察时政、泄道人情的现实主义大旗，得出自己的主张谓：“文章合为时而著，歌诗合为事而作。”大抵唐代大诗人之所以有杰出的创作，各自也都有其熟精诗史、鉴赏有得的感知和认识的深厚基础。

当然不仅是唐代诗人，宋代如苏轼、黄庭坚、陆游、杨万里等，也都是熟精诗史，各自鉴赏有得，而又各有自成一家的创新追求，才成其为大诗人。从宋代起产生诗话，至明清时代，诗话类撰著甚多。诗话多数是以片段记录诗人轶事言论、品评诗篇或

---

① 参阅李泽厚主编“美学译文丛书”之《接受美学与接受理论》【德】H·R·姚斯、【美】R·C·霍拉勃著，周宁、金元浦译，辽宁人民出版社 1987 年版。

佳句等，也有较具整体构思、议论篇幅较大的。诗话的作者有的是有创作成就的诗人，也有不闻其有诗名的批评家，这也表现出批评与鉴赏的相对独立性。无论是诗人所撰，还是批评家的著述，诗话中有很多精彩的鉴赏议论，是很值得学诗、读诗者参看和玩味的。

20 世纪新文化运动以来近百年间，古代名家诗集的笺释、注评，以及综合性的唐诗选注或宋诗选注类的书，可谓层出不穷，其中多有高手的用功之作，是现代人对于古典诗歌所作鉴赏的一种通行方式。著名的选注本和鉴赏著作如喻守真编注《唐诗三百首详析》，钱锺书选注《宋诗选注》，刘永济著《唐人绝句精华》，沈祖棻著《唐人七绝诗浅释》，萧涤非选注《杜甫诗选注》，周汝昌选注《杨万里选集》等，撰著者都是术业有专攻、而又都仍能作诗的学者诗家，他们的解析评说都很有见地。现代学者撰著的文学史和文学批评史，如长期作为高校教材的游国恩等主编《中国文学史》，郭绍虞著《中国文学批评史》等，也是提高文学鉴赏能力有必要读的书。

20 世纪 80 年代以来还兴起“鉴赏辞典”和“赏析丛书”出版热。“鉴赏辞典”热，最初是上海辞书出版社编辑出版了一部《唐诗鉴赏辞典》，其中的鉴赏文，有些是收录的老辈专家学者原有的佳作，也有当代学者认真撰写的文字，同时也有并非当行的撰稿人所作的不得要领的赏析论说，使人看几行就不想再看下去的。大概是因有极为可观的销售量，不仅吸引上海辞书出版社继续编辑出版《宋诗鉴赏辞典》等，其他很多出版社也都纷纷出版各种“鉴赏辞典”。其实起初应是上海辞书出版社限于本身出版物的业务范围，把鉴赏文章视为“辞条”，杜撰出“鉴赏辞典”这样一个名目，竟然也就成为很“热”的一类出版物，无疑是追逐利润的商业化运作造成了这一时代现象。非辞书出版社当然不必用“鉴赏辞典”这个受争议的名目，于是又有很多种“鉴赏丛书”面世，其中也是既有佳作，也有市场跟风急功近利的组稿、撰稿凑合成书的。

《文心雕龙·知音》篇开篇曰：“知音其难哉!”虽然如此，历来诗歌鉴赏的实践及理论的探讨，也积累了丰富而有益的经验和启示。《文心雕龙·知音》篇有六观说①，宋以后诗话多从“文意”与“词句”两端品评诗作，近代以来于诗文鉴赏也是多分内容与形式二元论之。古典诗歌的鉴赏，大致也不外是从“文意”（内容）和“词句”（形式）两方面给予品评和赏析。本章综合前人的启示和个人心得，分三节来试论如何鉴赏古典诗歌。

第一节　情志境界的高下

《尚书·舜典》曰：“诗言志，歌永言。”《毛诗序》说：“诗者，志之所之也。在心为志，发言为诗。”陆机《文赋》说：“诗缘情而绮靡。”白居易《与元九书》说：“诗者，根情，苗言，华声，实义。”严羽《沧浪诗话·诗辨》说：“诗者，吟咏性

---

① 《文心雕龙·知音》：“是以将阅文情，先标六观：一观位体，二观置辞，三观通变，四观奇正，五观事义，六观宫商，斯术既形，则优劣见矣。”陆侃如、牟世金译注《文心雕龙译注》，齐鲁书社 1982 年版，下册，第 389 页。

情也。”

古语所谓“诗言志”，其实正等于后代所谓“吟咏性情”。《左传》昭公二十五年“是故审则宜类，以制六志”，唐孔颖达《正义》即说：“此六志，《礼记》谓之‘六情’。在己为情，情动为志，情、志一也，所从言之异耳。”① 当然，后世以“言志”为抒写抱负志向，而志向抱负实际也还是性情的一个方面。

诗歌是抒情言志的文学，一般说来，诗都是情动于中而发于言的产物。仅具有诗的形式而并非抒情的篇什，如某些技艺的歌诀等，不能算作诗。或者不说歌诀，就如“彩丽竞繁，而兴寄都绝”的齐梁间诗，因为缺失关怀现实和表现理想的有意义的思想感情，不仅在唐朝已遭陈子昂、李白的批评；而且在后世更严格的批评家，如清冯班《古今乐府论》更是认为“文无比兴，非诗之体也”②，没有比兴，没有托物言志的思想感情，也不成其为诗了。而同是包含情志的诗，其情其志，则呈现出诗人情感襟怀的广狭、高下，这是为历来读诗评诗所关注的，包含高尚的感情和志向的诗，才是好诗，才可能感人至深，广为传诵。

诗所包含的高尚的感情和志向，应该是诗人的真襟抱、真性情。而伪情伪意、伪崇高，总是会被当时或后世察言观行、知人论世的鉴别所揭穿的。所以，诗的鉴赏，也是对于诗人的鉴评。

---

① 《十三经注疏》，中华书局 1980 年影印本，下册，第 2108 页。参阅朱自清《诗言志辨》，载《朱自清古典文学论文集》上册，上海古籍出版社 1981 年版。

② ［清］冯班《钝吟文稿》，《四库全书存目丛书》，齐鲁书社 1997 年版，《集部》第 216 册，第 553 页。

清薛雪《一瓢诗话》说："诗文与书法一理，具得胸襟，人品必高。人品既高，其一謦一咳，一挥一洒，必有过人处。"① 刘熙载《艺概·诗概》说："诗品出于人品。"② 虽然这种论断也有人会持异议，但从根本上说，以察言观行、知人论世的鉴评法来看，这是无可置疑的。

凡为后世千古景仰的大诗人，无疑个个都是具有高贵品德和高尚思想感情之人。他们出于人品的高尚思想感情倾诉或流露在诗篇中，后世读者"觇文辄见其心"，不能不为之感动。正是由此，他们才名垂诗史，与日月争光。

古代诗人的思想意识，大抵源自先秦孔孟儒家、庄子道家，或者汉魏以后传入中土的佛教思想。汉代虽曾独尊儒术，南北朝以后，儒、道、佛三教在现实中往往并尊共存，社会意识形态的多元化，为诗人的思想意识提供了广阔的自由伸展空间，也使得诗歌作品包含着或儒或道或佛的思想意识；而无论是儒是道或是佛家的思想资源，都有可能引导诗人养成超凡脱俗的品德和思想感情。当然，诗歌中的思想意识不同于说理文的要求理性直白，它应是包含在即事兴感的抒情中。诗歌如果缺少了抒情内涵而只是谈玄说教，也就失去了诗的本性，必不能成为好诗。因此，诗歌鉴赏对于诗篇所含诗人的思想意识的评析，也总是要品味其感情的浓淡厚薄。就是说诗篇的主旨既是思想意识，同时也应有感情心态，是思想引发的感情，是感情中的思想，也就是说诗篇的

① ［清］王夫之等撰，丁福保辑《清诗话》，上海古籍出版社 1978 年版，下册，第 700 页。

② ［清］刘熙载《艺概》，上海古籍出版社 1978 年版，第 82 页。

主旨是思想感情。

古代诗论诗话，以及现代文学史著述，对于历代诗人诗作的思想意识总是不断在分析论说，史有定评的大诗人的思想感情，为我们所熟知。有些诗人是在其当时就大有声望、为人敬仰的，他们的思想感情、处事性情广为同时代人所喜爱，他们的诗文在写成的当时就为人们所争传，他们是一个时期的文坛巨星，现世享受四海扬名的荣耀，例如李白、白居易、苏轼等，就都是如此。有些诗人则在其当时并未广为人知和极受崇敬，而是在其身后数十年、数百年，其人其诗才越来越受到景仰和激赏，名列第一流大诗人行列，如陶渊明，如杜甫，就是这样。这种情况的存在有多方面原因，主要的应是诗人思想感情的脱俗高蹈，或诗人艺术探索的拓展创造，不为同时代人当下即理解，而逐渐被后世知音者所认识、所推崇，这种情况的存在，特别能印证刘勰“知音其难哉”的感慨。

“夫缀文者情动而辞发，观文者披文以入情”。就古代诗人而言，诗篇中寄寓什么样的思想感情，是易引起“观文者”的共鸣，并引生崇敬之情的呢？

古代诗人的多数，思想意识的根基总是植立于儒家思想土壤中。儒家思想的核心是对于现实人伦的关怀，是对于理想政治的追求，也有对于个人品格尊严的设定，对于心灵自由的向往。所有这些思想意识，都是儒家思想中有益于世道人心的方面。诗人由这些思想意识引发感时抚事的吟咏写作，往往产生具有崇高感的佳作名篇。

例如，关于陶渊明诗所寄托的思想感情，李华主编《陶渊明诗文赏析集》的《前言》中一段概括说：

> 渊明年轻时就有“不慕荣利”“忘怀得失”的淡泊胸怀和“猛志逸四海，骞翮思远翥”的宏大抱负。然而他所处的时代却是无比的黑暗，因而诗文里感叹不遇的话很不少。他曾经出仕，那虽然也许是对政治还抱着或一的希望和聊且一试之想，但更多的却是出于不得已，一是由于政治形势的裹挟，二是由于生活的逼迫。他与世俗那样格格不入，却不得不混迹官场，所以精神十分痛苦，充满了悔恨负疚的心情。几度悔恨之后，他毅然下定决心，与官场永诀，以躬耕终老，《饮酒》第十二首说：“长公曾一仕，壮节忽失时，杜门不复出，终身与世辞”，似乎也是渊明本人一生出处大节的写照。他处在那样污浊的社会，进不能“道济天下”，退而“安贫乐道”求其次，这是他当时唯一的出路。隐居中生活困苦，他可能闪过再出仕的念头，但最终还是用儒家“固穷”“守节”的思想坚定了自己的态度，所谓“贫富常交战，道胜无戚颜”，他再也没有出仕。不过他对政治的关心、对国计民生的热忱是至老不衰的，也常以“有志不获骋”为恨。《饮酒》第十一首说：“颜生称为仁，荣公言有道；屡空不获年，长饥至于老。虽留身后名，一生亦枯槁！”话是说的荣启期、颜回，但也是在说自己。生时高直，却遭际不偶，直到死后名字才逐渐为人所知，这在历史上并非偶然现象。渊明怀抱高趣，与世俗不合，最后不得不老死田园，赍志以没，无声无息。他大概不甘心，所以写作诗文，既以自

> 慰，也是希望在千百年后，能“垂空文以自见”，让后人了解他的境遇和它的人格。因此，它的作品拥有众多的读者，而且引起后人的赞叹，产生感情的共鸣。①

不仅是陶渊明牢记“先师有遗训，忧道不忧贫”，因而成其为伟大诗人；后来如杜甫，如白居易，也都是如此。

《论语·阳货》篇记孔子说：“君子学道则爱人。”②《孟子·离娄下》记孟子说：“仁者爱人。”③“爱人”者才是君子，是仁者。“爱人”正可谓是儒家之道的根本精神。

杜甫1400多首诗作，最充分地蕴含着儒家的仁爱精神，所以古来诗评家称他是“诗圣”，近代梁启超则称他是“情圣”④。就是因为如梁启超所说，除了为前人所恭维的他的“忠君爱国”之情外，他对于普通人民最富于同情心，他对家人、对朋友，都怀有关心和爱的至性真情。梁启超并说“工部的写实诗，什有九属于讽刺类”，正由于他爱国爱民，爱朋友，爱家人，因而他讽刺社会黑暗的诗也最深刻、最痛切。梁启超演讲的最后说：

> 像情感恁么热烈的杜工部，他的作品，自然是刺激性极强，近于哭叫人生目的那一路；主张人生艺术观的人，固然

---

① 李华主编《陶渊明诗文赏析集》，巴蜀书社1988年版，《前言》第3~4页。

② 杨伯峻译注《论语译注》，中华书局1980年版，第181页。

③ 杨伯峻译注《孟子译注》，中华书局1980年版，上册，第197页。

④ 梁启超《情圣杜甫（5月21日为诗学研究会讲演）》，《杜甫研究论文集·一辑》，中华书局1962年版，第1~13页。

要读他。但还要知道，他的哭声，是三板一眼的哭出来，节节含着真美；主张唯美艺术观的人，也非读他不可。我很惭愧我的艺术素养浅薄，这篇演讲不能充分发挥“情圣”作品的价值；但我希望这位情圣的精神，和我们的语言文字同其寿命；尤盼望这种精神有一部分注入现代青年文学家的脑里头。①

梁启超先生对于杜甫诗的极为概括的评析，十分有助于我们对于古典诗歌的鉴赏；不仅如此，他对于继承“诗圣”精神以致“和我们的语言同其寿命”的期望，也应该很能激励并坚定我们学习写作古典诗歌的兴趣和信念。

当然不只是儒家思想能培养诗人坚持道义的精神和博爱于人的感情，深受庄子道家思想影响同时又景仰游侠还向往神仙的诗人李白，深受佛教禅宗思想影响的诗人如王维，以及出入儒道、濡染佛禅的诗人如苏轼，他们的诗歌也都展现着或自由浪漫或宁静冲淡或宏博通达的超凡越俗的思想感情。这些伟大诗人的思想襟怀，为历来诗评家所乐道，也是现代文学史论著所着重论述的方面，应该也为我们大家所熟知，在此就不赘言了。

当然，对于诗人诗作的思想情怀，并不能一概检视它是不是崇高伟大或超凡脱俗。即使是李白、杜甫、苏东坡，也不能要求他们在每篇诗歌中都寄寓忧国忧民的思想感情，其实他们的很多诗篇所表达的也是无关忧国忧民的普通的生活情趣和审美情感。

---

① 《杜甫研究论文集·一辑》，中华书局 1962 年版，第 13 页。

例如李白《赠汪伦》绝句：

> 李白乘舟将欲行，忽闻岸上踏歌声。
> 桃花潭水深千尺，不及汪伦送我情。

刘永济选释《唐人绝句精华》说：“按读此诗既以见汪伦之脱俗可喜，亦以见太白之对人民亲切有情，汪伦藉太白一诗而留名后世，亦如黄四娘因杜甫一诗而传，诗人之笔可贵如此。”①

再如杜甫组诗《江畔独步寻花七绝句》其六：

> 黄四娘家花满蹊，千朵万朵压枝低。
> 留连戏蝶时时舞，自在娇莺恰恰啼。

苏轼曾书写这首绝句，并跋曰：“此诗虽不甚佳，可以见子美清狂野逸之态，故仆喜书之。昔齐鲁有大臣，史失其名。黄四娘独何人哉？而托此诗以不朽，可以使览者一笑。”②

苏轼在惠州时写过一首题为《正月二十六日，偶与数客野步嘉祐僧舍东南，野人家杂花盛开，扣门求观，主人林氏媪出应，白发青裙，少寡，独居三十年矣。感叹之余，作诗记之》的七

---

① 刘永济选释《唐人绝句精华》，人民文学出版社 1990 年版，第 55 页。

② ［宋］苏轼著，［明］茅坤编，孔凡礼点校《苏轼文集》，中华书局 1986 年版，第 5 册。第 2103 页。

律，末尾两句说："主人白发青裙袂，子美诗中黄四娘。"①

普通人汪伦、黄四娘、林氏媪，因李白、杜甫、苏东坡的诗而留名不朽。而李、杜、苏这三首诗，在他们的诗篇中其实都属于"虽不甚佳"之作，但又都因为表现出诗人的"清狂野逸之态"，和对普通人民的亲切有情，故也都不失为好诗。

白居易在提倡讽喻现实的"新乐府"诗时，以《诗》"六义"为标准，不仅不满于"陵夷至于梁陈间，率不过嘲风雪、弄花草而已"，就连李白、杜甫诗，也不免遭批评说：

> 又诗之豪者，世称"李杜"。李之作，才矣，奇矣，人不逮矣；索其风雅比兴，十无一焉。杜诗最多，可传者千馀首，至于贯串古今，覼缕格律，尽工尽善，又过于李；然撮其《新安吏》《石壕吏》《潼关吏》《塞芦子》《留花门》之章，"朱门酒肉臭，路有冻死骨"之句，亦不过十三四。杜尚如此，况不逮杜者乎?②

"风雅比兴"批判现实，固然是文学应有的内容和意义；但仅以是否有"风雅比兴"的讽喻内容为取舍标准，李白诗可取者不足十分之一，杜甫诗可取者也不及半数，这当然是在白居易极力主张讽喻诗时的一时偏激之论。若真如此"鉴赏"诗歌，文学

---

① ［宋］苏轼著，［清］冯应榴辑注，黄任轲、朱怀春校点《苏轼诗集合注》，上海古籍出版社 2001 年版，第 5 册，第 1984 页。

② ［唐］白居易《与元九书》，引自王汝弼选注《白居易选集》，上海古籍出版社 1980 年版，第 347 页。

的主题就太狭窄了。即使是以《诗经》为楷式，孔子早就说过：“诗，可以兴，可以观，可以群，可以怨。”① 白居易此论所取仅只是“可以怨”一种，自是偏狭之言。其实就是白居易本身，在讽喻怨刺现实的盛年锐气受挫之后，更多的也是写作闲适诗、感伤诗等。也就是说关于白居易的诗文鉴赏趣味和取舍理念，也不能以他一时偏激之言为准，还是要看他的全部作品和理论话语。

诗歌的内容固然不必都是风雅比兴、忧国忧民的思想感情，日常生活中的友情、爱情、兄弟手足之情等人伦情感，以及春游秋兴、寻幽览胜、独处雅集、读书品茶、听乐观舞、作字赏画等，一切有益于人生的文化生活，也都可以成为诗歌的题材。作品的优劣高下，则要看它所表现的是不是真与善的性情，看它是文雅还是鄙俗的趣味。

唐诗人整体处在古典诗歌发展的最成熟时期，诗歌创作成绩辉煌，各种体裁，各种题材，各种风格，异彩纷呈。唐诗人共有的优点是真情，贫富穷达，喜怒哀乐，不加掩饰地表达出来。这样写诗的状态，思想感情境界高尚的如杜甫，自然无愧于梁启超敬献他的“情圣”称号。诗人们的思想品德不可能都高如杜甫，唐诗中有些思想意识的表露和感情的抒发，也不免为后人指摘批评。而后世的批评有些固然可能是由于批评者本身思想迂腐，也有很多批评意见是入情入理的。

即如李白，当然是与杜甫齐名的代表唐诗艺术最高成就的两

---

① 杨伯峻译注《论语译注》，中华书局1980年版，第185页。

大诗人之一，中唐白居易、元稹，已有抑李扬杜的议论。虽然同时的韩愈已不赞成议论李杜优劣，其诗中有“李杜文章在，光焰万丈长。不知群儿愚，那用故谤伤”的明论，但自宋至近现代，比较评论李白与杜甫高下的议论还是不断出现，事实是不能把这些议论一概视为“群儿愚”吧？其实议论者也都是有承认李杜诗篇艺术成就至高并优的前提的。具体批评李白的意见，则多是议论他诗中所展露的“自己膨胀得无边无际的自信”①，或是他所偏爱的“天然去雕饰”的风格中，不免有诗语不加修饰、有时粗糙浅近，以及诗意和词句都有许多重复等确实存在的问题。其实包括历代诗话中对于杜甫诗中也存在的有些作品不免敷衍粗率、有些诗句也有语法问题等等的批评，也都是值得参考的鉴赏意见。也就是说，即使是对于李白和杜甫这样的顶级大诗人，在并不否认他们的伟大成就的同时，具体的鉴赏仍不妨指出其不足，才是理性的，也才是有益于后来学诗者的。

对于诗歌的欣赏，没必要将大诗人神化。诗，是属于人的文学——属于古人，也属于我们。即使是李白和杜甫，在欣赏和崇仰的同时，也是可以批评的；其余历代诗人，当然也就无不在可以批评之列了。

大概只有陶渊明例外。不是说唯独陶渊明可以神化、不可以批评，而是说他的人和他的诗，如朱熹所谓：“晋宋间人物，虽曰尚清高，然个个要官职，这边一面清谈，那边一面招权纳货。

① 葛兆光选注《中国古典诗歌基础文库·唐诗卷》李白小传中语，浙江文艺出版社 1994 年版，第 140 页。

陶渊明真个能不要，此所以高于晋宋人也。"[①] 又说："若但以诗言之，则渊明所以为高，正在超然自得，不费安排处。"[②] 苏轼则在朱熹之前已先说过"陶、谢之超然，盖亦至矣"[③]；又说："吾于诗人无所甚好，独好渊明之诗。渊明作诗不多，然其诗质而实绮，癯而实腴，自曹、刘、鲍、谢、李、杜诸人，皆莫及也。"[④] 大家都应该全读陶渊明诗，然后再掂量掂量苏轼和朱熹所说是否过誉？再琢磨琢磨你批评他什么呢？

还是要说些该批评的例子。

中唐大文豪大诗人韩愈，其诗歌"以文为诗"，在李、杜之后别开新面，自树一帜。刘熙载《艺概·诗概》说："昌黎诗往往以丑为美。"[⑤] "以丑为美"是韩愈诗的特点之一，更是现当代美学所乐道的一个命题。"以丑为美"在自然审美上固然有其独特价值，但具体到文学艺术和日常生活中，"以丑为美"往往还是"丑"；生活和艺术中的美与丑，应该还是有客观界限的，并不因主观的"以丑为美"，丑就能变"美"了。关于韩愈诗"以丑为美"，北京大学葛晓音教授说：

---

① ［宋］黎德清编，王星贤点校《朱子语类》卷三十四，中华书局1986年版，第3册，第874页。

② ［宋］朱熹《晦庵集》卷五十八，影印《文渊阁四库全书》，上海古籍出版社2003年版，第1145册，第4页。

③ 《书黄子思诗集后》，［宋］苏轼著，［明］茅坤编，孔凡礼点校《苏轼文集》，中华书局1986年版，第5册。第2124页。

④ ［宋］苏辙《子瞻和陶渊明诗集引》述苏轼书信中语，《栾城后集》卷二十一，影印《文渊阁四库全书》，上海古籍出版社2003年版，第1112册，第754页。

⑤ ［清］刘熙载《艺概》，上海古籍出版社1978年版，第63页。

盛唐诗人开朗豁达，进退裕如，热爱生活，因而具有健康的美学趣味。韩愈“进则不能容于朝，退又不肯独善于野”，这就使他在生活中多看丑恶而少见美好。在朝中只见谗夫小人，于是大量臭腐丑怪的比喻充斥了他的诗篇；贬谪到远荒满目生狞瘴疠，他笔下的岭南简直比十八层地狱还阴森恐怖。我总以为韩愈“以丑为美”并非因为分不清美丑。像《谴疟鬼》这首诗，前半首写得乌烟瘴气，臭秽不堪，后半首却是清波明月，绮丽芬芳，丑与美形成这样鲜明的对照，可见韩愈并不缺乏辨别美丑的能力。他之所以喜写丑怪，一方面是由于前人很少以此为诗料，因而特别有利于他出奇创新，另一方面，半世穷经的生活也确实容易造成审美的变态心理。儒者名利心太重，便不免迂腐庸俗，对待事物的功利观点往往会破坏其健康的美学趣味。如“照壁喜见蝎”是因为出于“昨来得京官”的升迁之乐，又如写《叉鱼》，杜甫的两首观打鱼诗写得壮美飞动，蔚为奇观，而韩愈则闹得腥风血雨味：“血浪犹凝沸，腥风远更飘。”还能津津有味地说什么“脍成思我友，观乐忆吾僚”，不但俗不可耐，而且近于残忍。像《古意》：“太华峰头玉井莲，开花十丈藕如船，冷比雪霜甘比蜜，一片入口沉疴痊。”这种古怪的联想也完全是出于功利的目的。同样咏莲花山，李白诗歌的境界是多么美丽：“西上莲花山，迢迢见明星。素手把芙蓉，虚步蹑太清。”而终日沉潜于经书的韩愈少有登山临水的历练，偶然登一次华山绝顶，竟致“度不可返，发狂恸哭，县令百计取之乃下”，如此迂腐可笑，哪里还有什么美感，自然只好想象莲花变成灵药治他的老病沉疴了。[①]

葛晓音教授的这段评说，中肯痛快，我很赞同。极受韩愈推崇的孟郊，其诗歌与韩愈共同的新特点是偏好险怪奇崛，韩愈称赞他“横空盘硬语，妥帖力排奡”[②]。诗史并称“韩孟”，为中唐一大流派。孟郊的生平更是困顿于科举仕途，四十六岁才中进士，五十岁才获得溧阳县尉的小小官职，六十四岁在赴山南西道任职途中得暴疾而死。他的诗偏好写自己的贫寒生活和憔悴枯槁的形象，例如《秋怀》其二：

秋月颜色冰，老客志气单。
冷露滴梦破，峭风梳骨寒。
席上印病文，肠中转愁盘。
疑怀无所凭，虚听多无端。
梧桐枯峥嵘，声响如哀弹。[③]

孟郊诗的题目中多用愁、怨、苦、伤、忧、病、饥、贫、叹、恨、恼等字，即可想见他贫寒愁苦、攒眉不展的模样。

推崇韩愈的欧阳修，对于韩愈所极力称道的孟郊也有称道的

① 葛晓音《汉唐文学的嬗变》，北京大学出版社 1990 年版，第 149～150 页。

② ［唐］韩愈《荐士》，《全唐诗》卷三百三十七，中华书局点校本，第 10 册，第 3781 页。

③ 《全唐诗》卷三百七十五，中华书局点校本，第 11 册，第 4206 页。

话。但苏轼却毫不含糊地讥议孟郊诗，在《读孟郊诗二首》中说孟郊“诗从肺腑出”，是真心话，但“出则愁肺腑”，又是自我煎熬的话。说读孟诗像吃小鱼，得不偿劳；评孟郊诗“要当斗僧清，未足当韩豪”，即只能与贾岛的清瘦相比况，而不足与韩愈诗的豪健相提并论；并说“人生如朝露，日夜火消膏。何苦将两耳，听此寒虫号？不如且置之，饮我玉色醪”①。苏辙说孟郊“陋于闻道”，不能自安其贫。② 严羽《沧浪诗话·诗评》说：“孟郊之诗，憔悴枯槁，其气局促不伸。退之许之如此，何耶？诗道本正大，孟郊自为之艰阻耳。”③ 都是说孟郊诗令人不爱读的内在原因。

当然，孟郊也有朴素温柔的诗作，如《游子吟》：“慈母手中线，游子身上衣。临行密密缝，意恐迟迟归。谁言寸草心，报得三春晖。”④ 这首不算是孟郊独特风格的小诗，因为用寸草春晖比喻对于母爱的感恩不尽，非常感人，却成为孟郊最广为传诵的作品。

孟子说：“穷则独善其身，达则兼善天下。”⑤ 这可以说是对于孔子所主张的“士志于道”的立身处世原则的极好的概括。白

---

① ［宋］苏轼著，［清］冯应榴辑注，黄任轲、朱怀春校点《苏轼诗集合注》，上海古籍出版社 2001 年版，第 2 册，第 767～768 页。

② ［宋］苏辙《诗病五事》其四，《栾城三集》卷八，影印《文渊阁四库全书》，上海古籍出版社 2003 年版，第 1112 册，第 834 页。

③ ［清］何文焕辑《历代诗话》，中华书局 1981 年版，下册，第 699 页。

④ 《全唐诗》卷三百七十五，中华书局点校本，第 11 册，第 4197 页。

⑤ 《孟子·尽心上》，杨伯峻译注《孟子译注》，中华书局 1980 年版，下册，第 304 页。

居易说：

> 古人云："穷则独善其身，达则兼济天下。"仆虽不肖，常师此语。大丈夫所守者道，所待者时。时之来也为云龙，为风鹏，勃然突然，陈力以出。时之不来也，为雾豹，为冥鸿，寂兮寥兮，奉身而退。进退出处，何往而不自得哉！故仆志在兼济，行在独善，奉而始终之则为道，言而发明之则为诗。①

白居易这里表达的为人与为诗的原则，对于古代诗人来说具有普遍准则的性质。心存此理，既体现在其人生的进退出处，也表现为其诗歌的思想感情，则为"闻道""守道"的诗人。嘲风月、弄花草，耽玩声色而都无兴寄的诗，悲喜只因一己得失、不能自安其贫、哭穷寒乞的诗，都不为鉴赏者所欣赏。

古代诗人的思想情怀大多源自儒家思想的根基，如陶渊明所标举"先师有遗训，忧道不忧贫"，杜甫所自陈"法自儒家有"，白居易所奉行"穷则独善其身，达则兼济天下"，就都具有代表性。但是，除了汉代曾采取"罢黜百家，独尊儒术"的政策，汉代以后意识形态一般是呈多元状态，儒家思想一直主导当政者和士大夫阶层外，道家与道教思想以及佛教思想，常与儒家思想并称"三教"，很多士大夫入仕则奉儒，隐逸则奉道或奉佛，或者

① ［唐］白居易《与元九书》，引自王汝弼选注《白居易选集》，上海古籍出版社1980年版，第347页。

无论出处，并尊儒、道，乃至并尊三教者，也往往而有。影响到诗歌，则道家超尘出世的想象，及佛教的禅悟，也使诗人创作出许多好诗。但无论是儒是道还是佛，诗歌中所含蕴的都应是由思想引发的感时抚事或澄怀观道的感情和感悟。如果是缺少诗兴而直白说教，理过其辞，如钟嵘说孙绰、许询等人的玄言诗“皆平典似道德论”①，只是谈玄说教的韵语而已。

严羽《沧浪诗话·诗评》一条说：“诗有词理意兴。南朝人尚词而病于理，本朝人尚理而病于意兴，唐人尚意兴而理在其中。汉魏之诗，词理意兴，无迹可求。”②

宋诗人受理学影响，作诗“尚理”，如果融合得好时，不失为好诗，如苏轼《题西林壁》：“横看成岭侧成峰，远近高低各不同。不识庐山真面目，只缘身在此山中。”③ 是人们所最乐于称道的含蕴哲理的山水诗，甚至这诗的后两句就成为这一种哲理的最佳表达，因而古今引用率甚高。但即使是如苏轼这样的大诗人，有时作诗如传教，也是要遭鉴赏家批评的。如清赵翼《瓯北诗话》说：

东坡旁通佛老。诗中有仿《黄庭经》者，如《辨道歌》《真一酒歌》等作，自成一则。至于摹仿佛经，掉弄禅语，

---

① ［清］何文焕辑《历代诗话》，中华书局 1981 年版，上册，第 2 页。

② ［清］何文焕辑《历代诗话》，中华书局 1981 年版，下册，第 696 页。

③ ［宋］苏轼著，［清］冯应榴辑注，黄任轲、朱怀春校点《苏轼诗集合注》，上海古籍出版社 2001 年版，第 3 册，第 1155 页。

> 以之入诗，殊觉可厌。不得以其出自东坡，遂曲为之说也。如钱道人有“认取主人翁”之句，坡演之云：“主人若苦令侬认，认主人人竟是谁？”又云：“有主还须更有宾，不知无镜自无尘，只从半夜安心后，失却当年觉痛人。”《过温泉》诗：“石龙有口口无根，自在流泉谁吐吞？若信众生本无垢，此泉何处觅寒温？”……此等本非诗体，而以之说禅理，亦如撮空，不过仿禅家语录机锋，以见其旁涉耳。①

总之，古代诗歌理论与鉴赏实例，都明确强调诗歌是抒情文体，诗歌的思想主题应该是包含在触物兴怀的感情倾向中，诗歌中的思想感情无论是源自儒或道或佛等思想基因，都应该具有超越凡庸的高境界。而耽玩物色、都无兴寄，或局限于一己穷达悲欢而陋于闻道，或只是某种思想的教条韵语等类的“诗”，其实或不能算是诗，或总不能算是好诗。

但是，19 世纪末 20 世纪初，我国社会发生了古所未有的历史大变局，1911 年辛亥革命推翻帝制建立民国，新文化运动反封建、提倡科学和民主。对于古典诗文的批评鉴赏来说，朱自清在《日常生活的诗——萧望卿〈陶渊明批评〉序》开头一段中说，历代关于陶渊明诗的批评，各家议论最纷纭，够歧异、够有趣的，而“在这纷纷的议论之下，要自出心裁独创一见是很难的。但这是一个重新估定价值的时代，对于一切传统，我们要重新加

---

① ［清］赵翼著，霍松林、胡主佑校点《瓯北诗话》，人民文学出版社 1998 年版，第 63~64 页。

以分析和综合，用这时代的语言表现出来”①。其中“这是一个重新估定价值的时代”这句话，可以视为现当代古典诗文鉴赏应共同具有的认识基础。我们鉴赏古典诗歌，也就是要重新估定其价值。

对于近百年现当代诗人创作的旧体诗词来说，在新旧争存、中西异同的思想意识背景上，什么样的思想情怀是值得我们尊重崇敬的呢？就诗人而言，例如具有激烈反旧礼教倡新文化意识的鲁迅的诗，革命家、中国共产党和新中国领袖如毛泽东的诗词，社会活动家、宗教界领袖赵朴初的词曲，对于故有文化之衰落满怀悲伤忧愤之情的陈寅恪的诗等，都广为传诵。自 20 世纪 20 年代起，虽然旧体诗词受新文学潮流的排斥确实被边缘化，但以包含时代的忧思和对新时代的憧憬之情的旧体诗词扬名于世的诗人、学者，仍然众多。

改革开放的 20 世纪 80 年代以来，旧体诗以“中华诗词”之名大有复兴之势。学诗、作诗，应该具有和表达什么样的思想襟怀？评诗、赏诗，应该褒贬取舍什么样的思想情趣？则是进入 21 世纪当下的我们每个人所应深思慎择的。

第二节　体调句字的雅俗

诗篇的鉴赏首先要理解其情志内容和思想境界，已如前节所

① 朱自清《朱自清古典文献论文集》，上海古籍出版社 1981 年版，上册，第 89 页。

述。其次则要品味其字句和体调的雅俗，这是诗歌的艺术形式方面。我们这里说的首先、其次，虽然有先以情志境界分高下定取舍的意思，却也不等于说艺术形式总处于次要地位。倒是在确认一篇作品的思想内容可取因而值得赏读之后，其字句体调的雅俗，反而成为品评优劣的主要方面。思想内容虽可谓“无邪”，而艺术形式却“言之无文”的诗歌固然不能算是文学作品，或艺术形式虽有可观，而思想空虚情趣低俗的诗歌也不可取。只有思想情趣高尚可取，同时其艺术形式雅而不俗的诗篇，才是值得讽诵欣赏的。历来传诵的名篇佳作，都可以验证这是一种经久不变的鉴赏准则。

如何从字句体调的艺术形式方面鉴赏诗歌呢？刘勰《文心雕龙·知音》篇有“六观”之说曰：

> 是以将阅文情，先标六观：一观位体，二观置辞，三观通变，四观奇正，五观事义，六观宫商。斯术既形，则优劣见矣。①

刘勰说要阅览鉴赏诗文，先明确六个观察角度：一看采用什么体裁风格，二看遣词造句，三看相对于前人作品有何继承与创新，四看表现方法的守正与出奇，五看用典的意义，六看声调音节。按照这“六观”方法来实行，则作品的优劣就看出来了。

---

① 陆侃如、牟世金译注《文心雕龙译注》，齐鲁书社 1982 年版，下册，第 389 页。

严羽《沧浪诗话·诗法》开篇也说：

> 学诗先除五俗：一曰俗体，二曰俗意，三曰俗句，四曰俗字，五曰俗韵。①

虽然是论学诗，即学习作诗时所应注意的问题，但“五俗”的判定还是先由鉴赏所得的结果，故也可以反映严羽诗歌鉴赏的观点。其中“俗意”指低俗的思想情趣，其余可与刘勰“六观”参看，除“俗体”与“观位体”相应，除“俗句”“俗字”与“观置辞”相应，除“俗韵”与“观宫商”相应，显示古代批评家在诗文鉴赏方面相承或相似的观察视角。

刘勰所列“六观”，就诗歌形式来说已考虑到可鉴赏的各主要方面。其中“观事义”即用典一项，我们前一章已专论，其余“五观”则大致是本章所要讲论的内容。我们将刘勰的“五观”合并为三节：一观位体；二观置辞，附论通变、奇正；三观宫商。以下即依此节目来论诗歌形式方面的鉴赏要领。

一、观位体

阅读欣赏诗歌，先要识其所采用的体裁和风格。刘勰撰《文心雕龙》的齐梁时期，五、七言诗还处在古体状态，齐永明间诗人已探寻利用四声选字造句，讲求避免各种“声病”，是诗歌声律化的初始阶段。当然除了五、七言古体和“永明体”这样大端

---

① ［清］何文焕辑《历代诗话》，中华书局 1981 年版，下册，第 693 页。

的体裁分别外，那时也已有诸多杂体诗。刘勰所论“观位体”，不是专论诗歌，《文心雕龙》涉及当时已有的几乎所有文体，其《体性》篇所论之“体”“体式”，不是诗文体裁，而是诗文的风格问题。他把诗文风格归纳为八种，即：典雅、远奥、精约、显附、繁缛、壮丽、新奇、轻靡。要注意其中“繁缛”一词，在现代语义是“多而琐碎”，只是贬义词；“新奇”在现代语境中是褒义词。但在刘勰这里是不同于现今语义的，他说：“繁缛者，博喻醲采，炜烨枝派者也”，“新奇者，摈古竞今，危侧趣诡者也”。可知“繁缛”是他欣赏的，而“新奇”是有问题的。刘勰对于各种风格总的判别是“雅郑”，也就是雅俗之分。他归纳的八种风格，前六种是属于“雅”的，“新奇”和“轻靡”二种，则是“趣诡”“附俗”的，即求新而趋向诡怪、浮华则趋向庸俗。总之，关于诗文的风格，刘勰是尚“雅”贬“俗”的。① 刘勰在《文心雕龙》的《风骨》《定势》等篇也都论到体式和风格的雅俗之别及其成因，虽是为诗文写作做指导，而原本是鉴赏有得的论析，其具体举例的鉴赏议论，都仍值得参考品味。

唐殷璠编《河岳英灵集》，是盛唐人选编盛唐诗，其序文中说：“夫文有神来、气来、情来，有雅体、野体、鄙体、俗体。编纪者能审鉴诸体，委详所来，方可定其优劣，论其取舍。”② 选编诗歌先要能审鉴诸体，这是选家必做的功课。而他所谓“有雅

---

① 陆侃如、牟世金译注《文心雕龙译注》，齐鲁书社 1982 年版，下册，第 96~106 页。

② 影印《文渊阁四库全书》，上海古籍出版社 2003 年版，第 1332 册，第 21 页。

体、野体、鄙体、俗体”，也是包含体裁和风格两义来说的，而更侧重在风格。殷璠对于诗人的评论也就多论其体裁、体调，如评李白《蜀道难》等篇“可谓奇之又奇。然自骚人以还，鲜有此体调也”①；评李颀诗“发调既新，修辞亦秀，杂歌咸善，玄理最长”②；评岑参诗“语奇体峻，意亦奇造”③；评孟浩然诗“半遵雅调，全削凡体”④ 等等。这些特加推重的诗人诗作，无疑都属于他所说的“雅体”。而所谓“野体、鄙体、俗体”，自不在《河岳英灵集》选录之列，故无举例。

南宋严羽《沧浪诗话》专列《诗体》一章，既有以时而论的建安体、黄初体、正始体等，其中分唐诗为唐初体、盛唐体、大历体、元和体、晚唐体，一直为后世沿用；又有以人而论的个人（或二人、或多人合称）的风格标目，如陶体、谢体、沈宋体、王杨卢骆体、少陵体、太白体、王右丞体、东坡体、山谷体、杨诚斋体等等；还列举了古诗、近体、绝句、杂言等种种名目。其意在备举所知已有各种诗体，以供学诗者全面了解历史积累的诗歌体式和风格名目，但在“论杂体”一段中，如论“建除”体说：“鲍明远有《建除诗》，每句首冠以建、除、平、定等字。其

① 影印《文渊阁四库全书》，上海古籍出版社 2003 年版，第 1332 册，第 23 页。

② 影印《文渊阁四库全书》，上海古籍出版社 2003 年版，第 1112 册，第 35 页。

③ 影印《文渊阁四库全书》，上海古籍出版社 2003 年版，第 1112 册，第 41 页。

④ 影印《文渊阁四库全书》，上海古籍出版社 2003 年版，第 1112 册，第 47 页。

诗虽佳，盖鲍本工诗，非因建除之体而佳也。”接下来列举“字谜、人名、卦名、数名、州名”诸体，总评说：“如此诗只成戏谑，不足为法也。”[①] 诗史上产生各种花样的杂体诗，其实大多是不足为法的文字游戏。《沧浪诗话》又有《诗评》一章，就多是对于各时代和各诗人诗歌风格的鉴评，其中很多评论都很中肯，例如他评李白和杜甫的诗说：

> 李、杜二公，正不当优劣。太白有一二妙处，子美不能道；子美有一二妙处，太白不能作。
>
> 子美不能为太白之飘逸，太白不能为子美之沉郁。
>
> 太白《梦游天姥吟》《远别离》等，子美不能道；子美《北征》《兵车行》《垂老别》等，太白不能作。论诗以李、杜为准，挟天子以令诸侯也。[②]

例如他评高适、岑参等人的诗说：

> 高、岑之诗悲壮，读之使人感慨；孟郊之诗刻苦，读之使人不欢。
>
> 韩退之《琴操》极高古，正是本色，非唐贤所及。[③]

---

① ［清］何文焕辑《历代诗话》，中华书局1981年版，下册，第693页。

② ［清］何文焕辑《历代诗话》，中华书局1981年版，下册，第697页。

③ ［清］何文焕辑《历代诗话》，中华书局1981年版，下册，第698页。

孟浩然之诗，讽咏之久，有金石宫商之声。①

严羽《沧浪诗话》中这些对于唐人诗歌风格的精彩评论，常为后世所引用。

无论古人今人，学诗都起步于模拟。钟嵘《诗品》对于所评多数诗人，都指出“其源出于某某”，例如曹植“其源出于《国风》”②，刘祯“其源出于《古诗》”③，阮籍“其源出于《小雅》”④，陆机“其源出于陈思”⑤，嵇康“颇似魏文”⑥，陶潜“其源出于应璩，又协左思风力”⑦，等等。他的溯源论断，有些不一定切实，但他确实揭示了历代诗人都是在学习前人诗歌基础上形成自己成就高下不同的诗歌风格的。

诗歌鉴赏的“观位体”，就如看人书法，看他的字临摹过何家何体，是学的欧体、褚体，还是颜体、柳体？是学二王行草，还是宋四家书风？在模仿前人的基础上有没有写出自己新的风格？诗歌也是这样，看他是学魏晋六朝，还是学唐、学宋？学唐诗是学李白、杜甫？还是学高、岑，学王、孟，学韩、白？等

① ［清］何文焕辑《历代诗话》，中华书局 1981 年版，下册，第 699 页。

② ［清］何文焕辑《历代诗话》，中华书局 1981 年版，上册，第 7 页。

③ ［清］何文焕辑《历代诗话》，中华书局 1981 年版，上册，第 7 页。

④ ［清］何文焕辑《历代诗话》，中华书局 1981 年版，上册，第 8 页。

⑤ ［清］何文焕辑《历代诗话》，中华书局 1981 年版，上册，第 8 页。

⑥ ［清］何文焕辑《历代诗话》，中华书局 1981 年版，上册，第 10 页。

⑦ ［清］何文焕辑《历代诗话》，中华书局 1981 年版，上册，第 13 页。

等。在有所模拟学习的基础上，写没写出自己的风格?

历代诗词大家、名家，无不是在模拟学习基础上写出自家新风格的诗歌。大家、名家博采前贤的渊源和自成一家的风格特色，总是批评家、鉴赏家所关注论析的话题，也正是刘勰所谓“观位体”的鉴评。例如元稹在《唐故工部员外郎杜君墓系铭并序》中评赞杜甫诗“盖所谓上薄风骚，下该沈宋，言夺苏李，气吞曹刘，掩颜谢之孤高，杂徐庾之流丽，尽得古今之体势，而兼人人之所独专……诗人以来，未有如子美者也”①，这是对于杜诗最早的最高评价。当然，杜甫诗的渊源和自家成就，宋代以后不断被探讨和评赞，杜甫因而获得最广泛认同的“诗圣”誉称。再如关于李商隐诗，宋人蔡宽夫说：“王荆公晚年亦喜称义山诗，以为唐人知学老杜而得其藩篱，唯义山一人而已。……义山诗合处信有过人，若其用事深僻，语工而意不及，自是其短。世人反以为奇而效之，故昆体之弊，适重其失。”② 有些诗人留下很具体的关于自己模仿学习和自开新境的陈述，如杨万里《诚斋荆溪集序》说：“予之诗，始学江西诸君子，既又学后山五字律，既又学半山老人七字绝句，晚乃学绝句于唐人。……戊戌三朝，时节赐告，少公事，是日即作诗。忽若有寤，于是辞谢唐人及王、陈、江西诸君子，皆不敢学，而后欣如也！”③ 这为后人读其诗、

① ［唐］元稹撰，冀勤点校《元稹集》，中华书局 1982 年版，下册，第 601 页。

② 《蔡宽夫诗话》，引自郭绍虞辑《宋诗话辑佚》，中华书局 1980 年版，下册，第 399~400 页。

③ 周汝昌选注《杨万里选集》，中华书局 1962 年版，第 285~286 页。

“观位体”，先预备了“自供状”。当然，对于这类“自供状”，所言是否切实可信，后世鉴赏家、批评家也还要检核和辨析的。

仿效前人没学到其长处而偏效其短，如宋初昆体只学到李商隐“用事深僻，语工而意不及”的一面，历来为鉴赏家所讥议，为批评家所不取。明所谓“前七子”的李（梦阳）、何（景明），及“后七子”的李（攀龙）、王（世贞）等，相继提倡摹古，理论上宣称“文必秦汉，诗必盛唐”，虽然动机是“取法乎上”，但他们作诗倾力于模仿盛唐诗的声调、词语、句式等形式样貌，往往与其所写内容多不相称。这种流于形式主义的拟古，在他们自己实践的当时，互相已有讥评，有的甚至还有自我悔悟检讨；入清以后，更成为批评家所常举作食古不化、如优孟衣冠的例证。

现当代人学诗、作诗，自然也还是要遵循模拟学习与探索创新自立面目的规律，读现代人诗，也是须要“观位体”，看他是否有所仿拟继承又是否能运古为新，抒写直面现实的思想感情，具有自己的形貌风格。例如经历安史之乱、避难漂泊、忧国伤时的杜甫诗，在20世纪三四十年代抗日战争时期，更加触动震撼处于逃亡避难流离他乡的学者、文士的心灵，人们更加爱研读杜诗；而能诗者所作感时抚事的诗篇，则一般都有着类似杜诗的沉郁悲慨的风格。其实抗战时期这类旧体诗在报刊上发表的也不少，有的诗作当时虽未公开发表，但也在同好友朋间传抄，这其实也是从前没有报刊时代的“发表”手段。这里且举近十余年来声名广为学界所崇敬的陈寅恪先生的两首诗为例，其一是写于1938年的《残春》七律二首其二：

家亡国破此身留，客馆春寒却似秋。
雨里苦愁花事尽，窗前犹噪雀声啾。
群心已惯经离乱，孤注方看博死休。
袖手沉吟待天意，可堪空白五分头。①

其二，1945 年 8 月日本战败投降，陈先生得知消息，有《乙酉八月十一日晨起闻日本乞降喜赋》七律一首：

降书夕到醒方知，何幸今生见此时。
闻讯杜陵欢至泣，还家贺监病弥衰。
国仇已雪南迁耻，家祭难忘北定时。
念往忧来无限感，喜心题句又成悲。②

汪荣祖著《史家陈寅恪》书中引录此诗，评议说："这首诗写得平易自然而寄意深远，所引杜甫、陆游之典又极妥帖、确切。将复杂的感情，婉转道出。抗战胜利了，大有老杜'剑外忽传收蓟北，初闻涕泪满衣裳'之情，但想到个人的遭遇，国家的前途，念往忧来，不觉又转喜成悲。直可作四十年代史诗读。"③

① 蒋天枢撰《陈寅恪先生编年事辑》，上海古籍出版社 1997 年版，第 117 页。

② 陈美延、陈流求编《陈寅恪诗集》，清华大学出版社 1993 年版，第 46 页。

③ 汪荣祖《史家陈寅恪》，北京大学出版社 2005 年版，第 79 页。

二、观置辞

《文心雕龙·知音》篇所谓“观置辞”，即看作品的选词造句。诗文是由字句组成的，好的作品用字造句在不违离语文基本规则基础上，还应注意讲究一些艺术性的技巧。《文心雕龙·章句》篇说：“夫人之立言，因字而生句，积句而成章，积章而成篇。篇之彪炳，章无疵也；章之明靡，句无玷也；句之清英，字不妄也。”① 《文心雕龙》除《章句》篇外，还有《声律》《丽辞》《比兴》《夸饰》《事类》《练字》等篇，都是论用字和造句，虽是为指导写作而立论，又正是《知音》篇“观置辞”所要求观察的具体事项。其中《声律》《丽辞》和《事类》篇所论声律、对偶和用典诸项，本书在前边的章节已有论述。刘勰在这些篇章中的诸多具体意见，对于写作仍具有指导意义，对于鉴赏也仍具有参考价值，此不具述。

诗歌更是十分讲究练字造句的艺术性，诗歌鉴赏也就很注意字句的精彩。钟嵘《诗品》不仅在《序》中多引佳句为论辩之资，在诗人评论中也时有摘句赏论。如论陶渊明，在记述“世叹其质直”后，说：“至如‘欢言醉（酌）春酒’‘日暮天无云’，风华清靡，岂直为田家语邪？”② 陶诗语言看似质朴，当时诗评者尚未认识其风格和价值，钟嵘举风华清靡的佳句为例，为陶渊明争辩，但也还未充分领略陶诗的高境界。陶渊明诗“质而实绮，

---

① 陆侃如、牟世金译注《文心雕龙译注》，齐鲁书社 1982 年版，下册，第 177 页。

② ［清］何文焕辑《历代诗话》，中华书局 1981 年版，上册，第 13 页。

癯而实腴”的语言风格与超越时代的思想境界，要到唐宋时代才受到极高的评价。

《南史》卷三十四《颜延之传》记载：

> 延之与陈郡谢灵运俱以辞采齐名……延之尝问鲍照已与灵运优劣，照曰：“谢五言如初发芙蓉，自然可爱。君诗若铺锦列绣，亦雕缋满眼。”①

鲍照对于颜延之和谢灵运诗的比喻评论，所谓“初发芙蓉，自然可爱”和“铺锦列绣，雕缋满眼”，都是就诗的辞采而论的。诗歌的语言风格正可以用这两种比喻来描述，“初发芙蓉”是自然的美，不假雕饰的风格；“铺锦列绣”是人工雕绘的美，富丽精工的风格。两种风格各有其美，但鲍照言语之间表示出更欣赏自然的美。

傅庚生著《中国文学欣赏举隅》论“自然与藻饰”说：“诗文之期能达其真者，重在自然浑成；鹜于美者，出之雕琢藻饰；能臻极诣者各有所善，其流弊所渐自亦各有所不足；赏鉴之者，不宜先存此彼之见于胸，而有所迎拒也。”② 斯言允当。而在作家不免各有偏长，在鉴赏者也不免各有偏好。

唐代李白诗歌很受鲍照的影响，在鉴赏趣味上也与鲍照一样倾心于“如初发芙蓉，自然可爱”的辞采。李白在赠人的诗中称

---

① 《南史》，中华书局点校本，第3册，第881页。

② 傅庚生《中国文学欣赏举隅》，北京出版社2003年版，第147页。

赞人家的诗也说“清水出芙蓉，天然去雕饰”①，后世则多用这两句诗来比喻李白本人诗歌语言的明爽自然的风格。

杜甫自谓“为人性僻耽佳句，语不惊人死不休”②，他是极其用心于诗歌语言的斟酌锤炼的。杜甫在称赞他人的诗歌时，也往往着眼于佳句、丽句、句法，例如：

李侯有佳句，往往似阴铿。(《与李十二白同寻范十隐居》)③

清谈慰老夫，开卷得佳句。(《送高司直寻封阆州》)④

美名人不及，佳句法如何？(《寄高三十五书记》)⑤

不薄今人爱古人，清词丽句必为邻。(《戏为六绝句》其五)⑥

复忆襄阳孟浩然，清诗句句尽堪传。(《解闷十二首》其六)⑦

最传秀句寰区满…… (《解闷十二首》其八)⑧

---

① [唐] 李白《经乱离后天恩流夜郎忆旧游书怀赠江夏韦太守良宰》，《全唐诗》卷一百七十，中华书局点校本，第5册，第1752页。

② [唐] 杜甫《江上值水如海势聊短述》，《全唐诗》卷二百二十六，中华书局点校本，第7册，第2443页。

③ 《全唐诗》卷二百二十四，中华书局点校本，第7册，第2394页。

④ 《全唐诗》卷二百二十二，中华书局点校本，第7册，第2368页。

⑤ 《全唐诗》卷二百二十四，中华书局点校本，第7册，第2396页。

⑥ 《全唐诗》卷二百二十七，中华书局点校本，第7册，第2453页。

⑦ 《全唐诗》卷二百三十，中华书局点校本，第7册，第2517页。

⑧ 《全唐诗》卷二百三十，中华书局点校本，第7册，第2518页。

新诗句句好，应任老夫传。(《奉赠严八阁老》)①

好诗固然要有真和善的思想感情，同时也必须有美的体调字句。杜甫特别留意于诗的句法，后人在他的诗中不断领悟句法的最多样的营造，欣赏他的沉郁顿挫的句法韵调。

白居易在《与元九书》中列举诗题称扬杜甫的诗歌时，还特别引录了杜甫令人惊心动魄的“朱门酒肉臭，路有冻死骨”两句诗，白居易无疑是最早充分认识和赞扬杜甫诗歌敢于揭露社会现实黑暗面的批判精神的。

宋代产生诗话类著述以后，历代诗话中都有很多“观置辞”的赏鉴议论，即举例议论字句的佳妙或存在的问题。欧阳修《六一诗话》是第一部“诗话”书，内容不多，共28条，短者不足百字，长者也不过二三百字，多为对于一些唐宋诗人作品的议论褒贬，具体议论诗篇字句实为多数。例如其第八条：

陈舍人从易，当时文方盛之际，独以醇儒古学见称，其诗多类白乐天。盖自杨、刘唱和，《西昆集》行，后进学者争效之，风雅一变，谓“西昆体”。由是唐贤诸诗集几废而不行。陈公时偶得杜集旧本，文多脱误，至《送蔡都尉》诗云“身轻一鸟”，其下脱一字。陈公因与数客各用一字补之。或云“疾”，或云“落”，或云“起”，或云“下”，莫能定。其后得一善本，乃是“身轻一鸟过”。陈公叹服，以为虽一

① 《全唐诗》卷二百二十五，中华书局点校本，第7册，第2405页。

字，诸君亦不能到也。①

这一条关于杜甫诗用字之精彩他人难以企及的故事，确实显示了鉴赏杜甫诗所可能获得的惊叹。杜甫以“语不惊人死不休”为自己诗歌艺术追求的宣言，他做到了诗语惊人的境地。从中唐元稹、白居易、韩愈等开始，再到宋朝众多诗人，就都不断惊叹杜甫诗的伟大成就，杜甫成为对宋以后古典诗歌启发最多、影响最大的“诗圣”，真正是“光焰万丈长”了。

从《六一诗话》看，有关诗句的评论，记录赞赏佳句者为多，也记浅俗可笑的诗句，意在鉴戒。先看讥笑鄙俗的一例：

仁宗朝，有数达官，以诗知名。常慕“白乐天体”，故其语多得于容易。尝有一联云：“有禄肥妻子，无恩及吏民。”有戏之者云：“昨日通衢遇一辎軿车，载极重，而羸牛甚苦，岂非足下‘肥妻子’乎？”闻者传以为笑。②

诗句中“肥”字是用动词（使动）义，而难免看作形容词，则“肥妻子”的形象不免鄙俗，因此被人讥笑。

又一条说：

---

① ［清］何文焕辑《历代诗话》，中华书局1981年版，上册，第266页。

② ［清］何文焕辑《历代诗话》，中华书局1981年版，上册，第264页。

圣俞尝云："诗句义理虽通，语涉浅俗而可笑者，亦其病也。如有《赠渔父》一联云：'眼前不见市朝事，耳畔惟闻风水声。'说者云：'患肝肾风。'又有咏'诗'者云：'尽日觅不得，有时还自来。'本谓诗之好句难得耳，而说者云：'此是人家失却猫儿诗。'人皆以为笑也。"①

记录这些造句浅俗可笑的例子，目的主要是提醒作诗者要考虑所造之句是否容易误读出不雅的意思，或被故意读出别的可笑的意思来，即梅尧臣所论诗句之病，这是在创作时要注意避免的。

梅尧臣（字圣俞）比欧阳修年长五岁，在诗风创新上也有领先的探索，欧阳修十分欣赏推重梅尧臣诗，借褒扬梅诗以引领诗坛改变"白居易体"的浅俗和"西昆体"的艰深的两种风气。欧阳修在与梅尧臣唱和的诗中，以及所撰《书梅圣俞诗稿后》（1032年）、《梅圣俞诗集序》（1046年，1061年补写）和《梅圣俞墓志铭》等文中，都极推重梅诗；又在《六一诗话》中多有对于梅尧臣诗篇、诗句和诗论的记述和称赞。例如引句赞赏梅尧臣咏河豚鱼诗说：

梅圣俞尝于范希文席上赋《河豚鱼诗》云："春洲生荻芽，春岸飞杨花。河豚当是时，贵不数鱼虾。"河豚常出于

① ［清］何文焕辑《历代诗话》，中华书局1981年版，上册，第268页。

春暮，群游水上，食絮而肥。南人多与荻芽为羹，云最美。故知诗者谓只破题两句，已道尽河豚好处。圣俞平生苦于吟咏，以闲远古淡为意，故其构思极艰。此诗作于樽俎之间，笔力雄赡，顷刻而成，遂为绝唱。①

这段对于梅尧臣河豚诗开头几句的议论评赞，是诗歌鉴赏“观置辞”的很好的一例。

《六一诗话》所记梅尧臣关于诗家“造语”的对话说：

圣俞尝语余曰：“诗家虽率意，而造语亦难。若意新语工，得前人所未道者，斯为善也。必能状难写之景如在目前，含不尽之意见于言外，然后为至矣。贾岛云：‘竹笼拾山果，瓦瓶担石泉。’姚合云：‘马随山鹿放，鸡逐野禽栖。’等是山邑荒僻，官况萧条，不如‘县古槐根出，官清马骨高’为工也。”余曰：“语之工者固如是。状难写之景，含不尽之意，何诗为然?”圣俞曰：“作者得于心，览者会以意，殆难指陈以言也。虽然，亦可略道其仿佛，若严维‘柳塘春水漫，花坞夕阳迟’，则天容时态，融和骀荡，岂不如在目前乎？又若温庭筠‘鸡声茅店月，人迹板桥霜’，贾岛‘怪禽啼旷野，落日恐行人’，则道路辛苦，羁愁旅思，岂不见于言外乎?”②

---

① ［清］何文焕辑《历代诗话》，中华书局1981年版，上册，第264页。

② ［清］何文焕辑《历代诗话》，中华书局1981年版，上册，第266页。

梅尧臣所谓“必能状难写之景如在目前，含不尽之意见于言外，然后为至矣”，更是引用率极高的论作诗，也是论鉴赏的名论。

赏析诗篇字句，是此后历代“诗话”类著作中占比很高的内容，也可以说历代很多“诗话”类著作是偏重于诗篇，尤其是警句和佳句的鉴赏的。就如《六一诗话》记“肥妻子”“失却猫”的传笑，后来的“诗话”书中也时有对于浅俗或拙劣诗句的讥评、笑谈。

在历代诗话中，“观置辞”一类的赏析议论，崇尚遣词之“雅”与造句之“意新语工”，讥评浅俗的词句，虽然就具体诗篇或语句的品评，意见不尽一致，甚至持论相左，但“尚雅忌俗”的趣味倾向却可说是诗歌鉴赏的一条基本原则。

古典诗歌语言尚雅忌俗，即使采用俗语，也是要善于化俗为雅。萧涤非先生在《杜甫诗选注》一书的前言中说：

> 采用俗语，是杜诗语言的一大特色，也是我国诗歌语言发展上的一大革新。自一般士大夫文人观之，这种俗语是不足以登大雅之堂的。但杜甫在抒情诗中用俗语很多，在叙事诗中则更丰富。因为这些叙事诗许多都是写的人民生活，采用一些俗语，自能增加诗的真实性和亲切感，并有助于人物语言的个性化。如《兵车行》的“爷娘妻子走相送”“牵衣顿足拦道哭”，《新婚别》的“生女有所归，鸡狗亦得将”。至如《前出塞》的“挽弓当挽强，用箭当用长。神人先射马，擒贼先擒王”，更是有同谣谚。

> 他提高了俗语的地位，丰富了诗的语言，使诗更接近生活，接近人民群众；另一方面又通过千锤百炼创造出珠玉般的、字字敲得响、“字字不闲”的诗句。卢世㴶评“万姓疮痍合，群凶嗜欲肥”说：“合字肥字，惨不可读。诗有一字而峻夺人魄者，此也。”这种例子是很多的。在这方面，还很值得我们研究、学习。①

杜甫诗采用俗语又加以锤炼的遣词造句法，在古代遭到少数士大夫文人讥议，如刘攽《中山诗话》说：“杨大年不喜杜工部诗，谓为村夫子。”② 杨大年即宋初“西昆体”诗人杨亿，其诗歌趣味限制了他对于杜甫诗采用俗语这方面的成就的认知。而他对于杜甫的讥贬，即在当时也并不为人接受，如《中山诗话》接前引两句说：“乡人有强大年者，续杜句曰‘江汉思归客’，杨亦属对，乡人徐举‘乾坤一腐儒’，杨默然若少屈。”③ 因存偏见不喜杜诗，杨亿于杜诗不熟，致遭同乡的戏窘。

其实杜甫诗采用俗语炼句成篇的新题乐府，在中唐已极受元稹、白居易的推重。此外，如杜甫在夔州作的《夔州歌十绝句》，清浦起龙《读杜心解》评曰：“十绝内间有俚句，而体格特高；

---

① 萧涤非选注《杜甫诗选注》人民文学出版社 1979 年版，第 11～12 页。

② ［清］何文焕辑《历代诗话》，中华书局 1981 年版，上册，第 288 页。

③ ［清］何文焕辑《历代诗话》，中华书局 1981 年版，上册，第 288 页。

放低便是竹枝词。”[①] 杜甫这类绝句的“间有俚句”，应是有意吸收了民歌的语言和句调，只是他还没有仿改民歌，而仍是自选题材、自抒情怀的诗，因此“体格特高”。而中唐刘禹锡《竹枝词九首》序言说：

> 四方之歌，异音而同乐。岁正月，余来建平，里中儿联歌《竹枝》，吹短笛击鼓以赴节。歌者扬袂睢舞，以曲多为贤。聆其音，中黄钟之羽。卒章激讦如吴声，虽伧佇不可分，而含思宛转，有淇濮之艳。昔屈原居沅湘间，其民迎神，词多鄙陋，乃为作《九歌》，到于今，荆楚鼓舞之。故余亦作《竹枝词》九首，俾善歌者飏之附于末。后之聆巴歈，知变风之自焉。

刘禹锡明确陈述他作《竹枝词》是与屈原作《九歌》一样，将“词多鄙陋”的民间歌谣加以改写或仿作。不满于原生态民歌的词多鄙陋，改写或仿作，即是化俗为雅。

杜甫、刘禹锡先后在夔州所作这类借鉴民歌和仿改民歌的绝句，宋代以后一直很吸引诗人们的兴趣，历代“竹枝词”创作甚多，一般都是用它来写风土人情，多有通俗而不鄙陋的佳作。

其实，有意学习民歌，写作通俗易晓的竹枝词，只是古典诗歌保持与活生生的民间语言的生命联系的显例；而历代为人传

---

① ［清］浦起龙著《读杜心解》，中华书局 1981 年版，第 3 册，第 852 页。

诵、至今仍是诗史的经典的无论古体或近体的诗篇，“尚雅忌俗”虽是一种共遵的准则，而遣词造句又并非都是搬弄拼装书面古语，善于将时语俗言入诗、“化俗为雅”也是一种共同的倾向。

元稹称赞杜甫说：“杜甫天材颇绝伦，每寻诗卷似情亲。怜渠直道当时语，不著心源傍古人。”① 元稹与白居易最先推尊杜甫诗，不只是由于对杜诗写实主义内容的赞同，也由于对杜诗不傍古人而“直道当时语”的亲切通俗的语言风格的认同。元、白因此不仅继承杜甫写作新乐府讽喻诗，而且他们的闲适、感伤类的诗歌，无论古体今体，语言风格也都倾向于通俗。

晚唐诗人杜牧《读韩杜集》绝句前两句云：“杜诗韩集愁来读，似倩麻姑痒处搔。”② 杜诗韩集读来解愁，当然先是其思想内容正说中读者关心处，但杜诗的“直道当时语”和韩诗的散文化（杜牧此绝句主要是论诗，故所谓“韩集”也应主要是指韩诗而言）遣词造句的风格，无疑也是使读者感觉搔到痒处的不可或缺的方面。

兴起于唐朝、兴盛于两宋的词，是新一轮源起于民间的曲子词，经由士大夫仿作、创作，从而化俗为雅的诗歌发展的轨迹；后来的元曲等也都是如此。

古典诗歌的鉴赏，在“观置辞”方面，过分模拟、挦扯古人，而不知用“当时语”写眼前景和当前事，如宋初挦扯李商隐诗的“西昆体”、明代模拟盛唐的前、后“七子”等，历来是为

---

① ［唐］元稹《酬孝甫见赠十首》其二，《全唐诗》卷四百三十，中华书局点校本，第12册，第4575页。

② 《全唐诗》卷五百二十一，中华书局点校本，第16册，第5955页。

鉴赏家所批评否定的。

清朝诗人厌弃明“七子”模拟盛唐不免为徒具假、大、空的面目腔调，转而提倡学诗不可仅限于学盛唐，唐诗之初盛、中晚，宋诗之苏黄、陆杨，皆可取法。这样放宽学习的眼界，使清诗的成就高过明诗。当然，具体到清诗各派各家，其诗歌语言的继承与出新的得失也各有可议，而历来为鉴赏家、诗史研究者所共称道的诗人诗篇，则都有善用切实平易的时言口语，乃至方言俗谚，以构成自具个性的诗歌语言，从而能写出自己的真性情。

清代诗论家关于遣词造句的雅与俗多有论说。词句何以辨“雅”与“俗”？潘德舆《养一斋诗话》卷一有言曰：“夫所谓雅者，非第词之雅驯而已。其作此诗之由，必脱弃势利，而后谓之雅也。今种种斗靡骋妍之诗，皆趋势弋利之心所流露也。词纵雅而心不雅矣，心不雅则词亦不能掩矣。”① 这是说到“心源”上了。

20世纪新文化运动之后，在极力提倡白话新文学的时代背景上，仍然写作旧体诗的诗人、学者们，也都更明了旧体诗不可替代的优点，是它的发展到至美的律、绝、长短句的确定的形式，而摹古太过、语言晦涩、作意难晓的诗作，难免遭到提倡白话新诗者的挑剔攻击。因此，坚持用旧体，但遣词造句不故作古奥，一方面固然要继承诗词语言“尚雅”的原则，同时又要善于采用平易近人的时语白话入诗，化俗为雅，就仍然能够作出属于现当

① 郭绍虞选编，富寿荪校点《清诗话续编》，上海古籍出版社1984年版，第4册，第190~191页。

代的传统诗词。

当然，由于文化的普及，当代写作旧体诗词的作者人数无疑超越古往任一时代，正式出版发行的与各地诗社等自编自印的专门发表诗词的报刊多不胜数，现在更有网络自媒体随时可以自由发表作品，要说中华诗词的创作“盛况空前”，似不为过。但这仅是以数量看貌似繁荣而已，实际情况是高水平的作者显然不多。大量发表的是堆砌概念和口号的所谓“老干体”，或语言与格调鄙俗的“打油诗”等。这类诗的作者，很多是真爱诗词也有心想学，只是限于学养不足，其中应该会有些人脱颖而出、迈入高水平作者之列，我也诚望真心爱诗词者努力向前。但也有些人虽然水平不高，或已误入歧途却不自知，也不愿听取他人的意见，反而自以为是勇于创新，这就属于不可理喻了。读当代诗词报刊，很多时候会遇到这类“诗人”的令人厌看的“大作”，虽然这不免败人兴致，但披沙拣金，立意遣词和声调神韵俱佳的诗作也是有的。我们对于古典诗歌的存在和发展，还是应该充满信心。

刘勰《知音》篇“六观”论的“观通变”与“观奇正”，我们附在这节里稍作引述。

“贯通变”，即看作品对于前人有何继承，作者又有何创新。《文心雕龙》有《通变》篇专论，虽为诗文写作之引导，亦可为鉴赏之参考。其开篇说：

> 夫设文之体有常，变文之数无方，何以明其然也？凡诗赋书记，名理相因，此有常之体也；文辞气力，通变则久，

此无方之数也。名理有常，体必资于故实；通变无方，数必酌于新声：故能骋无穷之路，饮不竭之源。然绠短者衔渴，足疲者辍涂，非文理之数尽，乃通变之术疏耳。[①]

诗文的体裁是有定式的，但写作时的变化却是没有框定的。体裁必然凭借过去的作品，变化则应善于参取新鲜的形式因素。刘勰在第二段概述古来诗文通变的最后，归结说："斯斟酌乎质文之间，而檃括乎雅俗之际，可与言通变矣。"在质朴与文采之间、雅正与鄙俗之间，总须要斟酌去取恰当，就可以理解文章的继承与革新了。

黄侃《文心雕龙札记》于《通变》篇有阐论说："文有可变革者，有不可变革者。可变革者，遣辞捶字，宅句安章，随手之变，人各不同。不可变革者，规矩法律是也，虽历千载，而粲然如新，由之则成文，不由之而师心自用，苟作聪明，虽或要誉一时，徒党猥盛，曾不转瞬而为人唾弃矣。"[②]

刘勰之论文章"通变"，移以专论诗歌、专论后世才定型的近体诗词，尤为具有指导意义。五、七言律诗的格律和长短句的词谱已成定式，是典型的"设文之体有常"。而自唐自宋以至今日，凡诗词大家名手各有自具风格的佳作，其自具之风格即由"变"而出新，即黄侃所谓"遣辞捶字，宅句安章，随手之变，

① 陆侃如、牟世金《文心雕龙译注》，齐鲁书社 1982 年版，下册，第 119 页。

② 黄侃《文心雕龙札记》，中国人民大学出版社 2004 年版，第 101 页。

人各不同”。

对于历代诗作在“通变”方面的得失，历来诗话中也不乏举例品评，当代则当以钱锺书先生的《宋诗选注》最为引人注目。钱先生博闻强记，又自善创作，于学术尤精于古典诗歌的比较批评，而其比较的目光则特别看重善于变化出新的诗作。《宋诗选注》因此而诚为学习古典诗歌鉴赏的值得参阅详读的选本。但此书也并非一无可议，例如对于黄庭坚的“点铁成金”“夺胎换骨”等诗法论的过苛讥评，就未为公允之论。其实黄庭坚所论多是古典诗歌写作在命意与遣词方面如何“通变”的一些具体方法，也可以作为诗歌鉴赏“观置辞”“观通变”的参考事例。

刘勰所谓“观奇正”，是看作品的表现形式，《文心雕龙》中《定势》篇所论“体势”问题，即文章的体势由不同文体的性质所决定。文章体势有正有奇，“正”是符合体势的遣词造句，刘勰所谓“奇”不是通常所说的“新奇”，而是“诡巧”，是“穿凿取新”，是“反正”，即故意违反正常的写法。这是刘勰所不赞成的。刘勰在论说体势“奇正”的问题中，也一再分辨“雅俗”“雅郑”，崇尚典雅、清丽，反对“适俗”“逐奇”。《定势》篇的第四段所论，尤其可移用作鉴赏的指导，其文曰：

> 自近代辞人，率好诡巧，原其为体，讹势所变。厌黩旧式，故穿凿取新；察其讹意，似难而实无他术也，反正而已。故文反“正”为“乏”，辞反正为奇。效奇之法，必颠倒文句；上字而下抑，中辞而出外；回互不常，则新色耳。夫通衢夷坦，而多行捷径者，趋近故也；正文明白，而常务

反言者，适俗故也。然密会者以意新得巧，苟异者以失体成怪。旧练之才，则执正以驭奇；新学之锐，则逐奇而失正；势流不反，则文体遂弊。秉兹情术，可无思耶？①

在刘勰的批评观念中，“奇”是“反正”，是“诡巧”，是“穿凿取新”，因此，也许是他最先使用的“新奇”一词，在他的理论语境中也多半是属于贬义的。在《文心雕龙·体性》篇中，归纳诗文风格为“八体”曰：典雅、远奥、精约、显附、繁缛、壮丽、新奇、轻靡。前六体是他所赞赏的，而于后二者，他说：“新奇者，摈古竞今，危侧趣诡者也。轻靡者，浮文弱植，缥缈附俗者也。故雅与奇反，奥与显殊，繁与约舛，壮与轻乖。”②奇，新奇，是“摈古竞今，危侧趣诡”的，是与“雅”相违背的。《知音》篇中也说“爱奇者闻诡而惊听”③。

刘勰的贬义的“奇”“新奇”概念，后世诗文评中也有沿用，例如陈师道《后山诗话》说：“诗欲其好，则不能好矣。王介甫以工，苏子瞻以新，黄鲁直以奇。而子美之诗，奇常、工易、新陈，莫不好也。”④ 但“奇”“新奇”，在唐宋以还的诗歌鉴赏中

---

① 陆侃如、牟世金《文心雕龙译注》，齐鲁书社 1982 年版，下册，第 138 页。

② 陆侃如、牟世金《文心雕龙译注》，齐鲁书社 1982 年版，下册，第 97 页。

③ 陆侃如、牟世金《文心雕龙译注》，齐鲁书社 1982 年版，下册，第 387 页。

④ ［清］何文焕辑《历代诗话》，中华书局 1981 年版，上册，第 306 页。

更多是称赞的褒义词。本来陶渊明就有“奇文共欣赏”的名句，所称“奇文”无疑是褒义的。殷璠《河岳英灵集》李白的评介说：“白性嗜酒，志不拘检，常林居十数载，故其为文章，率皆纵逸。至如《蜀道难》等篇，可谓奇之又奇，自骚人以还，鲜有此体调也。”① 又评岑参诗“语奇体峻，意亦奇造”等。② 宋初王禹偁称赞人诗有句曰“所得新奇尽雅言”③，南宋杨万里称赞人诗有句曰“四诗赠我尽新奇”④，都是褒赞之辞。黄庭坚称赞李龙眠画的诗句“领略古法生新奇”⑤，亦可以移用论诗歌。而“新奇”生于“领略古法”之后，与刘勰讲“通变”、讲“执正以驭奇”的道理，还是所见略同的。

三、观宫商

“观宫商”，是研揣作品的声律。刘勰《文心雕龙》撰写于南朝齐代，其时字有“四声”之论已明，诗歌则有依据“四声”讲究字句声调的抑扬亢坠和“声病”的避忌，已有“永明体”的新探索。同时期的批评家如钟嵘，在《诗品》中对于“宫商之辨，

---

① 影印《文渊阁四库全书》，上海古籍出版社 2003 年版，第 1332 册，第 23 页。

② 影印《文渊阁四库全书》，上海古籍出版社 2003 年版，第 1112 册，第 41 页。

③ 北京大学古文献研究所编《全宋诗》卷六十五，北京大学出版社 1991 年版，第 2 册，第 730 页。

④ 北京大学古文献研究所编《全宋诗》卷二二九八，北京大学出版社 1991 年版，第 42 册，第 26389 页。

⑤ 《次韵子瞻和子由观韩幹马因论伯时画天马》，［宋］黄庭坚撰，［宋］任渊、史容、史季温注，刘尚荣校点《黄庭坚诗集注》，中华书局 2003 年版，第 1 册，第 255 页。

四声之论”颇不以为然，认为诗歌本是要诵读的，只要自然上口即足矣，而四声宫商之讲求，“襞积细微，专相陵架。故使文多拘忌，伤其真美”①。与钟嵘不同，刘勰则敏锐认识到字句声调的调谐将成为诗文要特别讲究的形式美的规则，因此也特撰《声律》一篇，来论说诗文鉴赏必将关注的“音以律文”问题。刘勰固然还无从论到近体诗的四声平仄的细节，但他说：

> 夫吃文为患，生于好诡，逐新趣异，故喉唇纠纷；将欲解结，务在刚断。左碍而寻右，末滞而讨前，则声转于吻，玲玲如振玉；辞靡于耳，累累如贯珠矣。是以声画妍蚩，寄在吟咏。②

诗文字句安排声韵，从而使吟咏读听皆辞如贯珠、声如振玉。这种对于声律形式美的追求，其完美的果实即是近体诗的最终成型。

古人就学读书，是要求出声诵读的，学习诗歌更是吟咏、唱诵的。诗人作诗，很多时候不是伏案吮笔默不作声写出来，而是坐吟、行吟，沉吟、高吟，独吟、联吟，拥鼻吟、抱膝吟，捻须苦吟、改罢长吟……，是开口出声吟咏而成的。诗歌的音乐性为人们所熟知，诗人们创作过程中的沉吟含咏是对字句声调的音乐性的斟酌推敲，阅读诗歌时的讴吟玩咏则是对作品的深入领会和

---

① ［清］何文焕辑《历代诗话》，中华书局1981年版，上册，第5页。

② 陆侃如、牟世金《文心雕龙译注》，齐鲁书社1982年版，下册，第168页。

欣赏。正如清沈德潜《说诗晬语》所说："诗以声为用者也，其微妙在抑扬抗坠之间。读者静心按节、密咏恬吟，觉前人声中难写、响外别传之妙，一齐俱出。朱子云：'讽咏以昌之，涵濡以体之。'真得读诗趣味。"①

也许有人会生疑问，五、七言古诗的字句声调本是依据本能的语感，但求"口吻调利"即可的；近体诗按声律也只有几种格式，如本书第二章"声律论"所列述；每种词调也是有固定谱式的。那么，诗词鉴赏的"观宫商"，岂不是会感觉都只是几种老调的不断重弹？岂不是很容易令人厌倦吗？又近体诗定型一千多年了，就那么几种声调格式，何以至今还是有很多人爱读、爱写呢？

如果仅看字句平仄声的固定谱式，律诗和词确实都是调式有限的。但诗词的声调宫商并不是单靠四声平仄构成，同一格式的律诗或同一词调的词，会因具体作品所采用字词的语义和感情色彩的不同，以及句法和篇章结构的不同，而呈现很不相同的声调感觉和语言风格。所以，律诗和词，并未因为声律谱式的固定化而流于单调。唐宋迄今，每个自名一家的诗人，就都用这些谱式写出了各自的风格；历来每一首名篇佳作，也都各具独特的声调风格。

例如王维、李白和杜甫各一首同是首句仄起的五律，王维《汉江临泛》：

---

① ［清］王夫之等撰，丁福保辑《清诗话》，上海古籍出版社 1978 年版，下册，第 538 页。

楚塞三湘接，荆门九派通。
江流天地外，山色有无中。
郡邑浮前浦，波澜动远空。
襄阳好风日，留醉与山翁。①

李白《渡荆门送别》：

渡远荆门外，来从楚国游。
山随平野尽，江入大荒流。
月下飞天镜，云生结海楼。
仍怜故乡水，万里送行舟。②

杜甫《旅夜书怀》：

细草微风岸，危樯独夜舟。
星垂平野阔，月涌大江流。
名岂文章著，官应老病休。
飘飘何所似，天地一沙鸥。③

这三首五律平仄格律相同，三首的次联是写景相似的对句，但虽写景相似、声调一律，却又各自显出鲜明的气质情韵：王维

① 《全唐诗》卷一百二十六，中华书局点校本，第 4 册，第 1279 页。
② 《全唐诗》卷一百七十四，中华书局点校本，第 5 册，第 1786 页。
③ 《全唐诗》卷二百二十九，中华书局点校本，第 7 册，第 2489 页。

语调平静舒缓，李白爽逸高亮，杜甫沉郁苍凉。当然这三首诗不只是次联各显风格，而是每首诗通篇声调情韵都自具气韵特点。诗歌的声韵宫商各有特色，正如每个人的嗓音声调，无论他开口出声是喜是悲，熟悉者即使未见其人但闻其声，也听得出是谁。如王维、李白、杜甫等大诗人的诗篇，我们多读、多出声诵读，就会有如记住了至亲好友的熟悉的声音一样的感觉。

这里以王维、李白和杜甫为例，是因为他们最能显示诗歌声调情韵的个性差别，而不是说只有达到他们的程度才具有这样的差别。如严羽《沧浪诗话·诗体》“以人而论”所列唐宋数十名家之“体”，在声调韵致上也都是各有特色的。

当然，鉴赏的“观宫商”，又不是只求对每个诗家的声调个性获得一种概括单一的印象，而是要能够辨别玩咏每首诗的声韵宫商。每个诗人虽然自有一种独具的声调个性，但每个诗人的不同诗篇也必然会有忧喜悲欢、平和激昂等不同的声情格调。例如杜甫《春夜喜雨》，与上举三首也是同样的平仄格式，却写出与他自己的《旅夜书怀》也迥然不同的欢欣喜悦的声情，其诗云：

好雨知时节，当春乃发生。
随风潜入夜，润物细无声。
野径云俱黑，江船火独明。
晓看红湿处，花重锦官城。①

---

① 《全唐诗》卷二百二十六，中华书局点校本，第7册，第2439页。

读每一首诗，都应能随其悲欣而兴咏赏会，才是善于读诗、赏诗，才真可以陶冶性灵。

历来诗词鉴赏“观宫商”也有雅俗之辨，而语调宫商，何谓“雅俗”？

清郎廷槐问、王士祯等答之《师友诗传录》，郎氏开篇说：“作诗，学力与性情，必兼具而后愉快。愚意以为学力深，始能见性情。若不多读书，多贯穿，而遽言性情，则开后学油腔滑调、信口成章之恶习矣。”① 这里所说不多读书而遽言性情的、信口成章的“油腔滑调”，正可以当作鉴赏诗歌声调雅、俗之“俗”的恰当释义，“油腔滑调”自显鄙俗，自与风雅清浊判然。

作诗要不落入“油腔滑调”的俗恶地步，不只是要多读书的学力问题，更重要的还应该是读书明志、明道的修养问题。历代也不乏学力虽深而心志不脱趋势逐利的气息庸俗之人，其诗其词虽非油腔滑调的浅薄之作，而其俗意俗调必不自知而表露。前节曾引清潘德舆《养一斋诗话》说的“今种种斗靡骋妍之诗，皆趋势弋利之心所流露也。词纵雅而心不雅矣，心不雅则词亦不能掩矣”，也正是扬雄早已说过的“言，心声也；书，心画也。声画形，而君子小人见矣”②。君子小人，心气之雅俗，是必然流露于其言其字、其诗文，雅人深致无须掩饰，而小人或欲掩其不雅又是掩饰不住的。

---

① ［清］王夫之等撰，丁福保辑《清诗话》，上海古籍出版社 1978 年版，上册，第 127 页。

② 《诸子集成》，上海书店 1986 年影印版，第 7 册，扬雄《法言》，第 14 页。

傅庚生《中国文学欣赏举隅》说："诗又有打油一体。唐人张打油（打油当是诨号，盖以时人谓其成诗率易，过于油滑，因以名之也）《雪诗》云：'江上一笼统，井上黑窟窿。黄狗身上白，白狗身上肿。'后世因谓诗之俚俗者为打油。……学诗者自宜以俚俗为戒也。"①

对于打油诗，也有持宽容意见者，如《汉语大词典》：

> 【打油诗】旧体诗的一种。内容和词句通俗诙谐、不拘平仄韵律。相传为唐代张打油所创。清钱泳《履园丛话·笑柄·打油诗》："按打油诗始见于《南部新书》，其无关于人之名节者，原未尝不可以为游戏。"②

当代旧体诗写作中，真可谓打油诗盛行。我们读到的当代不断产生的打油诗，其中确有通俗诙谐、作意不俗者，诗林中存此一种开心一乐的格调，"原未尝不可以为游戏"。但更多的"打油诗"作品，信口成章，油腔滑调，或字句俚俗，或剪贴成语、拼装口号。写这种打油诗的人，往往又并不自认为不过是游戏文字，而自以为是贴近民俗、属于时代的真诗，并且自以为诗艺炉火纯青，眼前无论何事何物，都可以被"打油"成咏，一日之内或能随手写出十首、二十首，而这些思如泉涌、口不择言的"打油诗"，往往很像古代话本《快嘴李翠莲记》里李翠莲"出口成

---

① 傅庚生《中国文学鉴赏举隅》，北京出版社 2003 年版，第 237~238 页。

② 《汉语大词典》，汉语大词典出版社，第 6 册，第 317 页。

章”的顺口溜，俚言俗调，令人失笑，也令人厌闻。[①] 已成这种状态的打油诗人，你若提醒他不可如此作诗，他已经听不进去的。即使是朋友，若不可与言，也就不必与之言了。而如果你是初学诗者，入门须正，则确宜以俚俗为戒。

当然，诗调之俗并不限于打油诗，声律合格的律诗和词，也会有声情庸俗之作。虽然掌握了四声和诗句平仄格律，以及起承转合的章法和散行、对偶的句法等基本的形式规则，能够写出形式上合格的作品，但心气庸俗，作意鄙俗，遣词不雅，声调或温吞疲弱或粗犷叫嚷，这种或未入雅境或已走火入魔的“诗词”，在当代貌似复兴繁荣的旧体诗写作中，实在也是随时可见。我这里只能这样点到为止，不便举例。只希望提醒初学诗者先要学会辨别雅俗，避俗向雅，不断精进，而不至于误入歧途，落入魔道。

第三节　诗歌鉴赏的意义

诗歌本是文学中的文学，在中国传统文化最核心的几部经典中就有《诗经》，孔子教人学习成长的步骤是“兴于诗，立于礼，成于乐”[②]。因此，两千多年间奉行孔子诗教思想的我们华夏民

---

① 古话本《快嘴李翠莲记》，以其所谓反封建的思想性在现代重估俗文学的文化价值的背景上很受推重，但李翠莲的顺口溜实在是俗不可耐的韵语，倒可以做学诗应忌俗的所谓“俗”的样本。

② 《论语·泰伯》，杨伯峻译注《论语译注》，中华书局 1980 年版，第 81 页。

族，一代代人识字读书都是从学读韵文和诗歌开始的。孔子指引弟子们说："小子何莫学夫诗？诗，可以兴，可以观，可以群，可以怨。"① ——你们年轻人为什么还不学习《诗》呢？学诗，可以启发联想力，可以提高观察力，可以培养合群性，可以学到讽刺的手段。孔子说的是学习、熟读《诗经》的有益处，也可以说是一般诗歌鉴赏的意义所在。孔子的这一指引，历来也是深入人心的。

本书是拟为动心立志要学习旧体诗写作的人们说法的，因此最后这节讲诗歌鉴赏的意义，也只讲讲诗歌鉴赏对于学习旧体诗写作而言有何意义。

陆游用一首诗向儿子陆遹传授学诗的经验感想说：

我初学诗日，但欲工藻绘。
中年始少悟，渐若窥宏大。
怪奇亦间出，如石漱湍濑。
数仞李杜墙，常恨欠领会。
元白才倚门，温李真自郐。
正令笔扛鼎，亦未造三昧。
诗为六艺一，岂用资狡狯？
汝果欲学诗，工夫在诗外。②

① 《论语·阳货》，杨伯峻译注《论语译注》，中华书局 1980 年版，第 185 页。

② 《示子遹》，钱仲联校注《剑南诗稿校注》，上海古籍出版社 1985 年版，第 8 册，第 4263 页。

诗歌的思想内容须与现实息息相关，因此要留意诗外的现实生活，不是光从古人的诗卷里模拟藻绘就能够学得好的。这个道理很重要，也为我们所熟知。而这不是本节的话题，这里也就从略了。

对于学习旧体诗写作来说，学作诗必然起步于模拟，正如学习书法必须从临摹古代名家碑帖一样。模拟学诗，从开始眼界就要宽阔，要多读诗，还要能鉴赏，能择其善者雅者而学之。这也如学书写要多读帖，要能选择好的又是最适合自己的碑帖来学一样。

杜甫很希望儿子能继承其家诗学的血脉，教儿子要“熟精《文选》理”①。南朝梁昭明太子编辑的《文选》，是唐代能够读到的汇集古代各体诗文佳作最多的一部总集。要熟精其“理”，就不仅是多读，还要能赏会。

欧阳修说：“为文有三多：看多，做多，商量多也。”② 学作文首先要“看多”，即多读古文。学诗的道理，是一样的。

严羽《沧浪诗话·诗辨》说：“夫诗有别材，非关书也；诗有别趣，非关理也。”这两句话最常被引用，但这不是一个完整的意思的表达，严羽接着说的是：“然非多读书、多穷理，则不能极其至。所谓不涉理路、不落言筌者，上也。”③ 这些话连起来

---

① 《宗武生日》，《全唐诗》卷二百三十一，中华书局点校本，第7册，第2535页。

② ［宋］陈师道《后山诗话》，［清］何文焕辑《历代诗话》，中华书局1981年版，上册，第305页。

③ ［清］何文焕辑《历代诗话》，中华书局1981年版，下册，第688页。

才是严羽对于“诗”的完整的辩证的阐释。作诗须要有才情天趣，也须要多读书穷理，只是写成的诗篇要不涉理路、不落言筌，才是上品。这里说的“多读书”不限于读诗，应该是经、史、子书都要多读的。多读书才能多明理，才能对于自然、社会和人生有高出常人的理性认识。这种高出常人的理性认识，在诗中不可以像说理文那样表述，要包含、融化在诗的意境和情趣中，使诗中有理趣，这样才是“极其至”的诗。例如刘熙载《艺概·诗概》说：“陶渊明则大要出于《论语》。陶诗有‘贤哉回也’‘吾与点也’之意，直可嗣洙泗遗音。其贵尚节义如咏荆卿、美田子泰等作，则亦孔子贤夷齐之志也。”① 就是说陶诗所显示的思想志趣是来自孔子的，但陶诗却不是和《论语》一样的直接说理言志的语录，而是最典型、最优秀的诗，是“极其至”的诗。

回到学诗者的鉴赏要多读诗的话题，多读诗也不能漫无归向。譬如学书法要多读帖，但还是要择帖临摹，不能三天两头换帖乱写。择帖要选看上去亲切、模拟也容易上手的名家碑帖，由临仿一家字体入门，再兼取旁收，变化出新，自成一家。学诗也是如此，多读诗，择其性之所近的大家名家之诗，选其佳作，反复玩味，有意学之。只要是有才情、有悟性的，就能够入门学好。

这样说来，初学者就要能鉴赏、会选择。但初学者或许要问，既是初学，鉴赏能力自然也是初步的，又如何能保证所选择的都是值得学习的？

---

① ［清］刘熙载《艺概》，上海古籍出版社 1978 年版，第 54 页。

这也如书法的初学者，择帖须要有已具有鉴赏眼力的人的指导帮助，初学诗者也要有人指导，或自己向相关的书中寻求指导。《红楼梦》第四十八回林黛玉教香菱学诗的故事，就是这个过程的生动的例子：

> 香菱笑道："我只爱陆放翁'重帘不卷留香久，古砚微凹聚墨多'，说的真有趣！"黛玉道："断不可学这样的诗。你们因不知诗，所以见了这浅近的就爱，一入了这个格局，再学不出来的。你只听我说，你若真心要学，我这里有王摩诘全集，你且把他的五言律读一百首，细心揣摩透熟了，然后再读一二百首老杜的七言律，次再李青莲的七言绝句读一二百首。肚子里先有了这三个人作了底子，然后再把陶渊明、应玚、谢、阮、庾、鲍等人的一看。你又是一个极聪明伶俐的人，不用一年的工夫，不愁不是诗翁了。"①

当然这是小说里的故事，黛玉所言也只是一种选择，而不是唯一正确的路径。五律、七律，不可能都是从王维、杜甫学起。引录这个片段，只是用来说明初学诗者也须有鉴赏力的培养，向有学识的人请教，是必要的。

历来公认的大诗人的诗作，对于初学者来说，一般不可能一超直入就领会到其好处妙处。即使有他人的指引，也还是要自己

---

① ［清］曹雪芹、高鹗著《红楼梦》，人民文学出版社 1985 年版，中册，第 664~665 页。

有耐心去读，多读，反复读，细心感受，才可能达到真心领会。

多读诗，学会鉴赏，领会前人诗作的好处，对于初学者有意义、有必要，已如上述。那么如果学诗已久，已能写出合格甚至很出色的诗作，也还需要多读诗、多鉴赏诗歌吗？

其实果真已经是学诗有成、能自由创作的诗人，是不会提出这个问题的。这个问题仍然是代初学诗者假设的进一层的追问，也可借此问题将诗歌鉴赏的意义再说深一层。

如果你是已经能够自由写诗的人，读诗赏诗，也就已经成为你的日常阅读必有的事情了，你不仅已经用不着别人指导，而且还可以指导他人了。能写诗者继续读诗赏诗，是自觉地扩展鉴赏的范围，加深鉴赏的辨识与赏会。这既是为继续的创作“加油”“充电”，也是文学欣赏的精神享受。

为了继续的创作而保持读诗赏诗的习惯，是因为对于历代诗人诗作的鉴赏，不是初学诗时就可以一劳永逸解决的。随着学诗深度的进展，随着年岁阅历的增加，读诗的感受和欣赏领会也会发生变化，这种变化表现着思想感情的改变和审美能力的提高。古代大诗人一般各自都有若干特别欣赏的前代诗人名单，有些仍然能大致知晓前代诗人受其爱赏的先后情况，有些则对于自己这种变化的经过留下清晰的自述。

例如苏轼于诗所接受的影响，近乎杜甫的“不薄今人爱古人”的广博。当然，他特别称道的也是曹、刘、鲍、谢、陶、李、杜、韦、柳等大家，他对于中唐刘禹锡、白居易、韩愈，晚唐司空图，同时代欧阳修、王安石、黄庭坚等，也都有赞评。陈师道《后山诗话》说：“苏诗始学刘禹锡，故多怨刺，学不可不慎也。晚学太白，至其得意，则似之矣；然失于粗，以其得之易也。”① “诗可以怨”，本是孔子所包容的诗的功能之一。苏轼早年诗多怨刺，引发“乌台诗案”之文祸，在苏轼自己得一刻骨铭心的教训，在《后山诗话》这里也见出留下了阴影。苏轼盛年于前代诗人，无疑是以唐朝李、杜、韦、柳、韩、白等为参照系，晚岁则有“吾于诗人无所甚好，独好渊明之诗”的一段追悔未早学渊明的告白②，并遍和陶诗一百多首，以见其倾心于陶渊明。

自述学诗从模拟到自由作诗的变化过程者，如杨万里《诚斋荆溪集序》说：

> 予之诗，始学江西诸君子，既又学后山五字律，既又学半山老人七字绝句，晚乃学绝句于唐人。学之愈力，作之愈寡。尝与林谦之屡叹之，谦之云：“择之之精，得之之艰，又欲作之之不寡乎？”予喟曰：“诗人盖异病而同源也，独予乎哉？”故自淳熙丁酉之春，上暨壬午，止有诗五百八十二首，其寡盖如此。其夏之官荆溪，既抵官下，阅讼牒，理邦赋，惟朱墨之为亲。诗意时来往于予怀，欲作未暇也。戊戌三朝，时节赐告，少公事。是日即作诗，忽若有寤。于是辞谢唐人及王、陈、江西诸君子，皆不敢学，而后欣如也。试

① ［宋］陈师道《后山诗话》，［清］何文焕辑《历代诗话》，中华书局 1981 年版，上册，第 307 页。

② 见［宋］苏辙《子瞻和陶渊明诗集引》述苏轼书信中语，《栾城后集》卷二十一，影印《文渊阁四库全书》，上海古籍出版社 2003 年版，第 1112 册，第 754~755 页。

令儿辈操笔，予口占数首，则浏浏焉无复前日之轧轧矣。自此每过午，吏散庭空，即携一便面，步后园，登古城，采撷杞菊，攀翻花竹。万象毕来，献予诗材，盖麾之不去，前者未雠而后者已迫，涣然未觉作诗之难也。盖诗人之病去体将有日矣。……①

初学江西派诸家，又学陈师道五律，又学王安石七绝，又学唐人绝句——这是杨万里由读诗赏诗改换其欣赏和模拟的诗家诗作的学诗经过；最后是忽入悟境，不再依傍模仿他人，而能以万象为诗材自由作诗了。其实在这个过程中，他曾爱赏和模拟过的每个诗人，都为他的最后悟入作诗的自由境地助过力。在成为自名一家的大诗人之前的不断读诗赏诗、学他人的诗，对于杨万里的意义，他自己说得清清楚楚。

后来严羽在《沧浪诗话·诗法》中说："学诗有三节：其初不识好恶，连篇累牍，肆笔而成；既识羞愧，始生畏缩，成之极难；及其透彻，则七纵八横，信手拈来，头头是道矣。"② 看上去实在像是以杨万里的自述为依据的。

至于作为精神享受的读诗赏诗，可以说是诗歌写作和欣赏的终极意义。

《文心雕龙·明诗》篇说：

---

① 周汝昌选注《杨万里选集》，中华书局1962年版，第285~286页。

② ［清］何文焕辑《历代诗话》，中华书局1981年版，下册，第694页。

大舜云："诗言志，歌永言。"圣谟所析，义已明矣。是以"在心为志，发言为诗"；舒文载实，其在兹乎？诗者，持也，持人情性。三百之蔽，义归"无邪"；持之为训，有符焉尔。①

这是论诗何以产生，诗之于人究竟有何意义。诗人"发言为诗"，是为了扶持人的（首先是自己的）性情，使不偏邪。

《文心雕龙·知音》篇说：

夫缀文者情动而辞发，观文者披文以入情；沿波讨源，虽幽必显。世远莫见其面，觇文辄见其心。岂成篇之足深？患识照之自浅耳。夫志在山水，琴表其情，况形之笔端，理将焉匿？故心之照理，譬目之照形：目瞭则形无不分，心敏则理无不达。然而俗监之迷者，深废浅售。此庄周所以笑《折杨》，宋玉所以伤《白雪》也。昔屈平有言："文质疏内，众不知余之异采。"见异，唯知音耳。扬雄自称："心好沈博绝丽之文"，不事浮浅，亦可知矣。夫唯深识鉴奥，必欢然内怿。譬春台之熙众人，乐饵之止过客。盖闻兰为国香，服媚弥芬；书亦国华，玩绎方美。知音君子，其垂意焉。②

① 陆侃如、牟世金《文心雕龙译注》，齐鲁书社 1982 年版，上册，第 58 页。

② 陆侃如、牟世金《文心雕龙译注》，齐鲁书社 1982 年版，下册，第 390~391 页。

这是说作者动情用心写作的诗文，即使看上去有些深奥，只要读者也有敏锐的鉴赏眼力，还是能从作品文字间领会作者的心情的。然而世俗的一般读者确实是多乐意欣赏浅薄的作品，而《阳春》《白雪》曲高和寡。从前屈原就感慨说“人们都不知道我内在的出众才华”。能认识内在的出众才华，只有善于鉴赏者啊。而且只要是善于鉴赏、能看懂作品深意的人，就必能在欣赏佳作时获得内心的享受。文字作品须要细细赏会才能看到其中的妙处。凡是具有鉴赏能力的人，要特别注意这些。

刘永济《文心雕龙校释》说：“文学之事，作者之外，有读者焉。假使作者之性情学术，才能识略，高矣美矣，其辞令华采，已尽工矣，而读者识见之精粗，赏会之深浅，其间差异，有同天壤。此舍人所以‘惆怅于知音’也。”①

诗之为物，在作者自己固本有“持情性”之功能；而诗人之作诗，又并非仅为满足于“陶冶性灵”，而总是期待“知音”相赏的。陶渊明《饮酒》其十一中说：“颜生称为仁，荣公言有道。屡空不获年，长饥至于老。虽留身后名，一生亦枯槁。”② 写的是颜回、荣启期，也是在说自己。李华主编《陶渊明诗文赏析集》“前言”中说：“渊明怀抱高趣，与世俗不合，最后不得不老死田园，赍志以没，无声无息。他大概不甘心，所以写作诗文，既以自慰，也是希望在千百年后，能‘垂空文以自见’，让后人了解

① ［梁］刘勰著，刘永济校释《文心雕龙校释》，中华书局1962年版，第186页。

② 逯钦立校注《陶渊明集》，中华书局1979年版，第93页。

他的境遇和他的人格。"① 杜甫有"百年歌自苦，未见有知音"②的慨叹。陶渊明、杜甫，他们的诗歌艺术造诣都领先、超越于时代，他们在世时都不免有未见知音的孤独寂寞，但他们在后世都赢得最高的评价和无数知音。读赏陶诗、杜诗，都是我们国人最高的精神享受。

---

① 李华主编《陶渊明诗文赏析集》，巴蜀书社 1988 年版，第 3~4 页。

② 五律《南征》结句，《全唐诗》卷二百二十八，中华书局点校本，第 7 册，第 2473~2474 页。

附录

鲍思陶诗二百首

倪志云 选编

编者按：鲍思陶遗著《得一斋诗钞》，是思陶兄生前手自录稿，临终嘱余再为删定，齐鲁书社2007年出版，存五七言古今体诗791首，长短句60首（诗词合计851首），附录对联6副。所存诗作不分古今体而以写作时间为序编排。今从《得一斋诗钞》选录五七言古今体诗，附载于鲍著《中国古典诗歌创作论》书末，以便读者了解思陶兄诗歌创作的非凡造诣，以知思陶论说诗的作法，有自己创作实践体验，诚所谓实践出真知，故能不被流行的一些诗律禁忌论拘束，而能将律法讲得好理解，好接受，能引导学诗者知道如何作出好的作品。因《中国古典诗歌创作论》书中未论及长短句，故此选亦不录词。所录鲍诗各体：五古5首，七古2首，五律12首，七律77首，五绝7首，七绝97首，分六卷，共200首。此选采用普及选本如《唐诗三百首》等分体编排方式，也是为方便学诗者与“创作论”的理论阐述相对照，分体参阅，玩味各体声调韵味。此外，《中国古典诗歌创作论》

“声律论”章特别附加了关于对联声律的论述，思陶兄工于撰联，这里也就将《得一斋诗钞》附录的6副对联仍迻录于200首诗后，以供读者学习参考。

卷一　五古五首

昭君怨

陇水长呜咽，羞随骋毂流。
琵琶一入塞，青冢即千秋。
作俑怨魏绛，横行待武侯。
淳维骄且悍，坤道顺还柔。
如何一腐索，竟望缚蛮牛？
桐木杀刘据，谗言死赵幽。
豆萁煎正急，瓜蔓摘未休。
骨肉尚如此，焉能服远陬！
怨歌消且歇，胡马仍啾啾。
膝屈凋民气，和亲启索求。
卧薪并教训，总为报吴仇。
龙蛰乘时起，风雷有壮遒。
普天皆王土，无地不丕休。
安得青锋剑，先枭佞士头！

戒网

皎皎明月光，照我楼上窗。
清风吹绿鬓，凉露湿衣裳。
中宵何所忆？唯闻人叹息。
雁字云中来，支离不忍读。
忆昔初邂逅，机缘未可期。
相逢无多语，犹似旧相知。
心入青鸾镜，眉分柳叶颦。
兰花真小影，明月是前身。
头挽倭堕髻，耳垂碧玉珰。
怡然生空谷，犹自有馨香。
芙蕖红灼灼，自操一苇航。
打桨快如飞，惊起睡鸳鸯。
低眉弄清水，欲语却含羞。
为我歌采莲，一曲满湖秋。
为谁辨音律？为谁咏镜台？
湘灵钟造化，南岳费熔裁。
言笑自晏晏，两情无忌猜。
阶前书带草，泠露伴青苔。
门有女贞子，经冬复值春。
岁寒难徙性，徒自笑风萍。
湖海风波恶，西风总污人。
我自洗耳去，逍遥颍水滨。

临行牵我袂，无语双泪垂：
自度莲花曲，采之欲贻谁？
不卒闻此语，徘徊复何之。
寄言无深意，总是别离辞：
胃病勿忽视，三餐但有时。
气节随时换，早晚应加衣。
郁闷催人老，忧愁毋自悲。
友朋相倾诉，缕缕开心扉。
相知择益友，学业莫懈弛。
双亲常温省，夜路少行迟。
人生有聚散，世路总夷颠。
此生俱已矣，愿结来生缘。
尺素有时尽，我心已茫然。
呜咽不能语，仰首望南天。

网上寄人

谁言鼠无牙，何以触我屏！
屏开不能语，素木风泠泠。
一溪酿花水，鸳鸯对梳翎。
之子归结辙，此生一浮萍。
徘徊起中夜，隐约牵牛星。

听　雨

——雅集乙酉之秋征诗，诗题“听雨”，

五言古诗，限平声十一尤韵。

万象尽淅沥，天风起飕飗。
无心诵时若，有客赋登楼。
瑟瑟一帘梦，珊珊半池愁。
滴阶病残菊，零泪沮荒楸。
雁语迫寒近，乡情入怀浮。
乾坤自失色，混沌一身囚。
老扶阮生杖，醉和巴人讴。
不用拙鸠唤，自横万里舟。

铮儿日记题扉（原注：检旧作）

垂髫尚稚子，顽劣无可似。
七龄付纸笔，俾尔固心志。
前后十九篇，非效前贤事。
十寒成一曝，终负趋庭智。
凡事得浅尝，何以为秀士。
今复成斯编，并致殷勤意。
驽马功十驾，鼫鼠穷五技。
万事贵有恒，顾尔慎终始！

卷二　七古二首

拟行路难

拔剑去，意凄惶，戢敛羽翼韬晖光。
嚣尘不辨清与浊，叩角漫漫夜何长！
哽咽不能食，空对膏与粱。
隽士怀贞秀，幽人佩茝芳。
山间松月同高洁，直道如弦弃路旁。
攘于市，争于堂，难逃利索与名缰。
长袖迷下蔡，娥喉转高唐。
章甫村头脑，朱楼狭斜倡。
天荒荒，野茫茫，投止恐逢为虎伥。
任尔衡门题凤字，高山流水索谁赏？
亮怀琰与瑜，囊处一何伤！
穷道休辞镇日醉，临歧无复泣苍黄。
洪波既倒谁能挽，仲尼忧世接舆狂！

应邀作沧海桑田古风

劫灰几度飞沧海，昆明池水生绿苔。
九曲收将囊里去，六鳌放出洞中来。
浊气沉，清气别，不周山崩九州裂。
北斗何时始有光，山河大地一错铸成铁。

电光火石认前尘，突悟造化小儿最顽劣。

卷三　五律十一首、排律一首

望　月

素心应解得，千里共婆娑。
信至时耽酒，愁来且放歌。
登楼一王粲，对镜两湘娥。
不为团圞少，谁怜缺憾多！

车过云门山

一眺青州地，豁然倦眼张。
梧桐缀玉紫，杨柳瘦金黄。
天碧知青远，风清识语香。
桃花迷夕棹，载向避秦乡。

白下赠学才先生

六朝松下路，几度损诗魂。
流水抚琴韵，熏风锁石根。
论心已倾盖，就教乍移樽。
一别天涯远，冰壶写玉痕。

闲　居

闲居思已过，静虑百尘空。
往事穿帘影，生平转浪蓬。
清贫唯断酒，疏懒且雕虫。
一卷渊明集，无弦琴上风。

初雪怀人

浪说桑中约，空流月下槎。
羽衣分瑞兆，蝶粉静宜茶。
万事成飘忽，孤怀剩自嗟。
红楼相望冷，愁对海棠花。

南天门远眺口占

山川遥望里，曦色隐群峰。
万里烟尘净，三春情致浓。
碧归千涧水，寒到五株松。
幸有知音客，凤歌唱几重。

（志云按：这首诗在《得一斋诗钞》第154页是四句一行、分两行排印，与书中律诗八句接排格式不一致，容易误会为两首五绝。借此选编机会，特作说明，以正前误。）

赏荷二首

一

长夏烟尘净，凌波发一枝。
迎风红潋滟，映水碧参差。
独立心藏怯，含苞意欲迟。
故人何处赏，雨后未开时。

二

三生原有约，月下识卿卿。
露润珠为泪，冰清翠作缨。
容颜霞染就，心曲玉雕成。
何日随范蠡，孤舟烟水横。

宴美国华府诗社周涓社长席上赋诗

芳辰来远客，好雨浥轻尘。
诗道惟敦古，高怀应鼎新。
句开金谷韵，花媚玉堂人。
白雪谁赓和？人间正晚春。

自画像

骨瘦羞中圣，才疏不象贤。
黄金流赤地，白眼对青天。
毛颖难医俗，楚弓自失弦。
遭逢成蛊九，独守杜家田。

西园竹

忽而开帘看，西园老更刚。
梅才嗤一语，雪已压千行。
风峻魂奚瘦，青肥骨合凉。
遥知故里月，归梦只苍苍。

志云兄招游琅琊（1998）

山行六七里，深秀两三峰。
残雪明幽壑，澄潭望欲空。
流觞余曲水，藓字掩前踪。
林杪蜂肠静，亭边花影重。
云轻为石出，碧洗映梅红。
涧肃知鱼乐，山高识道穷。
谷空稀鸟语，风淡得疏钟。
千载一怀抱，四时景不同。
莫惭山阴道，宁负太守觥。
更伴高山客，何妨奏峄桐。

卷四　七律七十七首

试罢感赋

青灯如豆透芸窗，大任凭天未肯降。

小试牛刀尚觉钝，未妨巴唱不成腔。
命悭隐豹输三变，谋拙添蛇足一双。

（原注：高考有缩写一道，众皆刈删其文，余独檃括其义而为之，人皆笑为蛇足。）

从此渔歌归旧浦，莼鲈风味在家邦。

渊明读书石

（原注：陋居负山临江，墙外有巨石如砥，传为陶令读书石云。）

狮蹲虎踞欲逃名，富贵浮云一羽轻。
竹影兰魂真旧雨，风容月态足新盟。
犀腰有玉向谁折，琴韵无弦独自清。
落叶南山秋色老，苔花野葛任纵横。

小孤山

朝云暮雨是侬愁，目断归帆日夜浮。
镜里乾坤看逐兔，浪头俯仰笑盟鸥。
峰危激水虚成柱，月缺侵楼翻作钩。
空说衷情能化石，蒹葭白露两悠悠。

十一届三中全会

初飞鹤羽幻成花，疏影前村半辫斜。
生气春先占蜡蕊，人心劫后望京华。
世情有眼还清白，大道无言费齿牙。

纵使云霓非化雨，先赊余润醉流霞。

哀战三章（原题：中越战事）

伫听战报告遐征，意气催人总不平。
万里长城谁斫坏，坟狐社鼠敢玩兵。
域中蜗战初平息，匣内青萍久不鸣。
珍重书生忧国泪，几时投笔请长缨。

又

顿起南天万里飙，裂云剑气快冲霄。
桓桓赫武奋斯怒，烈烈威灵耀上朝。
疾似飘风落枯叶，温同秋日涌春潮。
霜戈对对同仇忾，一箭男儿尽射雕。

又

鱼丽惊见阵堂堂，翁稚携壶致酒浆。
反旆今朝扬太白，出车前日射天狼。
功成六月歌破竹，泪洒千秋颂国殇。
毕竟尧阶三尺峻，南风沾惠到遐荒。

登泰山

紫气钟灵到海东，羲鞭驭日正长空。
登峰谁信峰无索，造极方知级易穷。
秦汉叠封留窅篠，河沂双控斩空濛。
东山小后何人到？绝巘披襟风自雄。

泰山龙潭瀑布

既倒何人待拾收，决开百丈总清流。
松风三叠惊秦梦，蟾影半规引客愁。
泻玉飞珠争一粟，穿云裂石夺千秋。
涓涓最是山溪水，也解分身为自由。

代殷师题《黄季刚诗文钞》

——年月日，殷师携某赴汉皋，校理黄季刚先生诗文遗稿，日蒇功，席间，胡先生楚藩口吟一律，殷师嘱余和之。

少年矢志学屠龙，万祀高标一代雄。
不忍鼠狐摧正气，宁输日月尽孤忠。
著文不让汉唐笔，论韵终成戴段功。
每睹遗编常想像，江山名世溯流风。

无　题

时世真教瓦釜鸣，泾清渭浊总分明。
春前生意归眠柳，别后人情看落英。
赋到壮怀投笔砚，愁将永日付棋枰。
席门自少高车迹，贫贱谁知孺子平。

代石臞夫子题王渔洋故宅

墨妙渊云泻笔晶，吸川横海骇长鲸。

弭尘绝俗谈池北，广乐钧天听带经。
神韵虚涵星月静，情怀空阔德才贞。
箫韶一曲真名世，坐领春风到阮亭。

重铮出生

无劳昨夜梦黄龟，其泣喤喤亦秀眉。
佳气不求遍闾里，童音或可娱亲慈。
名更老子仍游子，身变孺师兼士师。
半世聪明已误我，休将慧黠试啼儿。

观　潮

列戟排牙合复开，移山倒海势无回。
千层壁石容颜改，万里峰峦景气摧。
赤日炎霜飞宿恨，清流白马动余哀。
乾坤正气争鸣处，天外奔涛挟迅雷。

无　题

匣内青萍久未鸣，愁将永日付棋枰。
真能得意唯轻咏，每不如人是浪名。
庾亮风尘随扇息，季鹰心事逐潮生。
邹家纵有雕龙手，难写风情并世情。

次韵复刘生

牢落无妨地有涯，生平怀抱几曾开。

萤囊空映门前雪，书带犹留阶上苔。
掩卷常思袖手去，临渊却羡获鱼回。
相逢莫厌弹流水，独愧陈王七步才。

九十周年校庆（原注：应《山大诗词》作）

珊网曾罗济世材，芬芳桃李满园栽。
弦歌九秩冠齐鲁，文教千秋辟草莱。
大雅时闻传凤穴，春风到处起龙媒。
今朝也应华封祝，多实多名多茂才。

无　题

断尽蓬山一望中，何劳挥手送征鸿。
目挑别宴横波水，歌尽扁舟桃叶风。
草号忘忧徒续命，树名共影总啼红。
钗鬟远去朝云在，泪洒黄姑恨已穷。

无　题

别后风烟各渺茫，襟痕袖迹早苍苍。
巫云漫绕犹藏岫，洛枕空留已断肠。
锦瑟频年怨晓月，扁舟几日载夷光？
南天寂寞归秋雁，况复山长兼水长。

黄果树瀑布

一束冰弦一曲歌，留云滞雨竟如何？

声从天外翻来急，气压眉梢顿转多。
千幅鲛绡挥玉箸，八方星斗烂银河。
无端更被犀牛烛，旋见长虹饮碧波。

感事呈孟穆公

诗源早已失澄清，回日焉凭鲁叟兵？
郢唱无烦高洁调，蛙鸣争作鼓吹声。
牛腰空学囊中术，驴背偏输雪里情。
留得三分净土在，殷勤时劝野人耕。

杂　感

疏棂夜雨似纷纭，客舍灯孤影半醺。
世事回头浑是梦，人情脱手漫成文。
诗心花下三分月，禅意青天一片云。
犹恨此生迟悟觉，樵歌渔唱不堪闻。

报胡迎建兄

——迎建先生来书，教以壹心志，广交游，并引传纪兄评余“九头鸟”之说，诗以报之。

一鸟何堪有九头？痛心长作寄巢鸠。
立锥生计亲三酉，覆瓿文章愧二流。
盐道迂回难叱马，穷途漂泊耻回牛。
平生懒上荆州简，孽海堪埋万斛愁。

枞川送客

鹊江凭眺莽苍苍，故国风情已渺茫。
只弩射蛟空有传，双英倡义只余堂。
峰前舞鹤偕谁隐，云际木鹅招客航。
从此乡关频入梦，天涯惆怅更何妨！

（原注：汉武帝射蛟石在郡前大江中。李陈枞阳会议遗址今为文化宫。郡后有白鹤峰，右即浮渡山，药地坐禅处。）

读刘生诗

世道诗怀愁廓清，暂凭片羽解余酲。
镜花水月浑无迹，朗玉孤桐似有声。
韵致吟成疑借酒，沧桑话到总忘情。
最怜一曲寒冰调，又向山阴路上行。

咏　竹

新近移来便惹怜，萧疏映碧小窗前。
午间摇曳声茹雨，月下婆娑叶染烟。
三径风流时入梦，一窠清润坐谈玄。
盟心未许要兰石，雪箭霜筠更便娟。

寄志云兄

雕尽玲珑识世艰，忘情歌啸俗缘悭。
熏天利欲求金粉，镂地文章润玉颜。

秀句幸赢红袖拂，素心且共白云闲。
孤怀高格凭谁论，一片清恬雪后山。

重阳登历山

月露风云事可哀，重阳携酒上高台。
百年世道秋前草，万古情怀劫后灰。
孤磬空敲游客尽，黄花自傍野篱开。
诚知无术解民厄，何必萸囊浪剪裁。

感事呈志云兄

浇薄流风失本真，孤怀古道等微尘。
途穷不改冰霜节，眼冷先看党局人。
末俗纷纭分华管，高情落拓负雷陈。
池蛙竞唱难成鼓，对酒逢花莫怅神。

重铮八岁生日

壮荣渐去老相侵，舐犊亲情意转深。
狡黠三分憎无赖，天真一片写童心。
纵情时着谢公屐，背律常弹陶令琴。
竿瘦犹堪挡风雪，护持新箨出园林。

酬志云兄席上见赠，兼呈子恒、训佐二兄

秋风愁见染华颠，强忍伶俜整十年。
俏败俏成何所问，如烟如梦自相怜。

雅人深致同袍泽，流水高山入管弦。
酒酽花浓当此夕，弹冠先庆祖生鞭。

附倪志云原作：

思陶兄将调离山大，二三同人设筵饯别，余并赋俚句以奉

学府元应贮俊才，离筵岂意为君开！
文章敏捷千篇好，经籍研深万卷该。
讲席既多崇诞妄，世风谁复叹倾颓？
翩然高举成孤往，且尽今宵潋滟杯。

自　嘲

放怀秋色入高楼，楼外花枝映酒筹。
已觉熊丸知世味，终难锦瑟写离忧。
临渊空结系铃网，巢覆翻成唤雨鸠。
见说西胶能养老，十分心事总勾留。

重九登玉函山寄远

莫道儒冠误我深，黄花翠竹足知音。
不辞囊涩拼长醉，怕惹愁多解废吟。
涧草萧疏同学术，流泉淡泊证初心。
秋风又落龙山帽，焦尾何劳别抱琴！

重铮九岁生日

万里阳和又一新，烛光犹照荷薪人。
诗书懒读偏成诵，训语频违总惹瞋。
众说不羁为劣疾，我言好动亦天真。
儿孙自有儿孙命，心性无烦任至纯。

移家周年

新添结构玉函前，忍读卜居思惘然。
应是性孤并谋拙，非关地远即心偏。
溪云岚影变朝夕，燕语莺喉胜管弦。
破褐芒鞋行迹少，星回不觉又周天。

寄　远

莲意空劳焦尾桐，蛮笺小字费题红。
新罗轻染初成扇，广袖长舒不当风。
绪柳多愁偏舞北，布帆无恙却朝东。
眼前蝴蝶勾残梦，人在蒹葭一水中。

读陶渊明传

南山佳气立斜阳，送酒人来菊半黄。
干戚谁能舞刑首，角觥端可洗愁肠。
桃花洞外秦音乐，五柳堂前晋典章。
何必徽弦谐啸傲，北窗高卧足羲皇。

偕日本汉诗社友人登泰山二首

一

登临情趣付诗筒，鸟栈而今一线通。
岚影涳濛青障外，晴光跌宕白云中。
峰随人意疏成懒，石笑余心老更空。
妙得丝桐相协奏，高山流水韵无穷。

二

铎然一柱欲承乾，五岳谁教独占先？
眼界何妨小宇内，层云端可荡胸前。
山川形胜虽殊域，风月情怀总共天。
莫道蓬瀛成远隔，崇朝新雨遍人间。

《蒋维崧书迹》编成感赋

春风云锦讵雕刊？六载编成意未安。
一片清恬存夬韵，十分温润启奎观。
纤毫点画留真易，彝鼎精神印出难。
不为千秋传丽则，今朝风致竟谁看？

（原注：《周易》：上古结绳而治，后世圣人易之以书契，盖取诸夬。《孝经援神契》：“奎主文章，仓颉效象洛龟，曜书丹青，垂萌画字。”宋均注曰：“奎星屈曲相钩，似文字之划。”）

山东大学百年校庆献词

百岁云烟逸景过，（原注：曹植《与吴季重书》：“面有逸景之速。”良曰：“逸，过也。相见恐过度光景之速。”）

成均泰岳两巍峨。（原注：《周礼·春官·宗伯》：“大司乐掌成均之法。”郑注：“董仲舒云：成均，武帝之学。”）

简奇擢秀敦涵咏，蓄德能文费琢磨。

稷下犹传崇礼鼓，杏坛尚奏启微歌。（原注：晋杜预《七规：“营辟雍以崇礼，制庠序以启微。”》）

春风影里恩波荡，振铎声高意气多。

别意三十首

——用平水韵三十平声韵各作一首

榴英仍斗去年风，欲写离笺恨未工。
错解青梅归幻化，惟将白眼论穷通。
花为恋树真藏碧，酒不浇愁可乱红。
从此休弹打鸭调，晓天雁字早书空。**一东**

寄身谁觅旧萍踪？行尽巫山十二峰。
北地胭脂多叠宕，南塘风调正从容。
珠回合浦无由得，雁过潇湘不再逢。
静检钗环当日誓，一规孤月送疏钟。**二冬**

欲采芙蓉怯涉江，诗裁犹是旧时腔。
春风柳线愁南浦，羁旅风情动客窗。
万里萍漂鸥一只，孤灯香灺泪成双。
青春渐作飞花态，命照红鸾心未降。**三江**

秦桑初绿草垂丝，风月难能绾别离。
故国新台归一望，武陵旧事每三思。
阶前花绕终无谓，笔下诗诚总自痴。
见说春心未有价，登楼不忍赋当时。**四支**

寥落应知去日非，西崦何处采蘅薇？
独哀黄竹劳青鸟，忍听湘弦拨楚妃。
别后楼台多隐约，归来燕子已稀微。
不堪重问伶俜意，薄暮啼鸪绕树飞。**五微**

雨霁青山抱碧虚，槐花香透卧云庐。
剧怜溟北飘萍客，独忆江南巢凤居。
望断中天无锦字，愧从涸辙索枯鱼。
芭蕉新剪窗前绿，话到春风总不如。**六鱼**

异国风情别样殊，盈阶红叶赋蘼芜。
吟魂常在啼鹃国，佳趣终归破郁壶。
裁罢蛮笺仍梦蝶，铸成心字尚闻乌。
呴濡往事犹能记，回首平生一痛龠。**七虞**

绿涨清溪柳始荑，林兰花发白云低。
樽前光景春风老，梦后园林杜宇啼。
南望关河多整肃，北飞鸿雁莫凄迷。
经年问询终无字，始信庄生物化齐。**八齐**

九陌飞花半艳骸，风情断送到天涯。
朱明草色不堪触，红软沉忧无处埋。
羞写四愁泥远志，暂凭三酉慰孤怀。
清华山水无人惜，强步登楼百事乖。九佳

绮怀此去半成灰，祖帐歌吹自引杯。
豆蔻便娟风乍起，燕翎沾湿雨初来。
藕香池畔难流枣，红豆亭前未寄梅。
千遍徘徊君不见，相思无数旧楼台。十灰

绿荫素约别来新，强忍心情慰小颦。
屏上事非当日事，眼前人是梦中人。
菱花损瘦愁枝弱，蝉露清泠入梦真。
谙尽叮咛言外意，遄归无计费精神。十一真

迟暮青春一例分，天台旧事问兰薰。
谩劳红袖啼银线，独感蛟龙泣剑文。
婪尾杯传谁买醉，荼蘼花尽始停云。
剔残冷焰终无计，罥入情丝不寄君。十二文

春风骀荡到林园，辜负临歧执手言。
芳信蹉跎劳弱翰，清樽颠倒醉离魂。
三生石忏花前约，一顾难酬月下痕。
最是无情遮远道，萋萋尽日满长门。十三元

苦蒂甘瓜感百端，东劳西燕未心安。
他生曾种忘忧药，何处能寻不老丸？
楚泽云笙归寂寞，楝花风信半凋残。
铜盘玉树知谁恨，拍错危楼十二栏。十四寒

刊成心字孰能删？鹤背风烟供往还。
欲展蕉心青客鬓，更烦别赋写蓝关。
执杯犹照花颜色，移步还看水自闲。
缟袂黄昏君见否，愁云恹恹压春山。十五删

苍茫心绪付离弦，肠断春帆欲挂前。
四面岚愁归隐现，一川流恨剩回旋。
花飞逐水难留艳，芯尽成灰不再燃。
影入青冥真绝望，犹觇风信看天边。一先

懒逐春红次第凋，东流毕竟误洪乔。
楼头初放垂云絮，梦里才吹引凤箫。
蜃气空明愁变幻，蓬山迢递暗融销。
装成金屋无人赋，留得私情写秉椒。二萧

春山白首对腾嘲，独守心斋旧雀巢。
卷耳怀人劳已酌，青梅羞语应谁摽？
星河微露支机石，玉苑终悬妒凤匏。
唯有苍天问不得，凭将蓍草任推敲。三肴

草草新章写郁陶，悔从牛市卖铅刀。
守株未必成三窟，沮士如何罪二桃。
华岳至今笼紫气，沧溟无计抃灵鳌。
流云一缕成飘忽，坐对楸枰引浊醪。四豪

孤舟转徙意如何？萤焰虚招赴火蛾。
露冷蒹葭怀梦草，诗翻杨柳断肠歌。
琼筝掩尽传心字，客鬓搔青愧眼波。
荷雨蘋风皆薄倖，阶前凭木又交柯。五歌

心绪抽成类败麻，芳情珍重太奢华。
草玄笔下多穷厄，挟瑟身前失旧家。
梗泛恨留金翠翘，钗分懒问碧油车。
江郎别赋书空后，虚幌依稀竹影斜。六麻

坐乱伤心飞野觞，清溪回照柳横塘。
醉中万象无颜色，客里三春易孟浪。

（志云按：“孟浪”之“浪”，属去声漾部，而此诗七阳韵。翁方纲《石洲诗话》卷三有曰：“颍州诗中《劝履常饮》一首结句：‘他年《五君咏》，山王一时数。’（《初贬英州》诗：‘殷勤竹里梦，犹自数山王。’）数字应作上声。而此诗七遇韵。盖以义则从上，以音则从去也。”思陶兄或亦从翁石洲诗话之说，而用“孟浪”于七阳韵诗。）

已卜移根虚橘唱，望将茹蓼入兰章。
一天风致何由遣，半日痴愚半日狂。七阳

往事鸡筹唱五更，榴莲风味太凄清。
熏香叶底输荀令，献赋庭前哭马卿。
弦上秋波犹脉脉，梦中佳趣总平平。
剧怜十里桐花路，愁绝江南太瘦生。八庚

泽鸟犹知惜旧翎，黯然情势又曾经。
萤灯枯影空移橘，蝶梦深怀感散萍。
华表月明归一鹤，天津波细隔双星。
风铃夜雨疏檐外，软语叮咛不忍听。九青

初心辜负学担簦，恨压危楼第几层？
两地无言多白芷，半生何计似风藤。
玉容寂寞霜前叶，往事羞惭井上绳。
欲觅云踪开旧卷，秋风雪涕读韩凭。十蒸

莫道焦桐足写忧，更兼雁阵已惊秋。
客中况味唯含蓄，月下心襟尽款留。
输子楸枰退一着，煎心局面卜三筹。
重阳节序催刀尺，不寄萧郎寄楚囚。十一尤

冰帘纬络诉秋心，蛇影弓杯独自斟。

万里朦胧云月淡，一篱疏落菊萸深。
托身敢笑风檐雀，作计差堪故纸蟫。
观弈橘中尝自悔，每临佳意哭重阴。十二侵

当时顾曲几难堪？挥麈应轻扪虱谈。
誓定秉蕳无致二，莲开并蒂不容三。
降心私语多辰北，失意情针终指南。
莫待归帆载旧恨，蓼荼馀味已曾谙。十三覃

胥鬓初星未忍拈，客中无计问归占。
已拚碧血余箫剑，敢向红楼比素缣。
满座郎当牵线偶，半生羞愧上竿鲇。
人间原自风情淡，茹卤何妨更加盐。十四盐

情苗漫梗总难芟，写罢题封不忍缄。
故箧遗香尚隐约，晓窗燕子又呢喃。
西洲风物惟红豆，北国衣冠仍布衫。
蓬草黄尘家万里，长歌无恙待归帆。十五咸

秋兴二首

忽见寒山瘦半寻，炎凉情事日相侵。
天为淡泊开寥廓，气以清商杀浸淫。
不替残蜩忧世事，每因潭水鉴初心。
生机一线长回我，坐听东邻簪菊吟。

莫为残萤触网悲，苍苍元气渐成亏。
芦花才白搔头看，蟹子初黄倒手持。
半盏微醺菊开后，一声清唳鹤来时。
生涯幻作梧桐老，惟有葵阳苦梦思。

拙作《茶典》题扉赠适仪

不放纤愁入酒唇，人生浪漫是微醺。
危崖风戟囚雕影，大野蚊雷隐战云。
山障浅红残照妒，帘垂深碧细香熏。
十年春草池塘梦，只剩孤怀未忍焚。

铮儿高考小成，作二首戒之

姓名幸未下孙山，渡蚁今朝报白环。
淡墨书闲和露看，丹心桂古带云攀。
莫求前路多纡紫，回首高堂正舞斑。
颖脱一时轻拾芥，不知鱼鸟笑人顽。

跨灶羞惭许冶弓，偶然劣虎变犹龙。
铨材只贵冰壶玉，论秀还看雪岭松。
山不言庄惟峻肃，水能忌满自雍容。
恐侬又作秋风过，拆去泥封加玉封。

自　寿

少年心事已无凭，白发青云自不胜。

欲释怀时多种竹，于无人处且调鹰。
江山语默真诗料，风月情孤足酒朋。
羞向秋霜话磊落，一声长啸愧孙登。

为铮儿祝辰歌

欲借春风寄远思，依依情愫入新词。
祝辰歌唱莺声里，问疾讯来灯影时。
残梗敷花重着色，病蚕破茧更成丝。
不愁门外苔痕嫩，幸有新知是旧儿。

卷五　五绝七首

豆　腐

本从清水出，白玉是前身。
滋味虽然淡，调和天下人。

（原注：少时，王父课读，教以声律，冥顽不灵，每遭训斥，唯此俚句颇得称许，至今谨记，犹庭训也。）

望夫山

（原注：彭蠡江边有巨石兀立如剑，高百仞，号望夫山，传为陈友谅妻望夫处。）

芳草年年绿，江流去不还。

千秋无改变，惟有望夫山。

题《苍山结茅图》

溪水未成渡，幽人自往来。
门前车马迹，一一隐苍苔。

题《桐阴抚琴图》

独协丝桐趣，幽怨何处寻。
蓬山莫道远，自有解人心。

题《村径柴门图》

竹发穿墙笋，园开无主花。
门前迎客犬，犹识主人家。

题《停琴听阮图》

绝顶岚光映，飞泉自在流。
冠缨何处濯，无奈是清秋。

重铮七周岁生日寄远

济水南边月，清晖向尔多。
应知千里外，正唱祝辰歌。

卷六　七绝九十七首

石钟山

放怀泾渭总分明，江水初浑湖水清。
四海只今方鼎沸，风钟浪铎解争鸣。

钱塘杂咏五首

投宿湖边

灯火繁星点点楼，天堂无处可淹留。
始知身是人间客，悔向桃源夜泊舟。

孤山校书

虫鱼检点未移时，疏影横斜发几枝。
头戴南冠浑不觉，无边风月笑无知。

小瀛洲

修篁冷露亦成愁，急管繁弦怨翠楼。
最是神仙行乐处，如何更向海中求。

三潭映月

平湖一望莽苍苍，借得潭光并月光。
说道心澄始得见，瓣香原在水中央。

藏山亭

曲廊危石水沧浪，万顷湖光欲敛藏。
野趣飞烟清入骨，梦回顿觉是他乡。

无　题

蝴蝶庄周两乱真，浮萍沧海等微尘。
当时言誓犹萦耳，物外情缘幻外身。

重铮三岁生日

吟歌课字乱涂鸦，日日南园脚踏车。
常叹一经难教训，良工良冶任由他。

端午二首

万古人间传国殇，从来南楚重端阳。
解知三户亡秦略，应悔轻生惹恨长。

血泪空教洒汨罗，孤忠从此已无多。
何如博浪惊秦犊，天下争传逐鹿歌。

读刘生诗四首

无端尺素雁回迟，齐女含情唱竹枝。
新柳千丝泉万眼，至今流不尽相思。

素心灵气写来多，日暖风微绽小荷。
一棹烟波摇鬓影，亦怜亦恨亦轻歌。

生机触目俱生愁，蛛网燕泥虚画楼。

不是多情道不得，一天春意顿成秋。

情到浓时诗自工，妍花照水意朦胧。
去年相识呢喃燕，今日犹栖旧玉栊。

读南唐二主词二首

骚人委屈帝王家，半壁河山舞影斜。
空有清词成绝唱，生平才调两悲嗟。

同抛半壁旧山河，一为清词一为歌。
秋月春花传绝调。后庭玉树又如何？

次韵和刘生四首

微步吟成格调高，惊鸿度影化劳劳。
凌波一去无人见，神浒于今有凤毛。

新著梅妆不自持，可怜独写岁寒枝。
青蛾空舞广寒袖，应悔当年不早归。

当时意气总堪怜，晓梦无烦再续编。
焦尾桐音成绝响，劳蛛缀网更年年。

最怜雏凤唱桐花，解得啁啾有几家？
灵气何烦存一脉，行云唱彻绿鸦斜。

次韵送刘生

衡枢深琐碧萋萋，风字无妨过客题。
幸有新红透消息，一枝先占压墙低。

送西宁赴东昌

百炼方成绕指柔，夜长叩角耻歌牛。
无弦谁解高山调，忍卧松风最上楼。

送蒋生赴白下

六朝遗韵有还无，半亩清凉道已孤。
异代江山当代月，风流争说秣陵湖。

送严生赴常州

年少休歌行路难，无车无剑铗空弹。
舣舟亭畔长风里，总比前贤道已宽。

调志云兄兼答治印之劳

藜床高卧傲羲皇，投笔何堪著作郎。
偷得山中煨芋手，仗铤秉钺伐端方。

游黔归来

山幻清徽雨幻丝，归来日日尚如痴。
生平恨不丹青手，斫取江山未老时。

送　人

故人堪忆不堪留，江草江花属上游。
往事一挥从此去，满川风雨暗孤舟。

题晚芳诗社（USA）朱绍昌先生《杂感》二首

白发华簪唱竹枝，何须惆怅怨芳时！
王孙有兴归来未？燕草萋萋又碧丝。

为听天涯啼晚芳，沧桑心事付斜阳。
故园松菊犹三径，见说龙吟老更狂。

题《莺花吟坛》

——志云兄见贶五河县《莺花吟坛》三册，并索诗，题以应命

莺簧百啭未轻弹，花事今朝说半阑。
吟到天花微落处，坛前屑玉亦堪餐。

黄金台三首

目断平芜暮霭沉，流萤衰草费追寻。
如何一掬凄凉土，买尽千秋义士心？

万古纷争几劫灰，忠肝义胆没蒿莱。
天下英雄休使气，黄金台对钓鱼台。

塞月燕鸿几度过，何人到此泪滂沱？
黄金纵是缚龙索，只恐忠心买不多！

新年题寄胡迎建兄

聊寄梅花又一年，豫章风物最便娟。
寒芒坐看射牛斗，先事弹冠庆祖鞭。

又寄蒋生志敏

佩韦如何又佩弦，天心人意两相怜。
秣陵此日好风景，试马春郊万态妍。

观秦皇兵马俑二首

六合当时未鼎新，雄兵百万已封尘。
长城宛曲坑灰冷，竟说横天第一人！

霸业雄图待平章，更从地下识秦皇。
后车不信臭如许，百二关河自兴亡。

过马嵬三首

金粟堆边柳始荑，千丝万缕尽向西。
三郎不在长生殿，辜负鹧鸪夜夜啼。
（原注：古拟鹧鸪啼声：行不得也，哥哥）

骊山回首已成尘，家国依然未鼎新。
破碎山河罪一家，最怜无地葬精神！

华清宫树半巢鸦，藓字碑衣夕照斜。
罗袜生尘谁惜取？精魂犹睡海棠花。

读《唐书·太宗本纪》

百万英才入彀中，禹门点额便成龙。
愚民有术分工巧，嬴政当输一著功。

斗水高悬涸辙鱼，四书之外更无书。
驭臣自有安长策，何必咸阳一炬除！

送人三首

一片霜枫未染丹，溪岚涧水碧初残。
秋心已共江山老，莫作寻常画里看。

愁将新恨写筝琶，泛宅浮舟处处家。
一夜流红春满地，可怜泪眼已昏花。

一片冰心寄莽苍，无端长啸两茫茫。
休言时世迁移惯，也有闲情赋采桑。

杂诗二首

一从云水梦潇湘，点点轻愁寄夕阳。
月落参横频记取，心随雁翼问行藏。

春山难画旧时妍，看碧成朱笑目前。
无奈多情难入梦，月斜楼上照婵娟。

兰意初生

昨夜何人入梦魂，生尘罗袜似湘君。
醒来空见天边月，犹照巫山一段云。

秋吟三首

萸囊菊影忆秦娥，舞袖青衫瘦几多。
前路无凭君莫问，小红正唱别离歌。

高吟何事学韩娥，一曲梅花梦里多。
青鸟未来人去后，空留明月听笙歌。

霜心难共是青娥，一片云情笑尔多。
不向人间夸梦笔，行吟坐啸独悲歌。

风筝误三首

平步青云志已酬，无烦摆尾更摇头。

忽然不借东风力，魂断高空失自由。

惜怜惜爱笑儿曹，放手惟愁飞不高。
一旦乘风绝尘去，断无消息到明朝。

风情丝意两茫然，身后青云眼底天。
瞩目万人无足羡，一朝飘落最堪怜。

归家四绝句

陌上相逢愧眼惊，村醪对坐话曾经。
南山笑我头先白，我笑南山未改青。

池柳尚垂碧玉缨，流莺仍作唤人声。
最怜身上无衣锦，赢得亲朋呼乳名。

斗酒犹能一日豪，南窗梅老不堪挠。
故人笑指西园竹，正发新篁百尺高。

入座呼儿速上茶，新收枣栗间胡瓜。
“不知今是何方客，倾盖阿爷霜后芽。”

山居四首

半溪柔水浸兰芽，一曲流霞夹岸花。
欲向武陵源里住，江南有信问归家。

蝉噪槐荫听未断，池塘鉴影欲留真。
灯花昨夜挑成梦，可有科头抱膝人？

残荷经雨半零珠，菊醉疏篱待我扶。
“等是有家归未得”，杜鹃又见母将雏。

留连不舍是山云，苦诉幽情只此君。
打点行装偏顾惜，梅花昨夜落纷纷。

和训佐别意三首

迢递萍槎隔汉东，一星憔悴到眉峰。
裁云怕染相思色，赋取交柯雨后松。

广陌游骢趁晚郊，梅花笛意卜清寥。
远山初放娉婷紫，更惜青红舞断腰。

夜阑疏漏对虚盅，一寸灯花一寸红。
解得西洲人不寐，苦将余绪问征鸿。

附郑训佐原作

孤灯影梦到江东，水阔山长十二峰。
春雨芭蕉人似玉，依然门对六朝松。

无边柳色遍芳郊，燕语莺声破寂寥。
心思已随尘水去，春风损瘦小郎腰。

客里生涯酒一盅，华灯聊对醉颜红。
秋霜不共春花老，夜雨楼台看断鸿。

游植物园二首

晨炊一缕泄柴扃，青霭回屏四望冥。
憨拙斑鸠频唤雨，鸳鸯缱绻对梳翎。

柳索松篁解乱吟，荷珠的历半成琴。
朝晖未幻误蛙鼓，疑是当时天籁音。

咏济南泉水四首

趵突泉

小阳犹绽白芙蕖，气脉心源道不虚。
抛却诗书清袖手，闲临沸鼎看游鱼。

漱玉泉

澄澈无声惜细滢，静如处子最娉婷。
一自有人投币后，碧空倒影数繁星。

五龙潭

一片幽深对晚蝉，蓼花风过缕余烟。
忽然两点闲鸥出，画得琉璃天上船。

黑虎泉

虎踞晴岚吐雪沙，砧声散入万人家。
忽忽游鳞三两点，怜卿真个镜中花。

茶意五绝

一

夹茅篱院半苔痕，点缀寒花三两盆。
徐榻王囊终有待，剧怜月色太黄昏。

二

锄经滞眼亦昏花，辜负门前问字车。
说到春来浑不觉，一瓯风味雨前茶。

三

闲云心性日沉沦，斗室匡床失道真。
参透烟霞岚雪味，眼前又是武陵人。

四

一榻横经味太清，衡门虚掩正初更。
莹然小盏铭心字，捧出沧桑海岳情。

五

看惯红尘百丈高，扃关坐定小笼牢。
半生禅意凭谁得，紫笋新芽瀹兔毫。

少年错

一棹江湖欲放舟，断无深致此勾留。
雪山顶上栽红豆，只合相思到白头。

秋　夕

夕曛反景入云村，点破寒山血一痕。
偶听子规啼半阕，白头犹有未招魂。

寒夜读书四首

半世羞惭苜蓿盘，袁门郑榻恨无端。
俗情尽在诗书外，墨格朱栏不忍看。

世怀物态已闲云，冰影梅情小麴君。
除却青毡无长物，每逢开卷即销魂。

鸡窗灯火一茎斜，雪窟横柯半系纱。
堪破蠹鱼三百劫，眼前知己是梅花。

禅意生涯未遂初，十年踪迹浪吹嘘。
月光犹是当年冷，风味萧条到汉书。

雨霁登玉函南眺寄人

餐霞秘诀寄湘君，许届岚光洗宿醺。
昨夜西风开紫意，一城苍翠半流云。

山家秋色

一角围墙透紫霞，欲藏欲现野人家。

山中不厌秋容晚，开遍疏篱扁豆花。

金陵绝句四首

一

春到虹桥细雨中，乌衣燕子半巢空。
只今惟有秦淮水，一着东风便泛红。

二

已遣流光送六朝，碧云飞尽摄山遥。
水晶帘外霓虹影，舞断江南是楚腰。

三

钟山青到竹檐痕，苜蓿花开处处村。
谁借东田才子笔，醉招细雨杏花魂。

四

开樽初听压春槽，茗草无端结屋牢。
已觉昏鸦减清籁，夕阳明处是山桃。

读《陈寅恪传》书后二首

一

柱折天倾耻不周，新亭藉卉亦无由。
莫向繁华输一叹，夕阳无奈水东流。

二

黍离麦秀两难歌，何异枯鱼泣过河。
欲问存亡继绝事，昆明湖水旧时波。

寄远三题

一

共命异巢俱枉然，红尘非电亦非烟。
巫山深岫些些梦，直接晴云三十年。

二

私语当时未敢忘，重逢犹发少年狂。
无情莫怨东风老，吹出芙蕖两度香。

三

少不留心是惜春，渔舟轻出武陵津。
年年解道花如霰，可有南阳回棹人。

寄远二首

一

一梭一梭复一梭，织出情云渡鹊河。
不忍更听牛郎曲，天公自是雨滂沱。

二

卅年别味梦催醒，牵牛旧事两曾经。
相思欲诉无灵鹊，摘朵芙蕖插玉瓶。

七夕寄远二首

一

菡萏风微玉露青，人间天上隔双星。
因缘刻在三生石，乌鹊桥头不忍听。

二

此身自负少年盟，执手未成偕老情。

秀出芙蕖才出水，已闻江岸尽秋声。

附：联语六副

挽石臞（殷孟伦）夫子

应运而生，授业传经解惑，集师道于一身，学术渊渟，地难兼载；

乘龙乃去（夫子龙年归返道山），守真秉则爱人，推仁心于万物，风徽岳峙，天不慭遗。

代中文系及古代汉语教研室撰挽牟世金先生联二副

誉浃龟沙，地不霾公鸿博；

名标中外，天胡歼我贞良。

中文系

文章遵丽则，心韵虚涵，学界方钦雕龙手；

气度薄卿云，情怀空阔，后来应泣获麟歌。

古汉语教研室

代撰挽萧涤非先生联三副

彩润安存，昊天不吊临川笔；

素绚仍在，大块空余杜甫诗。

中文系

握夷粹以瞻崧，远肃近怀思马帐；

抱鸿规而测海，前承后辟振麟风。

受业弟子

斯人再来，可与汉唐生对语；

此公一去，无为李杜氏言诗。

文史哲研究所

我思念那个思陶的人

——整理后记

倪志云

这部《中国古典诗歌创作论》，是已故山东大学文学院教授鲍思陶兄遗著。鲍思陶兄逝世已十五年了，此书终于整理出版，鲍子诗学必堪传焉！

鲍思陶，本名时祥，后因景慕陶渊明而自改名，安徽枞阳人。1953 年生（志云按：思陶兄生前素以 1956 年为其生年，或为高考前权改，后遂仍之。而据其家人为立墓碑所刻之生年实为 1953 年。今即依其墓碑所刻），1978 年从陶渊明曾为县令八十余日的江西彭泽考入山东大学中文系。1982 年考取本系古代汉语专业硕士研究生，师从殷孟伦先生。1985 年毕业，留校任教。1995 至 2002 年调入齐鲁书社做图书编辑工作，后复回山东大学文学院执教。2006 年 8 月 24 日病逝。

鲍兄自幼即承祖父指授学习诗古文辞，其家学有清代以来“桐城派”文学渊源，13 岁所作诗已受祖父称赞。在大学本科和研究生时期，即使是在历史系考古专业就读的鄙人，已素闻中文系师长及平辈无不推重鲍兄善诗精古文的大名。尤其是导师老殷先生，本出黄季刚先生门下，治语文训诂之学，亦甚重视诗古文写作才能，故特垂青入室弟子鲍思陶。传闻殷先生有时应人之请以古文作序，以及应酬题诗、撰联等，或由思陶代笔，往往不改一字，即署名交付。这不是老先生敷衍，而是对于高足弟子诗文能力的充分认可和鼓励。我虽学习考古专业，但也从中学起即十分爱学诗词，高中时已读王力先生《诗词格律》小册子，大学时从图书馆借阅王力先生大部头的论著《汉语诗律学》，平时常按王先生书中所述，揣摩学作“仄仄平平仄”的律诗。研究生毕业留校后，1986 年 9 月，我调入中文系参加牟世金先生的古代文艺理论科研项目，也加入古代文学的教学团队。1989 年牟世金先生溘然病逝，我在中文系不免陷于困境。此后直到 2002 年我应聘调走到重庆的四川美术学院，其间十来年，世情冷暖自知。而所庆幸的是与鲍兄的结识和深交，使我的诗词爱好，得到他最热心、最当行的指导，使我不断获得传承诗词文化传统的激励和称许。这份因诗结缘的友谊，是我永难忘怀的。

1990 年 9 月，系里安排我和鲍兄（还有谭好哲兄）带领 87 级同学到沂南县做实习，我们同住一屋十多天。此前我与鲍兄不熟，这次我做了准备，事先抄录了几首近期写作的五、七言律诗，特地请鲍兄指教。鲍兄先是给予热情鼓励，然后是温和细心的指导。他真是最温文尔雅的“夫子循循然善诱人”的为人师表的典范，我因久闻其大名而形成的对他既仰望又畏缩的心理一朝扫除，向他问学真如坐春风。当然，那时正是天气初凉的中秋时节，有些树叶子开始黄落了，阳光依然温暖，秋风和爽。我们曾专程去莒县浮来山定林寺，参观刘勰生平纪念馆，馆内墙上几条屏装裱的《刘勰生平事略》，竟是我系老辈陆侃如先生撰文，蒋维崧先生书写。我们几个教师在郭沫若题写的“文心亭”石碑前拍了合影，也是我和鲍兄最早合照的留影，如今回看，无限怀念！从那时起，我每有新作诗稿总要请鲍兄指教，我也常向他索要诗作揣摩欣赏。他总是称赞我请他指点的诗稿，而我读他的诗词、联语，又总有仰之弥高的感觉。他就我的诗稿中问题，给我讲到许多诗歌律法的细微处。我们自然也常谈论所读有关诗学的书籍，讨论诗学问题。

印象很深的是，我原先当然将王力先生的《诗词格律》和《汉语诗律学》两部书奉为圭臬。而鲍兄却从容地议论说，王力先生书固然是当代讲论诗律最深入、最有影响的论著，但其中也多有并不稳妥切实的说法，比如关于“一三五不论”的口诀，本来这个口诀大体上是对的，王力先生却把它批评得太过了。诸如此类，不止这一条。因为鲍兄能指出王力先生论著中也有可以商榷的问题，使我后来再读《汉语诗律学》，对于其中的论断，就总要自己去翻查例证，检验它是否稳妥。这样也就自己发现其中一些并不可取的观点，也促使我更多的就诗律问题作独立思考，不断做归纳和分析，得出自己的认识而后已。

反观 20 世纪 80 年代以后陆续出版的诸多诗词格律书，大多是笼罩在王力先生的诗律论著观点之下的。有的是明引转述王先生的观点，有的则是不明引而复述王先生的说法。也有试图不受王先生观点的笼罩而别出新解的，其中有些或可取，有的则更不足取。

总之，我在得到鲍兄具体指点诗作的同时，也得与鲍兄就诗学问题时有请教和讨论，从而加深认识，提高辨别力，获益良多。只是很遗憾鲍兄不善饮，不然我一定常会跟他念叨“何时一尊酒，重与细论文”的吧！

1995 至 2002 年，鲍兄在齐鲁书社工作期间，我与鲍兄还有一项顶有意义的合作，我们共同为蒋维崧先生编辑出版了他的第一部书法作品集《蒋维崧书迹》，此作品集也得到时任山东美术出版社社长李新学兄的支持，由山东美术出版社出版。在这个过程中，我和鲍兄得以时时侍蒋先生坐谈论诗文书法和学界掌故，都很愉快，也很获益。《蒋维崧书迹》出版后，我勉力写了一首二十韵排律志贺，鲍兄很是称赞，说：“倪兄——五言长城！”其实是那时我作七言律诗还很少，较多作五言诗，遂得鲍兄如此鼓励。鲍兄则作七律《〈蒋维崧书迹〉编成感赋》一首曰：“春风云锦讵雕刊？六载编成意未安。一片清恬存夬韵，十分温润启奎观。纤毫点画留真易，彝鼎精神印出难。不为千秋传丽则，今朝风致竟谁看！”其诗庄重典雅。蒋先生笑而颔首，对于鲍兄呈览的诗稿十分欣赏。2005 年暑假，我从重庆回济南探亲，在舜耕山庄陪蒋先生住了五个夜晚。有一晚约鲍兄来叙会，蒋先生与我们相谈甚欢，他自己兴起说：“写字吧。”便坐到桌案边铺纸挥毫，凭记诵书写了杜甫五律《春日忆李白》“白也诗无敌，……”，行草书，写了两张，让鲍兄和我各取一幅，真让我们喜出望外。已 90 高龄的蒋先生特地书写这首杜甫诗赐赠我们，满含着对于我们这两个尚用心于作诗的后学的欢喜和鼓励之情。

谁曾想那次暑假欢聚之后不久，鲍兄即检查出身患恶疾，虽经手术治疗，也已不能控制病情。2006 年寒假我在济南一周，两次去西郊肿瘤医院探望住院医病的鲍兄。当年 8 月 19 日早晨，接电话得知鲍兄病危，我即奔机场乘下午的航班赶赴济南。次日上午往见鲍兄，鲍兄瘦弱已极，看着令人难过。鲍兄将前天（18 日）写给我的两页留书亲交与我，此录原文并附原件照片于下：

志云兄：

弟去矣！今有一事相托：

弟未完稿“中国古典诗歌语言论”，讲“声律论”、“体势论”、“韵格论”、“意境论”，大致完成。尚有“鉴赏论”和“用典论”，尤其后者，一定要讲。学如钱锺书，都讲错了“沧海珠”的典故。思来想去，前面“声律平仄”部分，唯吾兄能解。其中是弟心得之言，与王力、启功均不一样。也多次在学生中演绎过，效果不错。即以一首诗“银筝金粟柱”推全部平仄。“往前靠”三字是关键。兄能否帮弟充实完成此稿。有关出版事宜，我委托孙芙蓉与您联系。其中有用林正三诗例的，请换例句。费兄半年时间，或可蒇事，不知兄台能帮此忙否？

弟思陶顿首

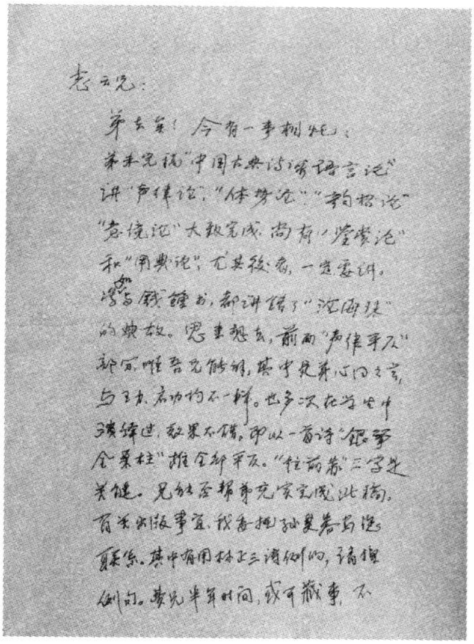

志云兄：

弟去矣！今有一事相托：
弟未完稿"中国古典诗词语言论"
讲"声律论"、"体势论"、"韵格论"
"意境论"大致完成，尚有"鉴赏论"
和"用典论"，尤其後者，一定要讲。
如写钱锺书，都讲错了"沈园柳"
的典故。思来想去，前面"声律平仄"
部分唯吾兄能解，其中关于[illegible]之言，
与王力、启功均不一样。也多次在学会中
讲过，效果不错。即以一首诗"铁笔
金桑柱"难全部平仄。"往前常"三字是
关键。兄能否帮弟完成此稿，
有关出版事宜，我委托孙景春为之
联系。其中有用林[illegible]三诗例的，请换
例句。要兄半年时间，或可藏事，不

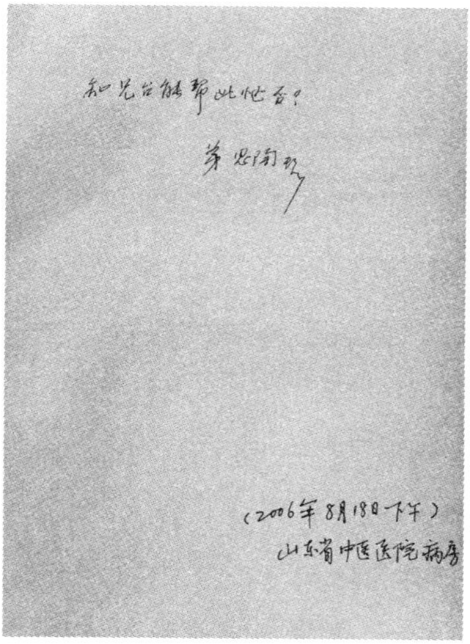

知兄能帮此忙否？

弟思陶托

（2006年8月18日下午）
山东省中医医院病房

（志云按：鲍思陶兄留书原件两页。后页右下角是我问明记录的鲍兄写信时间。）

这原是想连同打印的书稿寄给我的遗嘱书信。因我当即前来，鲍兄便亲手交与我，还说是给我添麻烦了。我满口答应鲍兄，一定帮他完成这部专著。当时则先遵鲍兄之嘱，即日通览了他的《得一斋诗钞》打印稿，提出些许商量意见，都还由鲍兄定夺。那几天鲍兄自知命在旦夕了，却还想着向我说起诗词吟诵很重要，说吟诵规则有口诀："舒声接急声，急声接舒声，急急变平声。"例如"春眠不觉晓"，"晓"字吟如"消"音。他还预言诗词写作会有复兴，自信他的关于诗律的意见对于学诗者是有益的。有时他忍不住要咳血，就都对我说："你出去。"一定要我离开病房，不让我看到他吐血时的情形，我都忍泪守在门外。8 月 24 日上午，鲍兄去了！鲍兄遗体火化后，按照他的遗愿，家人将其骨灰送回老家枞阳安葬。

2007年齐鲁书社出版了鲍兄的《得一斋诗钞》。8月23日，我和学生孙爱霞君（她原是我在山大的研究生，也随鲍兄学习，后考取为南开大学叶嘉莹先生的博士生）相约同到枞阳。次日是鲍兄逝世周年，我们请鲍兄的弟弟时和君带我们去了墓园，我将带去的一部《得一斋诗钞》书本在鲍兄墓前焚化致祭，报告他诗集先出版了，专著书稿我一定会整理完成。孙爱霞君也将一些原想送呈鲍师的资料，在他墓前焚化。

那以后转眼十来年，我先是担任系副主任，后来转任图书馆馆长，教学加行政工作双肩挑，还有科研指标，日月忙碌，竟无暇整理鲍兄遗著书稿。忙碌当然是一个原因，其实还有学殖不足，一时不知如何着手的困难。平时每一念及，总是深怀愧疚。直到2019年9月，我有事到山大，又得见杜泽逊兄。杜兄学问早成大器，已是学界翘楚，高校名教授，又在任文学院院长。杜兄于思陶兄遗著书稿整理事亦时有敦促，这次更是表示希望我尽快整理出来，他可以主持资助出版事宜。我当然也很想赶紧做出来，而眼前有此出版保障，实在不能再耽搁，于是回重庆后即着手整理。

2020年初突发新冠肺炎疫情，疫情严重的数月里，每天关注时事新闻，忧虑也多，又实在难以静心整理书稿。直到暑假时，疫情缓和了，才安下心来，全神贯注于鲍兄遗著的整理。

鲍兄遗留的打印稿，他遗嘱中说的四章，其实有重复的内容，我尽量保留原稿纲目，依次整理为“诗歌体式”、“声律论”和“诗歌意境”三章。鲍兄说原稿中有用台湾林正三（林氏著有

《诗学概要》一书）诗例，须换例证。我特地网购来林正三《诗学概要（修订版）》，检核鲍兄曾参取处，主要是“诗歌体式”章谈结构的“起承转合”一段，我即将此段完全改写了。“声律论”章在整理原稿的基础上，凡是我补写的内容，例如关于“一三五不论”口诀的讨论等，基本观点也多是原先从鲍兄处听闻他所谈论，因而还是代他立言。我稍费些精神的是尽量找来适合的例证，使论不空发，言必有据。“诗歌意境”章原稿已很完整，我对于引据的文献都斟酌采用最可靠的出处。

鲍兄嘱咐我补撰的“鉴赏论”和“用典论”，我从书的结构考虑，将“用典论”移前为第四章，“鉴赏论”为第五章。

前三章的整理在去年年底已完成，今年初春有所修改。“用典论”章是今年四五月间撰写，“鉴赏论”章是七八月间撰写的。撰写“用典论”章时，鲍兄哲嗣重铮君又提供我一些乃翁遗稿，其中有些论及用典的部分，我即尽量纳入补撰的“用典论”中。

后两章补撰完成后，又从头通览了全部五章，于行文字句仍有修改，前后内容相关处也注意说法的详略照应。又所有引用文献都查核自鲍兄去世之前，即 2006 年以前出版的书籍、杂志，以符合是替鲍兄整理和补充遗稿的性质。现在有网络的方便，凡是需要查核而我自己藏书中所无有、身边图书馆也没有的老版书，我即从旧书网上寻购，为此买了不少旧书。

关于书名，鲍兄遗嘱中所说“中国古典诗歌语言论”，是他所拟书名之一种；他的打印稿上另题作“中国古典诗歌语言研究”。我了解这部书稿是在他讲过的“古典诗歌语言研究”专题课讲稿的基础上，原想整理成《中国古典诗歌语言研究》或名

《中国古典诗歌语言论》的专著。遗稿上有“诗歌语言研究的概念、范围、方法和意义”一段初拟的叙论文字，其中说到拟“分下列五个方面加以讨论：句式论、词汇论，讨论中国古代诗歌语言的形式美；声律论，讨论中国古代诗歌语言的声律美；色彩论、气韵论，讨论中国古代诗歌语言的理趣美。”但因病情急速恶化，他已无时间精力完成这部书，便考虑减缩论题，在他已成稿的三章内容的基础上，嘱我代为补撰“用典论”和“鉴赏论”两章，仍可成一部内容大致完整的专著。而他在最后几天与我的叙谈中，说此书是为指导诗歌创作着想，相信会有助于人们学习作诗。杜泽逊兄也说到鲍兄曾向他说有“中国古典诗歌创作论”书稿托我整理。我反复考虑名实相副的问题，征得杜泽逊兄及重铮贤侄的赞同，决定用“中国古典诗歌创作论”为书名。

现在终于完成了鲍兄临终托付我代他整理和补充的专著书稿！

鲍兄原稿拟附录《白香词谱》和《笠翁对韵》，我考虑最终完成的书稿并未讲到词的写作，则无须附录《白香词谱》。而《白香词谱》和《笠翁对韵》这类书籍，现如今不仅新版纸质书已很常见，而且网络版更是一检便得。因此就不附录这两种参考书了。但我也想到鲍兄著《得一斋诗钞》是2007年出版，印数不多，时间又已久，书亦不易得了。为乐读鲍著《中国古典诗歌创作论》的读者着想，从鲍兄《得一斋诗钞》中选录二百首，附载于《中国古典诗歌创作论》书末，供读者参阅欣赏，使读者了解鲍兄诗歌创作的高度造诣，以及鲍兄在创作论上不囿于时贤所论的见识和主张，是以其创作实践为根基的。学诗者正应如鲍兄这样知能并重，在创作实践中得真知，明理论。

此书稿的整理、出版，不仅得到杜泽逊院长的关心敦促，得到山大文学院的惠予资助，也得到鲍兄哲嗣重铮君的协助，并得到鲍兄在齐鲁书社时的同事好友贺伟兄的关心和相助，还得到山大儒学高等研究院戚良德教授、文学院刘晓艺教授的相助。贺伟（一苇）兄和刘晓艺教授并为此书各撰序文一篇。此外，鲍兄同窗及好友孙芙蓉、罗琳、李新诸君，以及鲍兄弟子辈李西宁、蒋志敏、路也、孙爱霞诸君，也都给予热情关注和支持。

此书终于完成出版，亦足告慰鲍兄在天之灵矣。

2021 年 10 月 28 日记于重庆

2023 年 5 月 28 日改定